派特的幸福劇本

The Silver Linings Playbook

馬修・魁克——著 謝靜雯 譯
Matthew Quick

本書佳評

甘耀明（知名作家）

《派特的幸福劇本》讀來有時讓人笑，有時讓人動容，是淡筆濃情的美國式治療系故事。這本書說明了，人生沒有永遠的墜落，你努力揮動雙手，終究會遇到一股上升氣流，將你帶回到更晴朗的天空。

廖輝英（知名作家）

一個因失敗的婚姻與不夠支持他的配偶而進入精神病院的男子，在出院之後，因為自己的努力、好的治療師、包容的親情，以及一位特立獨行的女子相濡以沫的情愛，歷經千萬艱難，終於找到真正「回家之路」的過程：細膩、寫實而感人，像一場前半黑白，結局有點色彩的影片，讓我們對各自的人生，終願勉強接受。

推薦文

那看不見卻真實存在的

彭樹君（知名作家）

許多時候，我們向上帝祈求一樣東西，但祂好像置若罔聞，無論我們祈求得有多麼用力多麼大聲，祂不給就是不給。

派特就經驗了這樣的過程。從精神病院回到父母的家中療養，他失去婚姻、金錢、工作、房屋、車子、名聲，甚至失去關鍵性的記憶，連過去數年的歲月都搞丟了；他總是想不起來究竟發生了什麼事，只知道自己忽然就進入前中年期，而周圍的人對他的過去全都欲言又止。因為一無所有，三十四歲的派特還像個十五歲的少年一樣，必須與父母同住，忍受父親的冷漠，接受母親的照顧。也像個十五歲的少年，派特回到了青春期一般的純情，「與妮奇復合」像是一句他給自己下的咒語，成為他無論如何都不能放棄的執念，因此他拚命健身，改變自己暴躁易怒的個性，希望有一天可以成為一個讓妮奇更喜歡的人。他也天天禱告，求神讓妮奇回到他的身邊，可是一切的努力似乎只是徒勞，妮奇還是像一縷消失的輕煙，從未出現。

然而在這個看似無望的過程裡，許多事情已悄悄不同了，一些舊的關係改變，一些新的關係發生。在日復一日的平淡無奇之中，其實隱藏了奇蹟般的存在，就像滿天烏雲，表面一片灰暗，但那背後其實有著滿滿的陽光，當關鍵時刻來到，瞬間就會照亮全局。

世事往往如此奇妙，我們對上帝祈求一樣東西，卻苦求不得，然而過一段時間之後再回頭看，才發現我們得到的是更受用的禮物。也許祂給的不是我們想要的，但一定是我們需要卻不知道的。

就像那場把派特送進精神病院的災難，看似是派特的末日，但他的生活早已悄悄毀壞，崩塌是必然的過程。而從長遠來看，那未嘗不是另一個新生的開始。或許我們也可能像派特一樣，人生曾經走到了谷底，但一無所有卻會湧現一種奇異的力量，因為再也沒有什麼可失去了，反而會生出不可思議的勇氣。

也許烏雲曾經遮蔽了光亮，但雲後的光從來沒有消失，就像那看不見卻確實存在的愛一樣。

所以我特別喜歡派特在擁抱他的弟弟時說的那句話：「我一無所有，只有愛可以給你。」是啊，人所能擁有的是什麼？所能給予的又是什麼？不就是愛嗎？

有愛的人是永遠不會懼怕失去的，因為那才是真正的財富。而給得起愛的人，一定也是被愛的。

1　熬過無數的日子，我與妮奇終將團圓

我不用抬頭也知道老媽又突然來訪了。她的腳趾甲在夏季月份裡總是透著粉紅。我認出印壓在她真皮涼鞋上的花朵圖紋，是老媽上次簽字帶我離開**鬼地方**、到購物中心買的。

媽媽再次發現我穿著浴袍在中庭運動，身旁無人看顧。我露出微笑，因為我知道她會對提伯斯醫生又吼又叫質問他：要是他們打算整天放我一人獨處，又何苦把我關起來。

我開始做第二輪的百次伏地挺身，一句話也沒對老媽說。她說：「派特，你到底打算做幾個伏地挺身啊？」

「妮奇——喜歡——上半身——肌肉發達——的男人。」我說，每做一次伏地挺身就吐出幾個字，同時嘗到流進嘴裡的一道道鹹汗水。

八月的霧氣濃重，正適合燃燒脂肪。

老媽只看了一兩分鐘，就說出讓我震驚的話。她說話時聲音有些抖顫：「你今天想跟我回家嗎？」

我停下伏地挺身的動作，轉頭朝向媽媽，瞇眼透過白晃晃的正午陽光望去。我馬上看出她是當真的，因為她一臉憂心，好像自己犯了錯。老媽說話算話時，總會露出這樣的表情，不像平日不難過也不害怕時，老是叨叨絮絮好幾個鐘頭那樣。

「只要你答應別再去找妮奇，」她又說：「你就可以回家來，先跟我和你爸一起住，等我們替你找份工作，讓你在公寓安頓下來為止。」

我繼續例行的伏地挺身，目光緊盯散發光澤的黑螞蟻。牠忙著攀爬我鼻子正下方的草葉，但我的眼角餘光也瞥見汗珠從臉上彈到下方青草的模樣。

「派特，你就行行好，開口說要跟我回家吧。我會做飯給你吃，你也可以去拜訪老朋友，開始好好過自己的生活。**拜託**。我希望你有這個意願。就算是為了我好吧，派特。**拜託**。」

加倍速度的伏地挺身，我的胸肌正在撕扯、擴張——痛苦、熱氣、汗水、改變。

我不想待在**鬼地方**，這裡沒人相信「一線光明」[1]、愛或快樂的結局；人人都告訴我，等**隔離時間**一結束，妮奇不會喜歡我的新身體，而且連見也不會想見我。我現在努力讓自己保持熱忱，不過，我也害怕親友舊識不如我這般熱忱。

不過，如果我要讓思緒清晰起來，就必須遠離這些令人沮喪的醫生跟醜八怪護士，還有他們裝在紙杯裡沒完沒了的藥物，況且老媽比醫學專業人士好騙得多；於是我彈跳起來，站穩腳步，說：「我就來跟你住，直到**隔離時間**結束為止。」

老媽簽署法律文件時，我最後一次到房裡沖澡，然後把衣服與妮奇的裝框相片塞滿行李袋。我向室友傑奇道別，他只是像往常一樣坐在床上瞅著我看，口水從下巴淌下，猶如透明的蜂蜜。可憐的傑奇，頭髮東一簇、西一叢的，頭顱形狀古怪，身體鬆垮肥軟。有什麼女人會愛上他呢？

他對我眨眨眼。我把這當成道別與祝福，所以我雙眼一起眨了眨——表示把雙倍的祝福回贈給你，傑奇。我想他懂了，因為他咕噥一聲，聳起肩膀直往耳朵猛撞，就像他平日聽懂你想告訴他的事情那樣。

其他朋友在上音樂放鬆課程，我之所以沒參加，是因為抒情爵士有時會把我惹毛。我在想，也許我該對那些在我被關起來時照料我的人們道聲再見。我從窗戶望進音樂教室，那些小伙子正以印度風格坐在紫色瑜珈墊上，手肘靠在膝蓋上，雙掌合十舉在臉龐前，閉著眼睛。幸運的是，窗戶玻璃擋住抒情爵士的聲音，不會讓它傳到我耳畔。我的朋友看起來真的很放鬆，平靜安詳，所以我決定不去打斷他們的療程。我討厭告別。

我到大廳與媽媽會合時，穿著白袍的提伯斯醫師正在等我。大廳裡有三棵棕櫚樹潛伏於沙發與休閒椅之間，彷彿**鬼地方**位於奧蘭多而不是巴爾的摩。「好好享受你的人生吧。」他對我說，跟我握了握手，臉上掛著他一貫的嚴肅表情。

「一等**隔離時間**結束，我就會的。」我說。他的臉色一沉，彷彿我撂下狠話要幹掉他太太娜塔麗跟他們三位金髮女兒（克莉斯汀、潔妮與貝琪）似的，因為他怎麼就是不

---

1 原文為silver lining，字面意義為雲朵周圍的銀色鑲邊，延伸意義就是「事物的光明面」、「一線光明」。

肯相信「一線光明」，老把鼓吹冷漠無感、負面思考與悲觀主義視為己任。

不過我一定要讓他了解，他那種讓人沮喪的人生哲學並沒影響到我——我會好好期待**隔離時間**結束。我對提伯斯醫師說：「想像我開好車樂逍遙的模樣吧。」丹尼（我在**鬼地方**唯一的黑人朋友）跟我說過，等他要離開這裡的時候，就打算跟提伯斯醫師這麼說。我把丹尼的退場台詞偷來用，覺得有點過意不去，卻真的起了作用；我之所以曉得這句話發揮效用，是因為提伯斯醫師瞇起眼來，彷彿我剛朝他肚子痛揍一拳。

媽媽載我離開馬里蘭，穿過德拉瓦，路經速食店與購物中心。她解釋說，提伯斯醫師並不想讓我離開**鬼地方**，但透過幾位律師、她女性友人的治療師（他會成為**我的**新治療師）的幫忙，她發動了一場法律戰役，成功說服某法官說她能在家照顧我，所以我對她表達謝意。

跨越德拉瓦紀念橋的時候，她撇頭看我，問我希不希望病情好轉。她說：「你想好起來吧，派特。**對吧？**」

我點點頭並說：「想啊。」

然後我們就回到紐澤西了，一路在二九五號公路上飛馳。

我們沿著哈頓大道駛入我的家鄉科林斯伍德的中心地帶，我看到主要道路的模樣不同以往。有好多新開的精品店、看來消費高昂的新餐廳，衣著光鮮的陌生人在人行道上漫步，我納悶這是否真的是我家鄉。我焦慮起來，沉重地呼吸著；我有時就會這樣。

老媽問我出了什麼事；我向她說明的時候，她再次向我保證，我的新治療師帕朵醫師很快就會讓我覺得正常起來。

我們回到家的時候，我馬上下樓往地下室鑽，好像在過耶誕節。我找到媽媽向我多次承諾要買的舉重床，還有一整個架子的槓片、健身腳踏車、啞鈴，以及腹肌訓練大師六千。我在**鬼地方**的時候，深夜在電視上看到這款腹肌訓練器，我在那裡滯留多久，對這東西的渴望就有多久。

「謝謝，謝謝，謝謝你！」我跟老媽說，我給她一個大擁抱，將她抬離地面、轉圈一次。

等我放她下來時，她含笑說：「歡迎回家，派特。」

我迫不及待開始健身，在幾組舉重架之間轉換，做仰臥推舉、腹肌訓練機的仰臥起坐、抬腿、蹲舉、騎幾個鐘頭的健身車，配上水分補充時段（我每天努力喝下四加侖的水，而為了密集補充水分，就用小酒杯飲下無數口的一氧化二氫）。我也寫作，內容大多是日常的回憶錄，如同現在讀者讀的這份，這樣妮奇就能讀到我的生活、就能得知**隔離時間**開始以來我都在做什麼。（我因為在**鬼地方**服用藥物，記憶力開始衰退，所以動筆寫下自己所有的經歷，持續記錄下**隔離時間**結束後我必須告訴妮奇的事，讓她知道我這一路走來的生活概況；可是**鬼地方**的醫師在我回家以前，沒收了我寫下的一切，我不得不從頭開始。）

我從地下室走出來時，注意到我與妮奇的合照全被收光了，照片原本掛在牆面與擺在壁爐架上。

我問媽媽照片到哪兒去了。她跟我說，在我回家前幾週，有人闖空門把照片偷走。我問闖空門的人為何想拿我跟妮奇的照片，媽媽說因為照片都裝在價格不斐的相框裡。我問：「那闖空門的幹嘛不把剩下的家庭照都偷走？」老媽說闖空門的把所有的昂貴相框都盜走了，但她手上還有家庭肖像的底片，所以可以補回去。我問：「那你為什麼不補我跟妮奇的合照？」老媽說她沒有我跟妮奇合照的底片，尤其當初婚禮照片是妮奇父母出錢拍的，那時對方只加洗了老媽喜歡的那幾張送她。妮奇曾經把我們婚禮以外的合照送給老媽，嗯，可是因為現在是**隔離時間**，所以我們跟妮奇或她家人都沒聯繫。

我跟媽媽說，要是那個闖空門的再回來，我會敲破他的膝蓋骨，把他揍到半死不活。她說：「我相信你會的。」

我回家以後的頭一個星期，跟爸爸連一次話也沒說過，這沒什麼好訝異的，因為他老在忙工作——他是南澤西「大食物公司」的區域經理。老爸不上班的時候，就關起書房猛啃歷史小說，那些小說講的大多是南北戰爭。老媽說，老爸需要時間才能適應我又搬回家住的事；我很樂意給他適應的時間，反正我也有點怕跟老爸說話。他只到**鬼地方**探望我一次，我記得那次他對我大吼大叫，針對妮奇與「一線光明」說了些難聽的話。我當然會在家裡的走廊遇見老爸，但我倆擦身而過時，他看也不看我一眼。

妮奇喜歡閱讀，既然她以前老是巴望我能讀點文學書，所以我開始著手進行，主要是為了以後能夠加入晚餐的對話——就是跟妮奇那幫文藝之友的對話，他們都是英文老師，以前我總是悶不吭聲的，他們就認為我是個文盲大老粗。妮奇有個朋友在我嘲笑他長得小不隆咚時，就會這樣罵我。「至少我不是文盲大老粗。」菲利普對我說，逗得妮奇笑岔了氣。

老媽有張圖書證，既然現在我住家裡，想讀什麼都行，不用先經過提伯斯醫師的審核（附帶一提，講到箝制書籍，他可是個專橫的獨裁者），所以她會替我借書回來。我從《大亨小傳》讀起，只花三晚就看完了。

最棒的部分是開頭的序言，裡面說這小說主要在探討光陰與光陰難再回，那正是我對自己身體與運動的感覺——不過話說回來，我也覺得自己在終將與妮奇團圓以前，彷彿要先熬過數不清的日子。

我讀到故事時（蓋次比對黛西用情至深，但不管他多麼努力，卻永遠都無法跟她在一起），我好想把這本書撕成兩半，然後打電話給費茲傑羅，說他的書完全搞錯了，雖說我知道費茲傑羅可能早已過世。尤其在蓋次比整個夏天頭一次進自己的泳池游泳卻慘遭槍擊致死時，黛西連他的葬禮都沒去參加；尼克與喬登分道揚鑣，黛西最後落得跟有種族歧視的湯姆在一起，後者對性的需求基本上會扼殺一位天真無邪的女子。想也知道，費茲傑羅從沒花過多少時間仰望夕陽西下時的晚霞，我告訴你，因為那本書的結尾沒有「一線光明」。

我**的確**明白妮奇為何會喜歡這本小說，因為生花妙筆。可是她喜歡這本書，我現在反倒擔心她並不相信「一線光明」，因為她說《大亨小傳》是美國人筆下最精采的小說，雖然它的結局這麼悲傷。有件事很肯定，等我跟妮奇說我終於讀完她最愛的書，她會很以我為榮。

還有另一個驚喜：我要把她美國文學課程表上的小說全都讀過，就為了讓她以我為傲，讓她明白我對她所愛的事物真心有興趣，我要真正付出努力來挽救我倆的婚姻，我現在有能力跟她自負的藝文之友對話了，我信手拈來就能吐出這樣的話：「我都三十歲了。對自己說謊還把它當成榮耀，是二十五歲才會有的行徑，我年紀過了，再也做不到。」那是尼克在費茲傑羅知名小說末尾所說的話，可是這段台詞對我來說也適用，因為我也是三十歲。所以我說出這段台詞的時候，聽起來就會一副聰明伶俐的樣子。我們可能會邊吃晚餐邊閒聊，而我引用這段話會把妮奇逗得微笑或大笑，因為我竟然讀過《大亨小傳》，讓她驚奇不已。反正，趁她意想不到我會「掉書袋」（再借用我黑人朋友丹尼的說法）的時機，以世故的態度說出那段話，就是我計畫中的一部分。

老天，我等不及了。

2 他不宣揚悲觀主義

正午時分，老媽拾階走進地下室，打斷了我的體能鍛鍊，說我跟帕朵醫師有約。我問她能不能等我把每天的例行舉重完成以後晚上再去，可是老媽說如果我不遵照約定到帕朵醫師那裡就診，我就得回巴爾的摩的**鬼地方**，她甚至提起法院的裁決，說我要是不相信她說的，可以自己去讀文件資料。

於是我乖乖去沖澡。老媽載我去帕朵醫師位於弗爾西斯一棟大房子一樓的辦公室，就在哈登菲爾德—柏林路旁邊。

我們抵達的時候，我在候診室就坐，由老媽去填寫更多的文件資料。直到現在，單是為了記錄我的心理健康，前前後後被砍掉的樹木一定有十棵之多。要是讓妮奇聽到這件事，她肯定會恨得牙癢癢，因為她是個古道熱腸的環保人士，每年耶誕節至少都會送我一棵雨林的樹木（其實只是一張紙，上面說我擁有那棵樹）。我現在為了自己當初嘲笑那些禮物而難過，等妮奇回到我身邊，我不會再拿消失中的雨林來說笑了。

我坐在那裡隨手翻翻《運動畫報》，聽著帕朵醫師候診室裡放送的輕音樂電台。突然之間我聽到性感的電子合成和弦、隱隱約約的爵士鼓聲，大鼓敲出流露情欲的心跳，還有仙塵輕灑而過的琅璫音效，接著是邪惡又清亮的高音薩克斯風。一聽就曉得曲名：〈鳴鳥〉。我從座位起身尖叫，猛踢椅子、掀翻矮桌，把一疊疊的雜誌抱起來扔向牆壁，一面大吼：「不公平！我不能容忍任何詭計！我不是個供人做情緒實驗的白老鼠！」

然後一位矮小的印度男人鎮定地問我出了什麼事。他身高可能只有五呎，在八月天穿著扭繩織紋的毛衣、西裝長褲，亮晶晶的白色網球鞋。

「把那個音樂關掉啦！」我大喊：「快關掉！馬上！」

我這才明白原來那位矮小男人就是帕朵醫師，因為他交代祕書把音樂關掉。當她聽話照做的時候，肯尼吉的音樂離開我的腦袋，我也不再吼叫了。

我用雙手遮住臉龐，這樣就不會有人看到我在哭。一分鐘左右之後，媽媽揉搓著我的背。

好寂靜啊——然後帕朵醫師要我進他辦公室。我猶豫不決地尾隨他進去，老媽正幫忙祕書清理我造成的混亂狀態。

他的辦公室怪雖怪，但賞心悅目。

兩張皮製躺椅面對面放著，蜘蛛般的植物（長長藤蔓上長了白綠夾雜的葉片）從天花板垂下來框住凸窗，窗戶俯瞰石砌的鳥浴盆、繁花繽紛的庭園。可是，除了躺椅之間那一小方地板上有個面紙盒以外，整個房間空無一物。地板是亮著光澤的黃色硬木。天花板與牆壁都漆成天空的模樣——逼真到雲朵就像在辦公室的周圍四處漂浮，我把這點當成好預兆，因為我很愛雲朵。天花板中央有盞孤燈，狀似上下倒掛又會發光的香草糖霜蛋糕，燈光周圍的天花板漆成太陽的模樣，友善的光芒從中心散射出去。

我不得不承認，一走進帕朵醫師的辦公室，我就覺得相當平靜，於是不再在意之前聽到肯尼吉歌曲的事了。

帕朵醫師問我，我想坐哪把躺椅放鬆一下。我挑了黑色而不是棕色，然後馬上為了自己的選擇而後悔，心想選了黑色讓我看來比選了棕色還要沮喪。說真的，我一點都不沮喪。

帕朵醫師坐下來，拉動椅側的桿子，讓腳踏板升起。他往後靠躺，交錯手指搭在他的小腦袋後方，彷彿準備觀賞一場球賽。

「放鬆，」他說：「不用叫帕朵醫師，叫我克里夫就好，我喜歡讓治療時段別那麼拘束。這樣比較友善，對吧？」

他人看起來不錯，所以我拉動桿子，往後倚靠，試著放鬆。

「欸，」他說：「肯尼吉的那首歌真的惹到你了。我也不算是他的樂迷啦，可是……」

我合上眼睛，低哼單音，默數到十，將腦袋放空。

「你想談談肯尼吉的事嗎？」

我合上眼睛，低哼單音，默數到十，將腦袋放空。

「好吧，想跟我說說妮奇的事嗎？」

「你為什麼想知道妮奇的事？」我承認自己的語氣戒心太重。

「派特，如果我要幫忙你，我總得先**認識你**吧？你媽跟我說過，你希望跟妮奇團圓，說那是你最大的人生目標——所以我認為我們最好從那裡談起。」

我開始覺得好過一點，因為他沒說團圓是絕不可能的事，那似乎意味著，帕朵醫師覺得我還有可能跟老婆破鏡重圓。

「妮奇啊？她很棒啊。」我說，然後露出微笑。每當我說出她的名字、每當我在腦海裡看見她的影像，胸膛就會溢滿一股暖意。「她是我這輩子遇過最美好的事情，我對她的愛超過對生命的愛。我迫不及待要等**隔離時間**結束。」

「**隔離時間**？」

「對啊。**隔離時間**。」

「什麼是**隔離時間**？」

「幾個月以前我答應給妮奇一些空間，她也答應等她解決自己的問題以後，就要回到我身邊來，這樣我們就能重新在一起。我們有點像是分居，不過只是暫時的。」

「你們當初為什麼要分開？」

「主要是因為我不懂得欣賞她，又是個工作狂——我是傑佛遜高中歷史科主任，還擔任三項運動的教練。我永遠都不在家，她滿寂寞的。而且我有點不修邊幅，嚴重到可能超重十到七十磅的地步。不過，這些問題我目前都在下工夫，現在我很樂意參加她當初想拉我去的伴侶諮商，因為我現在是個不同的男人了。」

「你訂好日期了嗎？」

「日期？」

「就是**隔離時間**結束的日期。」

「沒有。」

「所以**隔離時間**會無限期繼續下去？」

「理論上是。我猜吧——對。尤其在我不能聯絡妮奇或她家人的情況下。」

「為什麼？」

「唔……其實我不知道。我是說——我愛岳父岳母的程度就跟我愛妮奇一樣。可是無所謂啦，因為我想妮奇反正遲早都會回來，到時她就可以把事情全部跟她爸媽講清楚。」

「你的想法是根據什麼來的？」他語調和氣，面帶友善的微笑。

「我相信快樂的結局，」我告訴他，「感覺這部電影持續的時間還說得過去。」

帕朵醫師問：「電影？」我想如果他戴上金屬細框眼鏡、把頭剃光，看起來就跟甘地一模一樣。這點滿奇怪的，因為我們在這麼明亮快樂的房間裡，坐在皮製躺椅上，可是，嗯，甘地已經死了，對吧？

「對啊，」我說：「你沒注意到人生就像一系列的電影嗎？」

「沒有，說給我聽聽看。」

「嗯，每個人都有冒險經歷。全都是從問題開始，你承認自己的問題並且努力因應，然後成為比較好的人，那就是快樂結局的養分，能讓快樂結局開花結果——就像所有的洛基系列電影、《豪情好傢伙》、《小子難纏》、《星際大戰》、《印第安納瓊斯》三部曲，還有《七寶奇謀》，這些都是我最愛的電影，雖然我發誓自己在妮奇回來以前都不看電影，因為現在我的人生就是我要看的電影，嗯，這部電影時時刻刻都在上演。我知道快樂結局的時間快要到了，到時妮奇就會回來，因為我健身、接受藥物跟心理治療，讓自己完全改頭換面。」

「噢，原來如此，」帕朵醫師漾起微笑，「派特，我也喜歡快樂的結局。」

「所以你跟我的看法一樣囉。你覺得我老婆很快就會回來？」

帕朵醫師說：「就等時間證明了。」我那時就知道我跟克里夫可以處得來，因為他不像**鬼地方**的提伯斯醫師跟職員那樣會宣揚悲觀主義；克里夫沒說他認為我必須面對現實。

「滿好笑的，因為我見過的治療師都說妮奇不會回來。即使我跟他們說了我在生活中所做的自我改善，說我怎麼讓自己變得更好，他們還是一直『對我挑東揀西』，那是我從黑人朋友丹尼學來的說法。」

「人有時候很殘忍。」他面露同情，讓我更加信任他。就在那時，我才明白他並沒有把我說的話全都記錄成檔案，告訴你，這點還讓我滿感激的。

我跟他說我喜歡這個房間，我們談到我對雲朵的喜好，還有大部分人看不見雲朵銀色鑲邊的光明面，雖然它們幾乎每天都在我們的頭頂上。

我為了表現得和善一點，於是主動問起他家人的事，結果發現他有個女兒，她高中的草地曲棍球隊在南澤西排名第二。他還有個上小學的兒子，以後想當腹語表演者，甚至每晚都用名叫葛洛夫．克里夫蘭的木頭玩偶練習。順帶一提，歷任美國總統就只有克里夫蘭是兩屆任期並未相連，我不懂克里夫的兒子為何要用第二十二、二十四任總統的名字來叫他的木頭玩偶，不過我沒問出口。接著，克里夫說他老婆叫索妮亞，她把這房間漆得如此美麗；從這裡我們討論起女性有多麼棒，而且很重要的是，趁自己的女人還在身邊時就要好好珍惜，因為如果你不珍惜，很快就會失去她——上帝真的希望我們好好賞識自己的女人。我跟克里夫說，我希望他永遠不用經歷**隔離時間**；他說他希望我的**隔離時間**很快就會結束，他能這樣說真是好心。

我離開以前，克里夫說他要更改我的藥物，可能會引發討人厭的副作用，所以我要是出現不適、失眠、焦慮或任何狀況，都要馬上告訴我媽（因為他可能得花些時間才能配出適合的藥物），我答應他我會照做。

開車回家的路上，我跟老媽說我真的滿喜歡克里夫．帕朵醫師的，也對自己的治療覺得有希望多了。我謝謝她把我帶離**鬼地方**，妮奇來科林斯伍德拜訪的可能性比去精神病院大多了；我這麼說的時候，老媽竟哭起來，真是怪哉。她甚至停在路邊，將頭靠在方向盤上，任由引擎空轉不停，哭了好久好久——抽吸鼻子、渾身顫抖、發出嗚咽。所以我搓搓她的背，就像帕朵醫師辦公室播放某首歌時，她為我做的那樣。過了大約十分鐘，她嘎然停止哭泣，開車載我回家。

為了彌補我跟克里夫閒坐的那個鐘頭，我不停鍛鍊身體，直到很晚為止。我上床就寢時，老爸還在他關著門的書房裡，於是又過了我跟老爸一句話也沒說的一天。我想，跟某個你沒辦法講話的人住在同一屋簷下，真是滿奇怪的事，況且那人還是你老爸——這個想法讓我有點傷心。

因為老媽還沒去圖書館，所以我沒東西可讀。於是我閉上眼睛、想著妮奇，直到她入夢來陪我為止——一如往常。

3 橘色火焰進入我的頭顱

是的，我真的相信「一線光明」，因為我每天從地下室出來的時候，幾乎都看得到雲朵的銀色鑲邊。我把腦袋與手臂擠出垃圾袋外（用塑膠裹住軀幹就會流更多汗），然後去跑步。我總是努力把十小時運動裡的十英里跑步，跟日落的時間搭配起來，這樣我跑到最後就能往西經過騎士公園的運動場地，我兒時都在那裡玩棒球跟足球。

我跑步穿過公園時，抬頭看看當天出現了什麼樣的預兆。

如果雲朵擋住了太陽，總會有銀色鑲邊來提醒我繼續努力，因為我知道雖然現在情況看來可能滿黑暗的，但老婆很快就會回到我身邊。看著灰白鬆軟的雲朵周圍亮著陽光，就讓人精神振奮。（你可以製造類似的效果：在離光裸燈泡幾吋遠的地方舉起手來，用眼睛追蹤手印，最後會暫時看不見東西。）盯著雲朵直看會刺痛眼睛，但也會有幫助，就像多數會帶來痛感的東西一樣。所以我需要跑步，當肺部熊熊燃燒、背部好似有刀戳刺、腿肌逐漸堅硬、腰部周圍的半吋鬆皮抖動搖晃時，我覺得自己完成了當天份量的贖罪苦行，或許能讓上帝滿意對我伸出援手；我想那就是祂過去一週以來，一直讓我看到有趣雲朵的原因。

自從老婆要求**隔離時間**以來，我減重五十多磅。老媽說我很快就會恢復自己高中參加足球校隊時的體重，那也是我最初認識妮奇時的體重。我在想，也許我們結婚五年來，我步步高升的體重讓她很不高興。等**隔離時間**一結束，她看到我渾身肌肉的模樣，肯定瞠目結舌！

如果日落時沒有雲朵（昨天就是），當我抬頭望向天空時，橘色火焰就會進入我的頭顱、讓我為之眼盲，那也幾乎一樣好，因為那也會讓我發痛，讓一切看來神聖絕美。跑步時，我總假裝自己是朝著妮奇奔去，這樣能讓我覺得再次見到她的等候時間正在逐漸遞減。

4 想像中最悽慘的結局

我知道妮奇每年都會規劃一個頗具份量的海明威專題，於是我要求看看一本海明威較好的小說作品。我跟老媽說：「如果可能的話，我想看看有愛情故事的那種，因為我真的需要研究一下愛情——這樣等妮奇回來，我就可以當稱職一點的老公。」

老媽從圖書館回來，說圖書館員宣稱《戰地春夢》是海明威最棒的愛情故事，於是我興沖沖打開書本，翻過頭幾頁之後，感覺自己變得愈來愈伶俐。

我一面閱讀，一面尋找可以引用的字句，這樣下次我陪妮奇跟她的文藝之友出遊的時候，就可以「掉掉書袋」，就能對那個四眼田雞菲利普說：「文盲大老粗會知道這句話嗎？」接著我會流暢世故地多掉點海明威的書袋。

可是那本小說只不過是個騙局。

一路讀來，你強烈同情敘述者，希望他從戰火中倖存下來，然後巴望他能與凱薩琳・巴克利共度美好的生活。他的確安度了各式各樣的危險（甚至遭到轟炸），最後隨著懷有身孕的凱薩琳逃到瑞士；他深深愛著她。沉浸愛河的他們在山區住了好一陣子，日子過得相當不錯。

海明威早該在這裡收筆的，因為這些人苦苦掙扎著度過陰鬱的戰爭，很有資格享有這樣的「一線光明」。

可是不。

他反倒構思出想像中最悽慘的結局：海明威安排兩人的孩子胎死腹中，又讓凱薩琳死於大出血。那是我過去（未來可能也是）接觸文學、電影，甚至是電視的經驗裡，最讓人痛徹心扉的結局。

我讀到最後痛哭不已，對，部分是為了書裡的角色，但也因為妮奇真的教孩子讀這本書。我無法想像為何有人會想讓容易受到影響的青少年接觸這樣恐怖的結局。何不乾脆跟高中生說：他們拚命自我提升，終究是徒勞無功？

我不得不承認，打從**隔離時間**一開始，這是頭一次我對妮奇心生怒意，因為她竟在課堂上傳授這樣的悲觀主義。我不急著引用海明威的作品，也不會再多讀一本他的書。如果他還活著，我會立即寫信給他，威脅要徒手勒死他，就因為他表現得這麼悶悶不樂。難怪他會拿槍轟掉自己的腦袋，就像序文裡寫的那樣。

5 我一無所有，只有愛可以給你

帕朵醫師的祕書一看到我走進候診室，就馬上把收音機關掉。她努力裝出漫不經心的模樣，彷彿我不會注意到似的，我不禁噗哧一笑。她一臉害怕，小心翼翼轉動旋鈕——看過我發作的人都會有這種表現，彷彿我再也不是人類，而是某種龐大笨重的野生動物。

經過短暫的等候，我與克里夫會面，進行第二次的治療時段。在可見的未來，我每週五都要接受治療。這次我挑了棕色躺椅，我們坐在雲朵之間的皮製躺椅上，談到我們有多麼喜愛女性、喜歡「跟她們一起廝混」（丹尼的另一句格言）。

克里夫問我，我喜不喜歡我的新藥，我跟他說我喜歡，雖然我根本沒注意到任何效果，而且上星期只把老媽給我的藥丸吃下一半——我把幾顆藥丸藏在舌頭下面，等她留我一個人時，我就吐到馬桶裡。他問我有沒有任何討厭的副作用，比如呼吸短促、沒胃口、昏昏欲睡、想要自殺、想要殺人、失去性功能、焦慮、搔癢、腹瀉，我跟他說沒有。

「那麼幻覺呢？」他說，然後瞇著眼，稍微向前傾身。

我問：「幻覺？」

「幻覺。」

我聳聳肩，說我想我並未產生幻覺。他跟我說，如果曾經發生過，我自己會曉得。

「如果你看到怪異或嚇人的東西，要跟你媽說一聲，」他說：「可是不用擔心，因為你可能不會產生幻覺。服用這種配方的綜合藥物，會產生幻覺的人比率很低。」

我點點頭，答應說如果發生幻覺會讓我媽知道。可是不管他給我什麼類型的藥物，我其實相信自己不會有幻覺，尤其我知道他不會給我迷幻藥之類的東西。我想比較脆弱的人可能會對自己的藥物怨聲連連，但我不是脆弱的人，我可以把自己的心智控制得很好。

我在地下室猛灌一口口的小杯水，剛在腹肌大師六千上做完屈膝仰臥起坐，等休息三分鐘以後，要在舉重椅上做抬腿運動。這時我聞到老媽準備蟹味點心那錯不了的奶油味，開始猛流口水。

因為我很愛蟹味點心，所以離開地下室，走進廚房。我看到老媽不只在烤蟹味點心（在英式鬆餅上放奶油蟹肉與香橙起司），也在做家常的三肉比薩（漢堡肉、香腸與雞肉），還有她從大食物公司買來的辣雞翅。

「你為什麼在弄蟹味點心？」我滿懷希望地問，因為根據過去的經驗，我曉得只在我們家有客人的時候，她才會料理蟹味點心。

妮奇很愛蟹味點心，如果你擺一盤在她面前，她會掃個精光，等開車回家的路上，她就會抱怨自己吃太多、覺得自己好肥。那時我有情緒虐待的習慣，常會跟她說，我不想聽她每次在吃太多以後還滿腹牢騷。等下一次妮奇吃太多蟹味點心時，我會跟她說，她**並沒有**吃太多，而且反正她看來骨瘦如柴。我會說她需要添個幾磅體重，因為我喜歡我的女人有一副道地女人的模樣，而不是像「六點鐘小姐——上也平，下也平」（我從丹尼那裡學到的另一個說法）。

我真希望老媽做蟹味點心，就表示**隔離時間**已經結束，妮奇正在來我父母家的路上。看來這正是老媽為了歡迎我回家所策劃出來的最棒驚喜——老媽總是竭力替我與弟弟著想。我做了跟妮奇團圓的心理準備。

老媽每次答覆我的問題都要花幾秒鐘，在那段時間裡，我的心臟都會怦怦猛跳五十下。

「今天晚上，老鷹隊要跟鋼鐵人打一場季前熱身賽。」老媽說，這點挺怪的，因為她向來痛恨運動賽事，幾乎不曉得足球季是在秋天，更別說知道某天有哪些球隊要比賽。「你弟要過來跟你、你爸一起看球賽。」

我的心跳得更快，因為從**隔離時間**開始以後不久，我就沒再見過我弟。他也跟我爸一樣，上次聊天的時候，他說了妮奇好些不堪入耳的話。

「傑克很期待見到你，你也知道你爸有多愛老鷹隊。我等不及要讓我的三個男人再聚在沙發周圍，就像以前一樣。」老媽衝著我賣力微笑，我想她的淚水又快決堤了，於是我轉身回到地下室去做指關節伏地挺身，直到胸肌熊熊燃燒，再也感覺不到指關節為止。

既然晚上全家要聚會，我知道晚點他們可能不會讓我去跑步，於是我套上垃圾袋，早早提前去跑。我先經過高中朋友的家，路過聖約瑟夫，那裡是我以前會上的天主教堂，再來經過科林斯伍德高中（八九年畢業班萬歲！），還有祖父母過世以前在公園旁邊的房子。

我以前的至交看到我跑步路過他在維吉尼亞大道上的新房子。朗尼剛剛下班回到家，正從車旁要往前門走去，那時我在人行道上與他錯身。他望著我的眼睛，等我經過以後，他喊道：「是派特．皮伯斯嗎？**是你嗎？**派特！嘿！」我跑得更賣力，因為我弟傑克就要來陪我聊天了。傑克不相信快樂結局，而我現在情緒上沒有本錢可以應付朗尼，因為他一次也沒來巴爾的摩探訪我跟妮奇，雖然他承諾過很多次。妮奇以前都說朗尼是「妻管嚴」，說他老婆維若妮卡「掌握了朗尼的社交行程，她把他的蛋蛋——收在她自己的皮包裡。」

妮奇告訴我，朗尼永遠不會來巴爾的摩看我。她說得沒錯。

他也從沒到**鬼地方**去探訪我，但他會寫信給我，說他女兒艾蜜莉有多棒有多厲害，我猜現在也是，雖然我還沒見過艾蜜莉，無法證實信中的話。

我回到家的時候，傑克的車子已經到了——華麗的銀色寶馬，就丹尼「荷包愈來愈肥」的說法而言，這多少意味著老弟目前表現得還不錯。於是我悄悄穿過後門，跑上樓去沖澡。等我清洗完畢，換上乾淨衣物，便深吸一口氣，循著對話的聲音走到客廳。

傑克一見到我就站起身。他穿著有鐵灰色細條紋的高級長褲，還有知更鳥蛋藍色的馬球衫，馬球衫貼身到足以展現依然苗條的身材。他還戴了表面鑲滿碎鑽的手錶，要是丹尼就會說傑克「金光閃閃」。老弟的頭髮有點稀疏了，但腦袋上了髮膠，一副神氣活現的模樣。

他說：「派特？」

老媽說：「我不是跟你說過，你會認不出他來嗎？」

「你看起來好像阿諾・史瓦辛格喔。」他摸摸我的二頭肌，我痛恨別人這麼做，因為我不喜歡讓妮奇以外的人碰我。既然他是我的老弟，我就沒說什麼。他追加一句：「你他媽的肌肉真發達啊！」

我望著地板，因為我記得他講過關於妮奇的事，我還是很氣；不過感覺那麼久都見不到老弟之後，能再看到他也讓我滿開心的。

「聽著，派特。我以前應該多到巴爾的摩去看你的，可是那些地方把我嚇死了，我……我……我就是不忍心看到你那個模樣，可以嗎？你很氣我嗎？」

我還是有點氣傑克，但我忽地想起丹尼常講的一句話，正好適合目前這個情境，不說出來還挺可惜的。所以我說：「我一無所有，只有愛可以給你。」

傑克瞅著我片刻，彷彿我一拳擊中他的腹部。他眨了幾次眼睛，幾乎快哭出來的樣子，然後他用雙臂擁住我。「對不起！」他說，抱住我的時間久得讓我討厭起來。我不喜歡人家抱我太久，除非抱我的是妮奇。

傑克放手的時候說：「我有禮物要送你。」他從塑膠袋裡拉出老鷹隊球衣，朝我拋來。我把它舉高，看到背號八十四，我認出是一位外接球員的球衣背號，但我卻不認識衣服上的那個名字。那個年輕接球員弗列迪·米契爾的背號不是八十四嗎？我想歸想，但沒說出口，因為我不想侮辱老弟，他會買禮物送我已經夠好了。

「誰是巴斯克特？」我問，就是印在球衣上的名字。

「不是透過選秀的明日之星漢克·巴斯克特？他是季前的焦點啊。這些球衣在費城街頭可是很熱門的唷。你今年去看球賽就有球衣可穿了。」

「穿去看球賽？」

「既然你都回來了，你會想把自己的老座位討回來吧？」

「在退伍軍人球場？」

「**退伍軍人球場**？」傑克噗哧一笑，望向老媽。老媽一臉驚恐。「不是啦——是在林肯金融球場。」

「什麼是林肯金融球場？」

「那個地方不讓你看電視嗎？就是老鷹隊的主場啊，你的球隊到現在已經在那座球場打了三個球季了。」

我知道傑克對我扯謊，但我悶不吭聲。

「總之，你的座位就在我跟史考特旁邊。季票喔，老兄，興奮死了吧？」

我說：「我又沒錢買季票。」因為**隔離時間**一開始，我就把房子、車子跟銀行帳戶全送給妮奇了。

「有我罩你啊。」傑克捶捶我的手臂。「過去幾年來，我或許不算是個好弟弟，但是現在你回來了，我會好好補償一切的。」

我向老弟道謝。老媽又哭了起來。她哭得好慘，不得不離開房間。這滿奇怪的，因為我跟傑克都要和好了，而且老鷹隊的季票算是滿不錯的禮物，更別提還有球衣了。

「套上你的巴斯克特球衣吧，老兄。」

我套了上去，穿著老鷹隊的綠衣，尤其是傑克特地幫我挑出來的，感覺相當不錯。

「你等著瞧瞧巴斯克特這傢伙今年的表現吧。」傑克用奇怪的語調說，彷彿我的未來多少跟這位老鷹隊外接員菜鳥漢克・巴斯克特彼此相連。

6 水泥甜甜圈

我注意到，老爸一直等到球賽準備開始時才走進家庭娛樂室。這只是季前賽，所以我們沒做一般球季比賽當日的儀式，但老爸穿上了背號五的麥克納布球衣，現在就坐在沙發邊緣，隨時準備要從椅子上跳起來。他肅穆地對老弟點點頭，但完全無視於我的存在。我之前聽到爸媽在廚房裡爭論，老媽說：「拜託，試著跟派特說點話嘛。」老媽把食物放在折疊桌上，在傑克身邊坐下，我們全部大快朵頤起來。

食物棒透了，但只有我說出口。一聽有人誇獎，老媽滿臉開心，照著平日的習慣殷殷說著：「你確定這樣可以嗎？」因為說起烹飪，她一直抱持著謙虛的態度，雖說她的廚藝明明很棒。

傑克問：「老爸，你覺得鳥仔們今年的表現會怎樣？」

老爸悲觀地回答：「八勝八敗吧。」國家美式足球聯盟球季每次一開始的時候他都這樣。

老弟說：「十一勝五敗。」老爸搖著頭，從牙縫吹氣。老弟問我：「十一勝五敗？」我是個樂觀主義者，所以我點點頭。贏得十一場比賽最可能會把老鷹隊送進季後賽。既然我們有了季票，我知道要是鳥仔們掙得主場球賽，我們肯定也會拿到季後賽的票，沒有比老鷹隊季後賽更棒的事情了。

嗯，我承認自己在非球季的時候並沒有好好追蹤鳥仔們的現況。可是，真的讓我很詫異的是，宣布先發陣容的時候，我鍾愛的球員竟然有好多位都不在隊上了。杜斯・史達利、休・道格拉斯、詹姆斯・特拉許、柯利・賽門，全都離開了。我想問：「什麼時候的事？為什麼呢？」可是我沒問，我怕老爸跟弟弟會以為我不再是貨真價實的球迷了，當初我跟妮奇搬到巴爾的摩、放棄自己的季票時，他們就說會發生這種情況。

讓我訝異的是，鳥仔們也不在退伍軍人球場打球了，而是在林肯金融球場，就跟傑克說的一樣。不知為何他們從上個球季以來就建好這座體育館，一定是我困在**鬼地方**，錯過了所有的炒作宣傳。不過，對我來說就是有什麼不大對勁的地方。

第一節之後開始播放電視廣告，我用若無其事的語調問道：「林肯金融球場在哪兒啊？」

老爸轉頭瞪我，沒回答我的問題。他恨我。他一臉嫌惡，好像跟心理錯亂的兒子坐在家庭娛樂室看球賽，是逼不得已的家務事。

「在南費城，就跟其他的體育場一樣。」老弟說得有點過於急促。「蟹味點心好吃耶，老媽。」

「從退伍軍人球場看得到林肯金融球場嗎？」我問。

「退伍軍人球場已經沒了。」傑克說。

「沒了？」我問：「你說沒了是什麼意思？」

「二〇〇四年三月二十一日早上七點。感覺好像紙牌搭成的房子瞬間倒了。」老爸說，沒正眼看我，然後吸吮雞骨頭上一片橘色肉塊。「都兩年多嘍。」

「什麼？我到退伍軍人球場還是去……」我頓住，因為開始覺得有點昏眩噁心。

「你剛說哪一年？」

老爸正要開口說話，但老媽插話：「你不在的時候有很多事情都變了。」不過，即使傑克從車上把手提電腦拿來，讓我瞧瞧退伍軍人球場爆破拆除的下載影片，我還是不肯相信退伍軍人球場已經化為烏有。退伍軍人球場（我們以前都叫它水泥甜甜圈）就像排成圓圈的骨牌一樣倒下，灰色塵垢塞滿了電腦螢幕。看到那個地方崩塌陷落，讓我為之心碎，雖然我懷疑眼前的東西是電腦合成的騙局。

我還小的時候，老爸帶我到退伍軍人球場看了好多場費城人隊的球賽，我當然也跟傑克去看了一堆老鷹隊的比賽。很難相信我人在鬼地方的時候，代表我童年的巨大紀念碑竟會毀於一旦。影片結束了，我問老媽能不能到廚房跟她談談。

我們走到廚房時，她問：「怎麼了？」

「帕朵醫師說，我的新藥可能會害我產生幻覺。」

「好。」

「我想，我剛剛在傑克的電腦上看到退伍軍人球場被拆毀了。」

「甜心，你是看到了沒錯。兩年多以前拆毀的。」

「今年是幾年？」

她遲疑不已，然後說：「二〇〇六。」

那麼我就是三十四歲了。**隔離時間**前後已經持續四年。我想，哪有可能。「我怎麼知道現在不是幻覺？我怎麼知道你不是幻覺？你們全都是幻覺！你們全都是！」我明白自己正在尖叫，但就是忍不住。

老媽搖搖頭，想摸摸我的臉頰，但我把她的手猛力拍開。她又開始哭了。

「我在**鬼地方**住了多久？多久啊？告訴我！」

「那邊怎麼回事？」老爸大吼，「我們想看球賽耶！」

老媽淚漣漣地說：「噓！」

我喊道：「多久？」

「珍妮，跟他說啊！儘管說吧！反正他遲早都會發現！」老爸從家庭娛樂室吼道：「跟他說啊！」

我抓住媽媽的肩膀死命搖晃，搖得她腦袋晃動不停，一面大叫：「多久？」

傑克說：「將近四年。」我回頭望去，老弟正站在廚房門口。「馬上放開老媽。」

「四年？」我呵呵笑道，鬆開媽媽的肩膀。她用兩手摀住嘴巴，雙眼充滿同情與淚水。「你們開什麼玩笑——」

我聽到媽媽的尖叫聲。我感覺自己的後腦杓撞上了冰箱，繼而腦筋一片空白。

7 我怕他的程度多過於怕其他人

我回到紐澤西後，以為自己已經安全了，因為我以為肯尼吉是沒辦法離開鬼地方的。現在我才明白當初的想法很蠢——因為肯尼吉才華洋溢、足智多謀，是個不容小覷的強大勢力。

我一直睡在閣樓裡，因為閣樓裡極度悶熱。等爸媽就寢以後，我就爬上樓梯，把通風扇關掉，鑽進冬天用的舊睡袋，把拉鍊一路拉到只露出臉，然後藉由流汗減掉一磅又一磅的體重。溫度很快往上竄高，睡袋隨即一片汗濕，我感覺自己愈來愈瘦。我連續這樣好幾晚，從沒發生任何詭異或不尋常的事。

可是，今晚我在閣樓裡汗如雨下，性感的合成和弦聲驟然穿透黑暗傳來。我繼續閉著眼睛，低哼單音，默數到十。我知道自己只是產生幻覺而已，帕朵醫師說過我可能會有這種狀況。肯尼吉卻狠狠賞了我一耳光。當我睜開眼睛，他就在爸媽的閣樓裡，鬈曲的濃密長髮恍如光暈一般圍繞臉龐，就像耶穌一樣。完美的古銅額頭，那個鼻子、永恆的短鬍髭與尖削的下顎線條。他襯衫的頭三顆釦子沒扣，露出一些胸毛。吉先生看起來可能不邪惡，但我怕他的程度多過於怕其他人。

我問他：「怎麼？你是怎麼找到我的？」

肯尼吉對我眨眨眼，把亮錚錚的高音薩克斯風貼上嘴唇。

雖然我渾身熱汗，卻打起哆嗦。「拜託啦，」我向他哀求，「讓我一人靜靜！」

但他深呼吸一口，高音薩克斯風開始奏起〈鳴鳥〉的清亮音符。套著睡袋的我馬上坐直身子，用右手掌根反覆猛捶右眉上方的泛白小疤，努力要讓音樂停下來（肯尼吉的臀部就在我眼前搖擺），我的腦袋猛晃一次，就跟著大喊：「停！停！停！停！」薩克斯風的末端就在我眼前，他用抒情爵士狠狠擊打我（我覺得血液往上衝向額頭）。肯尼吉的獨奏達到高潮——砰、砰、砰、砰……

接著爸媽拚命想制住我的雙臂，但我放聲尖叫：「別再放那首曲子了！停下來！拜託啊！」

老媽被我撞倒在地，老爸狂踢我肚皮，這一來，肯尼吉頓時消失無蹤，音樂也嘎然而止。當我往後倒下、喘著想吸空氣時，老爸跳到我的胸膛上，猛揍我的臉頰。驟然間，老媽使勁想把老爸從我身上拉開，我像嬰兒似地抽抽噎噎。老媽對著老爸尖叫，叫他別再打我，接著他就離開我的身體了。即使在老爸卯足全力痛揍我的臉，老媽還是告訴我一切都會沒事的。

「夠了，珍妮。他早上就滾回那家醫院去。明早的第一件事。」老爸說，接著砰砰重步走下樓梯。

我幾乎無法思考。我放聲啜泣。

老媽在我身邊坐下，說：「沒關係的，派特。我在這裡。」

我把腦袋靠在老媽的大腿上。老媽撫搓著我的頭髮，我哭啊哭著墜入夢鄉。

我睜開眼睛的時候，通風扇又打開了。陽光穿過最近的紗窗流瀉進來，老媽仍然撫著我的頭髮。

「你睡得怎樣？」她問我，勉強擠出笑容。她雙眼通紅，臉頰上留有道道淚痕。

躺在老媽身旁、她小手的重量壓在我的頭上、她的輕柔語調在我耳際縈繞，讓我一時之間覺得真是美好。可是，昨晚經歷的回憶逼得我坐起身子——我的心臟怦怦猛跳，恐懼好似波浪流穿我的手腳。「別送我回**鬼地方**。對不起。我真的很抱歉。拜託。」我求她，用盡一切辦法來懇求，因為我就是那麼痛恨**鬼地方**與想法悲觀的提伯斯醫師。

「你會繼續跟我們待在這裡。」老媽說（她直直望著我的眼睛，她說實話的時候就會這樣），然後吻吻我的臉頰。

我們下樓到廚房去，她替我炒了點可口的散蛋，是用乳酪與番茄一起炒的。這回我真的把所有藥丸吞下肚了，因為把老媽撂倒在地、惹惱老爸之後，我覺得自己欠老媽一份情。

我往時鐘一瞥，發現竟然已經十一點了。一等我吃光盤子裡的東西，就開始鍛鍊身體，為了追上固定的時程，每種運動我都加速進行。

8　需要盛裝出席的晚餐

朗尼終於到地下室來探望我，他說：「我正要回家，所以只有幾分鐘時間。」

我完成那組槓鈴仰臥推舉的時候，發出冷笑，因為我曉得那番話的意思。維若妮卡不知道朗尼來看我，要是他做出沒經過她允許的事（像是跟他闊別多時的至交打聲招呼）而不想被逮到，動作就得快點。

我坐起身子時，他說：「你的臉怎麼了？」

我摸摸額頭。「昨天不小心滑了手，舉重桿摔到身上。」

「你的臉頰腫成那樣，是舉重桿弄出來的？」

我聳聳肩，因為我真的不想跟他說是老爸打出來的。

「老天，你真的減重成功，肌肉也壯起來了。我喜歡你的健身房。」他說，目不轉睛瞅著我的舉重椅與腹肌大師六千。然後他伸出手來。「你想我可以過來跟你一起健身嗎？」

我站起來跟他握握手說：「當然囉。」明明知道那個問題只是朗尼的另一個假承諾。

「聽著，你在巴爾的摩的時候，我一直沒去看你，對不起。可是我們生了艾蜜莉，嗯，你也知道那是什麼狀況。不過，我那時覺得通信可以讓我們一直保持親近。既然你回老家來了，我們又可以一起鬼混了，對吧？」

「說得好像——」我開口要說，卻又噤聲不語。

「說得好像——什麼？」

「沒事。」

「你還是以為維若妮卡很討厭你？」

我緊閉嘴巴不吭聲。

他含笑說：「欸，要是她很討厭你，她會要我請你明晚過來吃晚飯嗎？」

我望著朗尼，試著判斷他態度是否認真。

「維若妮卡要準備大餐，歡迎你回家。所以你來不來？」

「當然。」我說，仍然不相信自己的耳朵，因為朗尼的承諾通常都不會有「明天」這麼特定的字眼。

「太棒了。七點到我家先喝飲料。晚餐八點開始，是老婆大人那種正式的三道菜燭光晚餐，所以過來以前先好好打扮，可以嗎？你知道維若妮卡有多重視她舉辦的盛裝晚餐。」他說，然後擁抱渾身汗濕的我。我會容忍這個行為，只是因為維若妮卡的邀請讓我受寵若驚。朗尼一手搭在我的肩上，直直望進我的眼睛：「老天，你回老家來了，真好，派特。」

我看著他跑步上樓，想到要是**隔離時間**已經結束、妮奇能跟我去參加盛裝晚餐的話，我跟妮奇私底下會怎麼痛批朗尼與維若妮卡。

「要盛裝出席的晚餐，」妮奇會說：「我們難道還在上小學嗎？」

老天，妮奇恨死維若妮卡了。

9 如果我退步的話

我知道如果我穿錯衣服，維若妮卡就會說我毀了她的夜晚（就像我穿著百慕達短褲跟涼鞋去參加一場盛裝晚餐那次）。我滿腦子都在想該穿什麼去她的晚餐派對，老媽在我健身到一半朝著地下室喚我時，我連那天是週五、要跟帕朵醫師會面都忘光了。她說：「我們十五分鐘內要離開。快去沖澡！」

在那個雲朵房間裡，我挑了棕色椅子。我們斜躺下來，克里夫說：「你媽跟我說你這週過得滿辛苦的，想談談嗎？」

所以我跟他說起維若妮卡的盛裝派對，還有我的舊禮服都不合身了，因為我掉了那麼多體重，而且除了老弟近來送我的恤衫以外，我沒有別的高檔服飾。要去參加晚餐派對讓我很有壓力，真希望我可以只跟朗尼獨處、一起舉舉重就好，這樣我就不用見到維若妮卡，連妮奇也說她心眼滿壞的。

帕朵醫師按照平日的習慣點了幾次頭，然後說：「你喜歡弟弟送你的新恤衫嗎？你穿起來覺得自在嗎？」

我跟他說，我愛極了我的新恤衫。

「那就穿那件去參加盛裝晚餐嘛，我確定維若妮卡也會喜歡。」

「你確定？」我問：「因為維若妮卡對於客人穿什麼去參加晚餐派對，是很挑剔的。」

「我確定。」他這麼說讓我好過許多。

「那褲子呢？」

「你現在穿的褲子有什麼問題？」

我往下看看老媽前幾天在蓋普服飾替我買的黃褐卡其褲，因為她說我不應該穿運動褲去醫生那裡看診，雖然這件長褲沒有我的老鷹隊新球衣那樣有派頭，可是看起來還過得去，所以我聳聳肩，不再擔心要穿什麼到維若妮卡的晚餐派對。

克里夫努力要我開口講講肯尼吉的事，但是每次他提起吉先生的名字，我就只是閉起眼睛，低哼單音，然後默數到十。

然後克里夫說他知道我對媽媽動粗，知道我在廚房用力搖晃她、在閣樓裡摺倒她。動粗一事真的讓我滿傷心的，因為我好愛老媽，而且她把我從**鬼地方**救出來，甚至簽了所有的法律文件——可是我沒辦法理直氣壯地否認克里夫的話。我的胸膛因為罪惡感而灼熱起來，直到我受不了為止。老實說，我情緒崩潰，哭出聲來，啜泣了至少有五分鐘之久。

「你媽冒了很大的風險，因為她相信你。」

他的話讓我哭得更悽慘。

「你想做個好人，不是嗎，派特？」

我點點頭。我放聲哭泣。我的確想當好人。我真的想。

「我要增加你的用藥劑量，」帕朵醫師告訴我：「你可能會覺得自己有點遲鈍，不過應該可以抑制你突發的暴力行為。你得知道，可以讓你成為好人的是你的行為，而不是你的欲望。如果你還有突發狀況，我可能必須建議你回到神經醫療照護機構，接受更為密集的治療，也就是說——」

「不，拜託，我會守規矩的。」我急忙說道，心知要是我倒退回到鬼地方，妮奇就更不可能回到我身邊了。「相信我。」

帕朵醫師面帶微笑回答：「我相信你。」

10 我不曉得怎麼進行

我在地下室多做點舉重之後，套上垃圾袋去跑十英里。事後我淋浴一番，先往空氣中噴點最愛的古龍水，然後走進那片氣霧裡——依照高中時代老媽教我噴古龍水的方式。我在腋下塗了些體香膏，然後穿上新卡其褲與漢克・巴斯克特的球衣。

我問媽媽我看來怎樣，她說：「很英俊。**超帥的**。可是你真的覺得可以穿老鷹隊球衣去參加晚餐派對嗎？你可以穿我替你買的蓋普服飾襯衫，不然也可以借用你爸的馬球衫。」

「沒關係，」我說，信心滿滿地微笑，「帕朵醫師說穿這件恤衫是個好點子。」

「他這樣說啊？」老媽呵呵笑說，順手從冰箱拿出花束與一瓶白酒。

「這要幹嘛的？」

「送給維若妮卡，跟她說我向她道謝。朗尼這朋友一直對你不錯。」然後老媽又露出泫然欲泣的模樣。

我親親她的臉頰，捧著滿懷的花朵、拿著那瓶酒，沿著街道踅去，越過騎士公園到朗尼的家。

朗尼來應門時，身穿襯衫、繫著領帶，讓我覺得帕朵醫師畢竟還是錯了；我穿得太隨便了。但朗尼仔細端詳我的新球衣，檢查背後的名字（可能是要確定我穿的不是過時的弗列迪．米契爾球衣），然後說：「漢克．巴斯克特是當紅炸子雞喔！球季才剛開始，你哪兒弄來的球衣啊？棒透了！」這番話讓我覺得好過許多。

我們隨著肉的香氣穿越他們豪華的客廳與飯廳，走到廚房裡。維若妮卡正在餵艾蜜莉，見到艾蜜莉看起來比新生兒大了好多，讓我相當詫異。

朗尼說：「漢克．巴斯克特來嘍。」

「誰？」維若妮卡回答，不過當她看到花跟酒的時候，漾起了微笑。用法文說了句：「送我的嗎？」

她瞪著我腫脹的臉頰片刻，但沒拿來說嘴，這點我滿感激的。我把老媽派我送來的東西遞給維若妮卡，她吻吻我不腫的那面臉頰。

「歡迎回家，派特。」讓我滿訝異的是，她的語調竟然相當誠懇。維若妮卡接著說：「不過我還邀了別人來吃晚餐，我希望你不介意。」她對我眨眨眼，然後把爐子上鍋子的鍋蓋拿起來，釋放出一陣番茄與羅勒的暖暖香氣。

「誰啊？」我問。

「你等著看吧。」她說，頭也不抬地攪拌醬汁。

我還來不及說更多話，朗尼就把艾蜜莉從兒童高椅上抱起來，一面說：「來見見派特叔叔吧。」這句話聽起來有些怪，最後我才領悟到他說的是我。「跟派特叔叔說哈囉，艾蜜莉。」

艾蜜莉對我揮揮小手，眨眼間她就在我懷抱裡了。她用深色眼眸檢視我的臉，然後浮現微笑，彷彿贊同自己看到的東西。她指著我的鼻子說：「派噗。」

「看我女兒多聰明啊，派特叔叔，」朗尼拍拍艾蜜莉頭上柔順如絲的黑髮，「她已經曉得你的名字嘍。」

艾蜜莉聞起來就像她臉頰上沾滿的胡蘿蔔泥，最後朗尼才用濕紙巾把她的面頰擦拭乾淨。我不得不承認艾蜜莉是個可愛的小鬼，我馬上明白朗尼為何會寫那麼多封關於女兒的信給我，明白他為什麼會這麼愛她。我開始想到哪天要跟妮奇生個孩子，想著想著開心極了，最後就往小艾蜜莉的額頭送上一吻，彷彿她是妮奇的寶貝而我是她父親。我一次次親吻艾蜜莉的額頭，直到逗得她咯咯發笑為止。

朗尼說：「要喝啤酒嗎？」

「我其實不該喝酒的，因為我在服藥而且——」

朗尼說：「就喝啤酒吧。」接著我們就在前廊露台上暢飲啤酒，艾蜜莉坐在她爸爸的大腿上，吸著裝滿稀釋蘋果汁的瓶子。

「能跟你喝啤酒真好。」朗尼說，然後用他的英林淡啤酒瓶跟我的吭噹互擊。

「還有誰要來吃晚飯？」

「維若妮卡的姊姊，蒂芬妮。」

「蒂芬妮跟湯米嗎？」我說，想起在朗尼與維若妮卡的婚禮上看過蒂芬妮的老公。

「只有蒂芬妮要來。」

「湯米人呢？」

朗尼久久灌了口啤酒，抬眼望向夕陽：「湯米前一陣子過世了。」

「什麼？」我說，因為我沒聽說這件事，「天啊，聽到這件事真是遺憾！」

「今天晚上千萬別提起湯米，可以嗎？」

「當然，」我說，然後連續灌了好幾大口啤酒，「他怎麼死的？」

「誰怎麼死的？」有個女人的聲音插進來。

「嗨，蒂芬妮。」朗尼說，突然間她就跟我們一起站在前廊上了。蒂芬妮穿著黑色晚禮服、高跟鞋，還戴了鑽石項鍊；對我來說，她的彩妝跟髮型看起來都完美過頭了——彷彿她拚命想讓自己看起來風情萬種，老太太有時候就會這樣。「你記得派特吧？」

我站起來，我倆握手的時候，蒂芬妮望進我眼睛的方式讓我覺得怪怪的。

我們走回屋裡，稍微閒聊過後，就剩我跟蒂芬妮獨自各據客廳沙發的兩端。維若妮卡繼續在廚房裡忙，朗尼送艾蜜莉上床睡覺。

寂靜愈來愈讓人尷尬。我說：「你今天晚上看起來很美。」

隔離時間開始之前，我從沒讚美過妮奇的外表，我想這點真的很傷她的自尊心。我想，我現在可以多多練習誇獎女性的外貌，等妮奇回來的時候，我自然而然就能脫口而出。即使蒂芬妮在化妝上太過賣力，不過她看起來真的滿美的。她比我年長幾歲，不過身材苗條健美，還有一頭柔順如絲的烏黑長髮。

蒂芬妮沒正眼看我就問：「你的臉頰怎麼了？」

「舉重意外。」

她只是瞪著自己大腿上交叉的雙手，指甲看得出最近才塗成血紅色。

「所以你目前在哪兒高就？」我問，心想這個問題滿安全的。

她皺起鼻子，彷彿我剛放了臭屁。「幾個月前我被炒魷魚了。」

「為什麼？」

「有什麼要緊的嗎？」她說，然後站起來走進廚房。

我將第二罐啤酒剩下的部分一飲而盡，等著朗尼回來。

晚餐相當優雅，燭光熒熒，絢麗的餐盤配上別緻的銀器餐具；可是氣氛尷尬，因為我跟蒂芬妮完全默不出聲，而維若妮卡跟朗尼談論我們的方式，彷彿當我們不在場似的。

朗尼說：「派特是個重度的歷史迷，對美國每一任總統的事情無所不知、無所不曉。來吧，隨便問他什麼都行。」

蒂芬妮沒從餐盤抬起頭，維若妮卡就說：「我姊是現代舞舞者，過兩個月會有一場演出喔。你應該看看她跳舞的模樣，派特。好美好美。我的天，真希望我能像我姊那樣跳舞。如果她准我們去看她表演的話，我們全都要去，你應該要跟我們一起來。」

我小心翼翼地點點頭，蒂芬妮抬頭看我有何反應。我想為了練習做個好人，我會去的；況且，妮奇可能也會想去看舞蹈表演。從現在開始，妮奇喜歡的事情我都想做。

「我跟派特以後要一起健身，」朗尼說：「看我死黨有多健美。他都讓我抬不起頭了。我必須跟你一起到地下室去，派特。」

「蒂芬妮很愛海邊，對吧，小蒂？我們四個應該找個九月週末，等人群散去以後帶艾蜜莉去海邊。我們可以野餐一下。你喜歡野餐嗎，派特？蒂芬妮愛死野餐了。不是嗎，小蒂？」

朗尼與維若妮卡來來回回交換客人的資訊，前後幾乎長達十五分鐘，然後終於有段間歇時間，我趁機問他們知不知道退伍軍人球場爆破拆除的事。讓我詫異的是，朗尼跟維若妮卡都確認球場在幾年前就拆毀了，就跟老爸說的一樣。我非常憂慮，因為我的記憶裡沒有這件事，也不記得在那之後逝去的時光。我想到要問問艾蜜莉出生多久，因為我記得我在她出生不久之後收到朗尼的來信跟照片，可是我心生恐懼，沒有問出口。

「我很討厭美式足球，」蒂芬妮主動說起，「比世上的任何事情都還討厭。」

好一會兒，我們全都悶不吭聲地埋頭吃飯。

朗尼承諾的三道菜結果是啤酒、烤蘆筍當配菜的千層麵，還有奇檬派。這三樣都很棒，我也跟維若妮卡說了（為了妮奇以後會回來而再次練習當好人）。維若妮卡回答說：「你本來以為我做出來的東西會很難吃嗎？」

我知道維若妮卡是在開玩笑，但妮奇就會用這個反問來證明她這人可能有多麼邪惡。我想到，如果妮奇在場，等我們回家以後，我倆就會躺在床上熬夜聊天，以前我們兩人微醺的時候都會這樣。此刻我坐在朗尼家的晚餐桌旁，那個想法讓我同時感到悲傷又快樂。

我們吃完甜派以後，蒂芬妮站起來說：「我累了。」

「可是晚飯還不算完全吃完耶，」維若妮卡說：「還有**益智遊戲**要玩——」

「我說我累了。」

一片沉默。

「嗯，」蒂芬妮終於說：「你要陪我走路回家還是怎樣？」

我花了一秒鐘才明白蒂芬妮在跟我說話，不過我急忙說：「當然好。」

既然我目前要練習做個好好先生，我又能說什麼呢——**對吧？**

那晚暖烘烘的但不會太濕黏。跟蒂芬妮走過一個街區後，我才問她住哪裡。

她沒正眼看我就說：「跟我爸媽一起住，可以吧？」

「噢。」我這才明白我們跟韋伯斯特家只隔四個街區。

「你也跟你爸媽一起住，對吧？」

「是啊。」

「所以沒什麼大不了的。」

天色漆黑，我猜大約九點半。蒂芬妮在胸前叉起雙臂，踩著喀答作響的高跟鞋快步疾走，不久我倆就站在她爸媽的房子前面了。

她轉身面向我時，我想她只是準備說晚安，她卻說：「嘿，我從大學畢業以後就沒約會過，所以我不知道怎麼進行。」

「什麼怎麼進行？」

「我看到你盯著我瞧的模樣了。少呼嚨我了，派特。我住在後面加蓋的房子，跟主屋完全分開，所以我爸媽不可能闖進來撞見我們。我很討厭你穿美式足球衫來吃晚餐，可是只要我們先把燈關了，你想上我多久都行。可以嗎？」

我震驚到說不出話來。我倆杵在原地良久。

「不然算了。」蒂芬妮補充之後哭了起來。

我困惑不已，同時忙著說話、思考與擔憂，不大知道該做什麼或說什麼。「嘿，跟你相處起來滿愉快的，我覺得你很漂亮，可是我結婚了喔。」我說，舉高婚戒作為證明。

「我也是啊！」她說，舉高她左手上的鑽戒。

我記得朗尼跟我說她老公過世了，害她成了寡婦，可是針對那點我什麼也沒說，因為我要練習做個善良而非堅持正確的人，那是我在接受治療時學到的事情，也是妮奇會喜歡的。

看到蒂芬妮還戴著婚戒，讓我心裡一揪。

蒂芬妮忽地一把擁住我，把臉埋在我的胸肌之間。她哭到彩妝都沾髒我的漢克．巴斯克特新球衫了。除了妮奇以外，我不喜歡讓任何人碰我。老弟對我那麼好，送了我球衣，真正繡有名字與背號的球衣，我真的不想讓蒂芬妮把臉妝弄上去。可是我竟然不由自主地回抱蒂芬妮，連我自己都沒料到。我把下巴靠在她閃亮的黑髮上，嗅聞她的香水，驟然我也哭了起來，這點讓我非常害怕。我們的身體一起抖顫，雙雙哭成了淚人兒。我們一起痛哭至少十分鐘，然後她放開我，跑到她爸媽的房子後方。

我回到家的時候，老爸正在看電視。老鷹隊正在跟噴射機隊打季前熱身賽，我事先不曉得有這場賽事。他連瞧都沒瞧我一眼，可能是因為我現在是個差勁的老鷹隊迷吧。老媽跟我說，朗尼來過電話，說有滿重要的事，說我該馬上回電。

「出了什麼事？你球衣沾了什麼東西？**是化妝品嗎？**」老媽問道。她看我不回答，就說：「你最好回電給朗尼吧。」

但我只是兀自在床上躺下，瞪著臥房的天花板，直到朝陽升起為止。

11 灌滿熔化的岩漿

我手上的妮奇照片是張大頭照，真希望自己當初跟她說過，我有多喜歡這張照片。

這張照片是她請專業攝影師拍的，拍攝之前她先到當地的美髮沙龍去做頭髮跟化妝，還提前一週去了肌膚日曬中心把皮膚曬成古銅色；因為我的生日在十二月下旬，那張照片是我二十八歲的生日禮物。

妮奇的頭轉了個角度，左臉頰占的鏡頭比右臉頰多，略帶草莓色的金色鬈髮勾勒出面頰輪廓。看得到她的左耳，耳上戴著我在紙婚紀念日送她的垂墜鑽石耳環。她去肌膚日曬中心是為了刻意凸顯鼻上的雀斑，那是我極愛的特點，也是我每逢冬日都很想念的。在照片裡可以清楚看到小小的雀斑，而妮奇說這就是重點所在，她甚至交代攝影師把焦點放在雀斑上，因為我最喜歡她季節性的雀斑。她的臉型有點倒三角，下巴有點兒尖，有個雌獅般修長又高貴的鼻子、草綠色的眼眸。在照片裡，她擺出我深愛的那種噘嘴表情（不大像微笑，也不算冷笑），她的嘴唇亮澤動人，我每回看著看著都忍不住往照片一親。

所以我再次親吻照片，感覺到平扁玻璃的冰冷觸感，在上頭留下吻痕污漬之後，再用襯衫把污痕抹去。

「老天，我好想你，妮奇。」我說，可是照片如同往常靜默無語。「我本來是不喜歡這張照片的，真對不起，你一定不敢相信我現在有多喜愛。在我還沒開始練習做個好人而不是堅持凡事正確的人以前，我知道我跟你說過，這份禮物不怎麼正點。沒錯，我當時指名要新的烤肉架當禮物，可是現在我很高興手上有這張照片，因為它幫我撐過在**鬼地方**的那段日子，也讓我想要成為更好的人。我現在已經變了，我不只體會到也很感謝你投注很多心思跟努力在這份禮物上。自從某個壞蛋從我媽家把我們的合照偷光以後，你的肖像我就只剩這張，因為那些照片都放在滿貴的相框裡，而且——」

不知為何，我突然想起我倆婚禮的影帶。在影帶裡妮奇走路、跳舞、談話，甚至有一部分是妮奇直接面對鏡頭、彷彿在對我說話一樣。她說：「我愛你，派特・皮伯斯，你這個性感猛男。」我們第一次跟她爸媽一起看這支影帶時，這番話逗得我捧腹大笑。

我敲敲爸媽的房門，然後又敲了敲。

老媽說：「派特？」

老爸說：「我明天早上得上班耶，你知道吧？」可是我不理他。

我對著門板說：「媽？」

「什麼事？」

「我婚禮的影帶呢？」

一陣沉默。

「你記得我婚禮的影帶吧？」

她仍舊不發一語。

「會不會跟其他錄影帶一起放在家庭娛樂室櫥櫃裡的厚紙箱？」

透過門板，我聽到她跟老爸竊竊私語。然後老媽說：「我想，我們早就把我們那份影帶給你了，寶貝。一定是留在你的舊家了。對不起。」

我說：「什麼？不會吧，應該在樓下的家庭娛樂室櫥櫃裡。算了，我自己去找。晚安。」我到家庭娛樂室的櫥櫃翻遍整箱錄影帶，卻不見那支影帶的蹤影。我轉身看到老媽跟著我下樓走進家庭娛樂室。她身穿睡袍，啃著指甲。

「影帶在哪兒？」

「我們給——」

「少騙了！」

「我們一定是放錯地方了，不過它遲早肯定會跑出來的。」

「放錯地方？沒有東西可以取代它！」雖然只是支錄影帶，但我忍不住怒火中燒，我明白這是我的毛病。「你明明知道它對我有多重要，怎麼還會弄丟？怎麼會？」

「鎮定點，派特。」老媽雙掌向外舉在胸前，戰戰兢兢地朝我踏近一步，彷彿想偷偷靠近染有狂犬病的狗。「放輕鬆點，派特。放輕鬆就好。」

但我覺得自己怒火愈燒愈烈，還好我在說出或做出任何蠢事以前，想起隨時都可能會被送回**鬼地方**，而妮奇將永遠找不到我。我氣沖沖重步越過老媽身邊，往下走進地下室，在腹肌大師六千上做了五百次仰臥起坐。我做完的時候怒氣仍未消退，所以又騎了四十五分鐘的健身腳踏車，然後猛灌小杯水，直到覺得自己的水分補充足夠，可以嘗試五百下伏地挺身為止。只有胸肌感覺恍如灌滿熔化的岩漿時，我才覺得自己平靜到足以上床就寢。

我走上樓的時候，四下一片寧靜，爸媽的臥房門下沒有光線流洩出來，於是我抓起那張裝在相框裡的妮奇照片，把她帶到樓上的閣樓裡，關掉通風扇，鑽進睡袋，把妮奇擺在腦袋旁邊，給她一枚晚安吻，然後再狠狠出汗、甩掉幾磅體重。

自從上次肯尼吉來找我以來，我就沒再上過閣樓。我怕他又會回來，可是我也覺得自己有點肥胖。我合上雙眼，低哼單音，反覆默數到十，隔天清晨毫髮無傷地醒來。

12　像丁斯代爾一樣失敗了

也許新教徒只是比現代人更遲鈍一些吧，但我無法相信十七世紀的波士頓人竟然要花那麼久的時間，才弄清楚把當地蕩婦肚子搞大的是他們的精神領袖。我在第八章就解開了謎團，當海絲特轉身面向丁斯代爾並說：「你倒是替我說說話啊！」我知道霍桑的《紅字》是我們高中時代的指定書目，若早知裡面對性事與諜報行動多所著墨，我十六歲的時候可能老早就讀了。老天，我等不及要問妮奇，她在自己班上有沒有大肆炒作這種猥褻內容，因為我知道如果她這麼做，青少年就會趕著去念這本書。

我不大欣賞丁斯代爾，因為他身邊有那麼棒的女人，卻不讓自己跟她一起共創人生。要他解釋清楚，自己怎麼會讓另一個男人的少妻懷了身孕，我知道這做來並不容易，尤其他又是神職人員。不過，霍桑努力灌輸一個主題：時間會治癒所有的傷口；丁斯代爾雖然學到這個教訓，但遲了一步。況且，我想上帝會希望珍珠有個父親的；上帝可能會把丁斯代爾對女兒不理不睬的罪孽，看得比他跟有夫之婦有染還要嚴重。

現在，我對奇林渥斯漸生同情——同情極了。我的意思是，他把年輕的新娘送往新世界，試圖給她更好的生活環境，她最後卻懷了其他男人的種，那等於是終極的侮辱，對吧？可是他老態龍鍾、性格暴戾，其實當初也不該娶個少女回家的。他開始折磨丁斯代爾的心理時，給對方各種怪異的植物根部與藥草。奇林渥斯讓我想起提伯斯醫師跟他的員工，我因此明白奇林渥斯永遠不會練習做個好人，所以我對他放棄了希望。

可是我很愛海絲特，因為她相信事情有「一線光明」。即使頭戴帽子的蓄鬚男人與痴肥女人聚集起來、惡狠狠與她對峙，甚至說該在她的額頭上烙上印子，她卻堅定不移、埋首縫紉、盡力協助他人，並且竭盡己力拉拔女兒長大——即使後來發現珍珠是個生性邪惡的孩兒。

即使海絲特最後沒有跟丁斯代爾共度人生（如果你問我，我認為這是本書的瑕疵），但我覺得她過了盡善盡美的人生，而且看到女兒長大成人、覓得好歸宿，那樣真的滿好的。

但我也領悟到，沒人真的欣賞海絲特這個人的本質，直到一切太遲為止。她最需要幫助的時候，人人棄她於不顧；只有在她主動幫助別人時，才有人對她湧生愛意。這多少暗示了，要趁早懂得欣賞自己生命中的好女人，免得為時太晚，這個訊息滿適合灌輸給高中小伙子的。我真希望高中老師曾經把這項功課教導給我，要是如此，我初初步入婚姻時，一定會用不同的方式對待妮奇。話說回來，也許這類事情得靠自己在人生路途上親身學習——要像丁斯代爾一樣先失敗過，我想，也就是要像我這樣失敗過。

丁斯代爾與海絲特終於頭一次在鎮上並肩佇立的那個場面，讓我不禁希望**隔離時間**已經結束，這樣我就能跟妮奇一起站在公共場所，向她道歉說我過去真是大渾蛋一個。

然後我會跟她講起我讀霍桑經典作品的感想，這樣做一定會讓她很開心。老天，我竟然真的讀了一本用舊式英語寫成的書，她會多麼佩服啊！

13 你喜歡看外國電影嗎？

克里夫問起維若妮卡的晚餐派對，他問話的方式讓我知道老媽事先跟他討論過了——她當初可能為了要說服我穿她替我在蓋普服飾買的襯衫吧。老媽很愛那些衣服，但我不愛。我往棕色躺椅一坐，克里夫就提起這個話題，一面掐著下巴，他每次問起老媽預先回答過的問題時就會有這種動作。

即使我現在已經能辨別克里夫的談話內容，但我還是興奮難抑地讓他知道，他要我穿著老弟送的恤衫去是對的。讓人詫異的是，他並不想討論我穿什麼衣服；他想談的是蒂芬妮。他不停追問我對她的看法、她讓我產生什麼感覺，還有我喜不喜歡她的陪伴。

一開始我客氣有禮地答說蒂芬妮人還不錯，打扮亮眼、身材窈窕，可是克里夫就像治療師一樣，頻頻逼問真相，因為治療師都有某種心靈能力，能一眼看穿你的謊言，他們知道你最後會玩膩談話遊戲，然後供出實話。

最後我說：「嗯，問題是——我不大想這麼說，但蒂芬妮有點放蕩。」

克里夫問我：「你的意思是？」

「我是說她有點像妓女。」

克里夫稍微往前坐。他一臉詫異與不自在，讓我也跟著不自在起來。「你是根據什麼得來的觀察？她穿得很火辣嗎？」

「不是，我剛跟你講過啊，她穿了滿好看的洋裝。可是我們一吃完點心，她就要我陪她走路回家。」

「那有什麼不對的？」

「沒有。可是散步完以後，她要我跟她性交，她不是用這個字眼就是了。」

克里夫把手指從下巴挪開，往後靠坐，然後說：「噢。」

「我知道。我也很震驚啊，尤其是她都知道我結婚了。」

「所以你做了嗎？」

「做了什麼？」

「跟蒂芬妮性交？」

一開始我沒把克里夫的話聽進去，不過一旦聽懂以後，我心中湧起怒意。「才沒有！」

「為什麼不做？」

我真不敢相信克里夫會問我這種問題，尤其是他自己的婚姻又很美滿。可是我還是給他面子回答了。「因為我愛我老婆啊！那就是原因所在！」

他說：「我也是這麼想。」這話讓我覺得好過一點。他只是在測驗我的道德尺度，這點情有可原，因為精神病院外面的人都需要遵守良好的道德準則，這樣世界才能在沒有重大干擾的情況下繼續運轉，而快樂的結局也才能蓬勃發展。

然後我說：「我連蒂芬妮幹嘛要我跟她上床都不曉得。我是說，我根本是個沒有魅力的男人。她長得滿漂亮的，一定可以找到比我好很多的對象。所以我在想，搞不好她是個花痴女。你覺得呢？」

「我不知道她是不是個花痴，」他說：「可是我知道有時我們會說出、做出我們以為別人要我們說出、做出的事。搞不好她其實不想跟你上床，只是主動提出她以為你可能覺得有價值的東西，這樣你就會看重她。」

我稍微想想他的解釋，然後說：「所以你是說，蒂芬妮以為**我**會想跟**她**上床？」

「不見得啦。」他又抓住下巴，「你媽跟我說，你回家的時候運動衫沾了化妝品。如果我問你發生什麼事，你會介意嗎？」

我不想亂嚼舌根，於是勉強地跟他說，蒂芬妮在老公過世以後還戴著戒指、我倆在她爸媽家前面擁抱大哭的事。

克里夫點點頭並說：「看來蒂芬妮真的需要朋友。她以為要是跟你上床，會讓你想跟她成為朋友。不過，你再跟我說一次，你當時是怎麼處理那種情況的？」

我一五一十跟他說，事情最後怎麼演變到我們互相擁抱，而我又怎麼隨她用彩妝弄髒我的漢克・巴斯克特球衣，還有——

他打斷我：「你從哪裡弄到漢克・巴斯克特球衣的？」

「我跟你說過啊，我弟送我的。」

「就是你穿去晚餐派對的衣服？」

「對啊，就照你交代我的啊。」

他浮現笑容，甚至咯咯笑出聲，這讓我滿驚訝的。然後他加了一句：「你朋友怎麼說？」

「朗尼說漢克．巴斯克特是個狠角色。」

「漢克．巴斯克特的確是。我打賭他這個球季至少會接到七次達陣。」

「克里夫，你是老鷹隊球迷嗎？」

他念出老鷹隊的隊呼：「E！A！G！L！E！S！EAGLES！」這把我逗笑了，因為他是我的治療師，我不知道治療師會喜歡美式足球。

「嗯，既然我知道你骨子裡流的也是綠血，我們得在私底下聊聊鳥仔們的事，」克里夫說：「所以你真的讓蒂芬妮把妝哭到你全新的漢克．巴斯克特球衣上？」

「對啊，而且那件的背號還是繡上去的，不是熨燙上去便宜的那種。」

「貨真價實的漢克．巴斯克特球衣！」他說：「你人真的很好，派特。聽起來蒂芬妮只是需要一個大大的擁抱，你也配合她了，因為你是個好人。」

我忍不住漾出微笑，因為我真的很努力想當個好好先生。「對啊，我知道，可是現在她老是跟著我在鎮上到處走。」

「你的意思是？」

我跟克里夫說，自從晚餐派對以後，不管我何時把垃圾袋套上身、離家去跑步，蒂芬妮總是等在外頭，穿著小小跑步裝、套著粉紅頭帶。「我很客氣地跟她說，我是不跟別人一起跑步的，但她充耳不聞，只是跟在我背後五英尺的地方跑步，整趟路程都是這樣。隔天，她又來一次，而且還繼續這樣下去。不知道為什麼，她把我的行程摸得一清二楚。我在日落前一小時離開家裡的時候，她老是在那裡等著——準備不管我往哪裡慢跑，都要如影隨形。我跑得很快，她還是跟上來了；我到危險的街區跑步，她也跟過來。她從來不會筋疲力盡——等我終於停在我家門口的時候，她只是繼續沿著街道往前跑開，連打聲招呼或說再見都沒有。」

克里夫問：「你為什麼不想讓她跟著你？」

我問他，如果某個性感女人在他每次跑步的時候，都緊緊跟著他走，那麼他老婆索妮亞會有何感受？

他露出微笑，就是男生們獨處時用情欲角度談起女人時會露出的那種笑容，然後說：「所以你覺得蒂芬妮滿辣的嘍？」我吃了一驚，因為我不曉得治療師可以用跟死黨說話的方式來講話。我在想，這是不是表示克里夫現在把我當成他的死黨了。

「她當然很辣，」我說：「可是我已婚耶。」

他抓住自己的下巴說：「你從最後一次見到妮奇，到現在有多久了？」

我跟他說我不曉得。我說：「也許幾個月吧。」

「你真的相信只有幾個月？」他問，再次抓住下巴。

當我說我相信的時候，我聽到自己在吶喊，甚至連髒字都溜出口。我馬上難過起來，因為克里夫把我當朋友一樣說話，而理智清明的人是不會對自己死黨狂吼又咒罵的。

克里夫露出恐懼的神情時，我說：「對不起。」

「沒關係，」他勉強擠出一絲笑容：「我應該相信你說的是認真的。」他搔搔腦袋片刻，然後說：「我老婆很愛外國電影。你喜歡外國電影嗎？」

「配上字幕的嗎？」

「對。」

「我很討厭那種電影。」

「我也是，」克里夫說：「主要是因為——」

「沒有快樂的結局。」

「沒錯，」克里夫說，用棕色手指指著我的臉，「大多時候都很讓人沮喪。」

我全心全意點頭表示同意，即使我有好久沒看電影了。妮奇回到我身邊以前我都不會去看，因為目前我看的是自己人生的現場直播電影。

「我老婆以前老是求我帶她去看有字幕的外國片，」克里夫說：「感覺她好像每天都會追著我問，能不能一起去看外國片，最後我崩潰了，開始帶她去看。每週三晚上我們都會去麗池電影院，看某部讓人沮喪的電影。然後你知道怎樣嗎？」

「怎樣？」

「一年以後，我們就不再去了。」

「為什麼？」

「她沒再要求我了。」

「為什麼？」

「我不曉得。不過，如果你對蒂芬妮有興趣的話，也許你可以請她跟你一起跑步，然後一起吃個幾次晚飯——搞不好過了幾星期以後，她就會厭倦你的追求，然後離你遠遠的。就先稱了她的心嘛，搞不好她反而就不想再要了。懂嗎？」

我懂是懂了，但忍不住問：「你覺得那種方法有用嗎？」

克里夫聳肩的方式，讓我相信會有用的。

14 我可以合吃葡萄乾穀片

從克里夫的辦公室開車回家的路上，我問老媽，我主動找蒂芬妮約會，是不是能一口氣擺脫掉她的最好辦法。老媽說：「你不應該企圖擺脫別人吧。你需要朋友啊，派特。每個人都是。」

我沒有回應。我怕老媽想鼓勵我跟蒂芬妮談戀愛，因為不管老媽什麼時候提到蒂芬妮，都會把她叫成我的「朋友」，說的時候還會面帶微笑、眼神流露希望，這點讓我不勝其擾，因為老媽是家人裡唯一不恨妮奇的。我還知道我去跑步的時候，老媽都會看著窗外，因為我慢跑回來以後，她都會調侃我：「我看到你朋友又出現了喔。」

老媽把車開入車道，熄掉汽車引擎，然後說：「如果你想帶你朋友去吃晚飯，我可以借你錢。」她講「朋友」這個詞的方式又讓我有種負面的刺痛感。我默默不答，老媽竟然吃吃笑了起來，真是怪事！

我完成當日的舉重訓練之後，套上垃圾袋，在前院草坪上做起伸展操，那時便看到蒂芬妮在我爸媽家前的街道來來回回慢跑，等待我起跑。我交代自己要開口約她去吃晚飯，才能終結這種瘋狂的狀況，返回過去單獨跑步的日子；但我只是開始默默跑步，蒂芬妮又尾隨在後。

我經過高中，順著柯林斯大道到黑馬收費站，左轉之後再左轉進入歐克林，沿著肯代爾大道跑到歐克林公立高中，往前經過莊園酒吧，然後到白馬收費站，往右轉之後再往左轉入庫斯貝爾特大道，最後跑進魏斯蒙特。我抵達水晶湖餐館的時候，轉身原地跑步。蒂芬妮也在原地跑步，往下緊盯自己的腳。

「嘿，」我對她說：「你想跟我在這間餐館吃晚餐嗎？」

她頭也不抬，沒正眼看我就說：「今天晚上嗎？」

「對啊。」

「幾點？」

「因為我不能開車，所以我們要用走的過來。」

「幾點？」

「我七點半會到你家前面。」

接著，最讓人驚奇的事情發生了：蒂芬妮竟然主動從我身邊跑開，我真不敢相信我終於能夠讓她別再煩我。我欣喜若狂，改動平日的跑步路線，前後至少跑了十五英里而不是平日的十英里。夕陽西下時，西邊雲朵的周圍全都散放著電光，我知道那是好預兆。

回到家的時候，我跟老媽說我需要一點錢，好帶蒂芬妮出去吃晚餐。老媽從廚房餐桌上拿來皮包時，拚命想掩住笑容。「你要帶她上哪兒去？」

「水晶湖餐館。」

「四十美元應該綽綽有餘了吧？」

「大概吧。」

「等你下來的時候，錢會放在流理台上。」

我淋浴之後往腋下抹上體香劑，噴了老爸的古龍水，然後穿上卡其褲跟老媽昨天替我到蓋普買的深綠色領扣襯衫。不知為何，老媽一直有計畫地逐步為我添購衣物，每一件都是從蓋普買來的。我下樓時，老媽交代我把襯衫塞進去，還要我繫上皮帶。

「何必這樣？」我問，因為我真的不大在意自己看來體不體面。我只是想一勞永逸甩掉蒂芬妮。

可是老媽說「拜託」的時候，我想起自己要做個和善可親而不是堅持正確的人，加上老媽把我從**鬼地方**救出來，我對她也有虧欠，於是我到樓上繫好她那週稍早替我買來的棕色皮製腰帶。

老媽捧著鞋盒走進我房間時說：「穿上深色襪子，然後試穿一下這個。」我打開盒子，裡面裝了挺有派頭的棕色皮製休閒鞋。老媽說：「傑克說你們這年紀的男人休閒打扮就穿這種。」我套上那雙休閒鞋，照照鏡子，看到自己的腰圍看來多麼細瘦，我想我看來幾乎跟老弟一樣帥勁十足了。

口袋裡裝著四十美元，我越過騎士公園來到蒂芬妮爸媽家。她就在屋外的人行道上等我，但我看到她媽媽往窗外瞥看。我跟韋伯斯特太太一對上目光，她就趕緊閃到百葉窗後面。蒂芬妮沒向我打招呼，我還來不及停下腳步她就已經起步走了。她穿著及膝粉紅裙，搭上夏季黑色針織衫。厚底涼鞋讓她看來更為高　，頭髮在耳朵附近有點往外蓬鬆鼓起，然後往下披垂至肩。她的眼線畫得有點粗濃，唇色太過粉紅，可是我不得不承認她看來光采四射，我也跟她說了：「哇，你今天晚上真的很好看。」

她回答說：「我喜歡你的鞋子。」然後我們足足走了三十分鐘，沒再多說一個字。

我們坐在餐館雅座裡，服務生端水過來給我們。蒂芬妮點了茶，我說我喝水就好。我看著菜單，一面擔心身上的錢不夠，我知道這想法很蠢，因為我身上有兩張二十元紙鈔，而且大部分的主菜都在十元以下，但我不知道蒂芬妮會點什麼，搞不好她還會想叫甜點；然後還有小費。

妮奇教我要多付小費，她說服務生的工作那麼辛勞，薪資那麼微薄；妮奇之所以曉得這點，是因為她大學時一路都兼差當服務生（我們讀拉薩爾大學的時候）。因此我現在出門吃飯總是多給小費，只是補償自己過去老為了省下幾塊錢跟妮奇爭吵，我說給十五趴太多，因為不管我工作做得好或不好，也沒人會給我小費。現在我奉行多付小費的原則，因為我要練習當個好好先生而不是堅持正確的人。我一面讀著餐館的菜單，一面暗忖萬一錢不夠付一筆豐厚的小費怎麼辦？

這些事情讓我操心過度，我肯定漏聽了蒂芬妮點的東西，因為女侍突然問我：「先生你呢？」

我放下菜單時，蒂芬妮與女侍都直瞅著我，彷彿擔憂我的狀況。於是我說：「葡萄乾穀片。」因為我記得剛剛讀到穀片只要兩元二十五分。

「要加牛奶嗎？」

「牛奶多少錢？」

「七十五分。」

我想這我倒付得起，於是說：「麻煩了。」然後把菜單遞還女侍。

「就這樣？」

我點點頭，女侍高聲嘆了口氣，然後才轉身離去。

「你點了什麼？我剛沒聽到。」我問蒂芬妮，努力保持客氣的語調，可是悄悄擔心最後剩下的錢會付不出慷慨的小費。

她說：「就點茶而已。」然後我們都往外望向窗外停車場的車輛。

葡萄乾穀片送來時，我打開單份小紙盒，把穀片倒進餐館免費提供的碗裡。牛奶裝在迷你提壺裡，我把牛奶淋在棕色穀片與裹糖的葡萄乾上。我把碗推到餐桌中央，問蒂芬妮想不想幫我一起吃穀片。她說：「你確定嗎？」當我點點頭，她就舉起湯匙，我倆吃了起來。

我們拿到帳單的時候，是四點五九美元。我把兩張二十元紙鈔都遞給女侍，那女人笑出聲來，搖搖頭說：「要找嗎？」我說：「不用，謝謝。」心想妮奇一定會希望我多付小費，這時女侍對蒂芬妮說：「甜心，我剛剛真是錯看他了。你們兩位快點再回來光顧喔。好嗎？」我看得出來那女人對自己拿到的小費相當滿意，因為她走向收銀台的時候腳步輕快。

散步回家的路上，蒂芬妮悶不吭聲，於是我也不發一語。等我們走到她家時，我跟她說我玩得很開心。「謝謝！」我說，然後伸手要跟蒂芬妮握握手，免得她誤會了。

她先看看我的手，然後抬頭看看我，但她沒跟我握手。一時之間我以為她又要哭了，但她只說：「我當初跟你說你可以上我，記得嗎？」

我緩緩點頭，因為我真希望自己的記憶沒那麼鮮明。

「我其實不希望你上我，派特。可以嗎？」

「可以。」我說。

她繞過她爸媽的房子，我再次形單影隻。

等我到家時，老媽興奮地問我們晚餐吃什麼。我跟她說是葡萄乾穀片時，她大笑著說：「說真的啦，你們到底吃了什麼？」我不理睬她，兀自走進房間把門鎖起來。

我躺在床上，把妮奇的照片拿起來，跟她交代我約會的所有狀況。說我怎麼給女侍豐厚的小費、蒂芬妮沮喪的模樣，還有我迫不及待盼望**隔離時間**能快快結束，這樣我就能跟妮奇在某家餐館共享葡萄乾穀片，並肩走在九月初的涼爽空氣裡——然後我又泣不成聲了。

我把臉埋在枕頭裡，才不會讓爸媽聽到。

15 高唱、拼字、喊隊呼

我在凌晨四點半起床，開始舉重，這樣就可以及時在足球開球前完成健身運動。我終於從地下室出來的時候，屋裡瀰漫著蟹味點心、三肉披薩與辣雞翅的香氣。我套上垃圾袋時對老媽說：「好香喔！」然後我就出門去跑十英里了。

蒂芬妮昨天並沒有跟在我後面跑步，所以一看到她在這街廓來回跑著，我相當震驚；況且我今天是改在早上跑步，這並不是我平日跑步的時間。

我跑向騎士公園。我回頭望去，看到她竟然又跟著我了。我說：「你怎麼知道我要提前跑步啊？」但她只是一逕低頭，默默尾隨於後。

我們前後跑了十英里。我回到家的時候，蒂芬妮什麼也沒說就繼續往前跑，彷彿我倆從未在餐館吃過葡萄乾穀片，彷彿一切都不曾改變似的。

我看到老弟的銀色寶馬就停在爸媽家前面，於是悄悄從後門溜進去，跑上階梯，然後跳進淋浴間。我沖完澡的時候，就把漢克．巴斯克特的球衣穿上（老媽已經洗過，把數字上面的彩妝清掉了），然後循著家庭娛樂室傳出的賽前表演的聲音而去，準備替鳥仔們加油歡呼。

我的至交朗尼就坐在老弟旁邊，讓我詫異不已。他們兩個都穿著十八號的深綠球衣，背上有史鐸沃斯這個名字——朗尼的是廉價複製品，號碼是熨燙上去的；但傑克的是貨真價實的版本。老爸坐在椅子裡，穿著五號的麥克納布複刻版球衫。

當我說「鳥仔加油！」時，老弟站起來轉身面對我，高舉雙手，然後說「啊啊啊啊啊啊！」最後朗尼與老爸也站起來面向我，高舉雙手說「啊啊啊啊啊啊！」我們四人一起高誦隊呼，以手臂與身體快速拼出字母「E！A！G！L！E！S！EAGLES！」——匆匆甩出雙臂與一腿擺出E，雙手高舉過頭部、指尖互觸比出A等等。

隊呼結束時，老弟繞過沙發，用手臂攬住我的肩膀，開始唱起戰歌。我記得那首戰歌，於是跟他同聲合唱。「飛翔啊，老鷹隊，展翅飛翔！飛越通往勝利的大道！」能跟老弟一起唱歌讓我心花怒放，所以雖然他用手臂攬著我，但我沒對他發脾氣。我們一面高唱、一面繞著沙發走動：「戰鬥，老鷹隊，全力戰鬥！達陣成功，一、二、三！」我望著老爸，他沒把臉別開，只是開始唱得更起勁。朗尼用手臂摟住我，我夾在老弟與至交之間。「無所不用其極要成功，看著我們的老鷹隊展翅遨翔！」我看到老媽進來觀望，她再次用手摀住嘴巴，她每次快要大笑或哭泣都這樣——她露出快樂的眼神，於是我知道她用手掩住的是笑容。「飛翔啊，老鷹隊，展翅飛翔！飛越通往勝利的大道！」然後朗尼與傑克把手臂從我脖子上挪開，再用身體比出字母。「E！A！G！L！E！S！E A G L E S！」我們全都漲紅了臉，老爸呼吸濃濁，但大家都樂不可支。我頭一次感覺自己真正回到家了。

老媽把吃的放在折疊桌上，接著比賽就開鑼了。老媽分發百威啤酒罐時，我說：「我不應該碰酒的。」但老爸說：「看老鷹隊球賽的時候，你就可以喝啤酒。」老媽把沁涼的啤酒遞給我時，面帶微笑聳聳肩。我問老弟跟朗尼，既然巴斯克特是狠角色，他們為什麼不穿他的球衣。他們跟我說老鷹隊把丹堤．史鐸沃斯交易到手，所以現在當紅的是**丹堤．史鐸沃斯**。因為我穿著巴斯克特的球衣，所以我堅持巴斯克特才是狠角色。聽到這句話，老爸從齒縫吹氣。趾高氣昂的老弟說：「我們很快就能見分曉了。」明明一開始給我巴斯克特球衣的就是他。兩個禮拜以前他才向我保證說巴斯克特是狠角色，現在他竟然這樣說，真是怪哉。

老媽緊張兮兮地看著球賽，她向來如此，因為她曉得如果老鷹隊輸了，老爸整個星期的心情都會很壞，動不動就會對她大吼大叫。朗尼與傑克交換不同球員的資訊，還盯著自己的手機螢幕，想知道其他賽事跟球員的最新消息，因為他們兩人平常都在玩「夢幻足球」。「夢幻足球」是種電腦遊戲，如果挑對達陣成功、有進攻碼數的球員，你就能得分。我的目光時不時飄向老爸，確定他看到我歡呼得很勤快，因為我知道他之所以願意跟精神錯亂的兒子坐在同一房間裡，是因為我竭盡全力替鳥仔們加油打氣。我不得不承認，能跟老爸坐在同一房間裡的感覺真好，即使他討厭我，而且我也還沒完全原諒他在閣樓狠踢我、猛揍我臉的事。

休士頓德州人隊搶先得分，老爸開始高聲咒罵，逼得老媽不得不離開房間。她說會替我們拿啤酒回來。朗尼死瞪著電視，假裝沒聽到老爸說的話，那就是：「媽的，你也好好防守一下，你這個拿太多薪水的二線衛爛貨！這是德州人隊，不是達拉斯女牛仔好嗎？他媽的德州人隊！操你媽的！」

「放輕鬆，老爸，」傑克說：「我們懂你意思了。」

老媽分送啤酒，老爸靜靜啜飲一會兒。可是麥克納布丟了個球被敵隊攔截，老爸開始指著電視，咒罵得更大聲。他用來罵麥克納布的話，一定會把我朋友丹尼搞得發狂，因為丹尼說只有黑人才能用那個n開頭的字[2]。

幸運的是，丹堤・史鐸沃斯的確是高手，因為麥克納布開始把球丟給他，讓老鷹隊持續領先，老爸不再破口大罵，又是滿面笑意。

到了中場，傑克說服老爸到外頭跟我們一起玩傳接球，我們四個就在屋外的街上，把美式足球丟來拋去。我們有個鄰居陪著兒子也到外頭來了，我們讓他們參加。那小鬼可能只有十歲，沒辦法從他家院子接到我們的球，但是既然他穿著綠色球衣，我們還是一次次地把球丟給他。每次傳給他，他都沒接到，但我們還是頻頻為他喝采；小鬼笑得很燦爛，我們之中只要有人跟他老爸四目交接，他老爸就會對我們感激地點點頭。

我與傑克相隔最遠，我們沿著街道拋出遠射球傳給對方，常常得要跑得更遠才接得到。我們兩人從沒漏接任何一次傳球，因為我們是卓越的運動員。

老爸大多時候只是站在旁邊啜飲啤酒，不過我們丟了幾顆容易接的球給他，他用單

2 指的是nigger「黑鬼」。

手接住以後，低手把球拋給站得最近的朗尼。朗尼的手臂柔弱無力，但我跟傑克都沒挑明，因為他是我們的朋友，我們都身穿綠衣，況且陽光普照，老鷹隊又很有贏面，肚子裡還裝滿了可口熱食與沁心涼的啤酒，所以朗尼的運動能耐比不上我們也不打緊。

老媽宣布中場休息快結束了，傑克跑到那小鬼身邊。老弟把雙手伸向天空大喊：「啊啊啊啊啊啊！」小鬼的爸爸也跟著做，才一眨眼小鬼也學了起來，兩手朝天空一伸並大喊：「啊啊啊啊啊啊！」接著我們同聲高喊隊呼，一面用手臂跟雙腿拼出字母，才分頭跑回各自的家庭娛樂室。

下半場表現得最耀眼的還是丹堤．史鐸沃斯，他進攻的距離將近有一百五十碼，還把一球帶進達陣區。沒人丟像樣的球給巴斯克特，他一次球也沒接到。對於這點我一點都不氣惱，因為球賽末尾發生了滑稽的事。

老鷹隊以二十四比十贏得比賽，我們全站起來大唱老鷹隊的戰歌；只要鳥仔們打贏球季的任何一場球賽，我們都會這樣。老弟手臂兩側各攬著我與朗尼，說：「來吧，老爸！」老爸在灌了一堆啤酒之後有點醉意，老鷹隊的勝利，還有麥克納布丟了三百多碼的球，讓他歡天喜地，於是跟我們一起列隊，用手臂繞住我的肩膀，我一開始有點驚愕，不是因為我不喜歡被人碰觸，而是因為老爸有好多年都沒用手臂摟我了。他手臂的重量與體溫讓我覺得渾身舒暢。我們先唱戰歌，然後再喊隊呼，我瞥見老媽從廚房看著我們，她在那邊忙著洗碗。她衝著我微笑，不過她又哭了；我一面高唱、拼字又喊隊呼，一面納悶老媽為什麼會這樣。

傑克問朗尼需不需要搭便車回家，我的至交說：「不用，謝謝。漢克・巴斯克特會陪我走回家。」

我說：「我要陪你？」因為朗尼跟傑克在比賽期間都一直叫我漢克・巴斯克特，所以我知道他指的是我。

他說：「對啊。」我們踏出門之前隨手抓起一顆美式足球。

我們走到騎士公園時，來來回回拋接足球，因為朗尼的臂力滿弱的，所以我們彼此只有相隔二十英尺。接過幾次球之後，我的至交問起我對蒂芬妮的看法。

「沒什麼看法，」我說：「我對她沒有任何想法。幹嘛問啊？」

「維若妮卡跟我說，你跑步的時候，蒂芬妮都會跟著你後面跑。這是真的嗎？」

我接住一顆搖晃抖動的球，說：「對啊，有點古怪。我的時程啊什麼的，她竟然全都曉得。」然後丟出完美的迴旋球，恰巧就在朗尼右肩上方，這樣他就能邊跑邊接。

他沒轉身。

他沒跑。

球直接越過他的頭頂。

朗尼把球撿回來，慢跑回到他自己的守備範圍，然後說：「蒂芬妮有點怪。你知道我說怪是什麼意思嗎？派特？」

他又傳出一顆更不穩的球，我搶在它打到我的右膝蓋骨以前接住，並說：「大概知道吧。」我了解蒂芬妮跟多數女生都不一樣，但我也了解跟自己配偶分離是什麼狀況，那是朗尼無從體會的事，所以我問：「怎麼個怪法？像我一樣怪嗎？」

他的臉色一沉，然後說：「不，我的意思不是……只是蒂芬妮目前在看治療師——」

「我也是啊。」

「我知道，可是——」

「所以去看治療師，就表示我怪？」

「不是。先聽我說一下嘛。我只是想以朋友的立場替你著想。可以嗎？」

朗尼朝我走過來的時候，我低頭盯著草地。我其實不大想聽朗尼大放厥詞，因為朗尼是我唯一的朋友。既然我都離開**鬼地方**了，我們今天又過得這麼愉快，老鷹隊也打贏了，老爸還用手臂攬住我，加上——

「我知道你跟蒂芬妮出去吃晚飯，那樣很棒。你們兩個可能都需要交交懂得失落的朋友。」

我不喜歡他用「失落」這個詞把人一口氣歸成同類，彷彿我早已失去妮奇，彷彿我永永遠遠失去她了，畢竟我還在咬牙努力撐過**隔離時間**，而且我還沒失去她。可是我不發一語，讓他滔滔說下去。

「聽著，」朗尼說：「我想跟你說說蒂芬妮被炒魷魚的原因。」

「那不關我的事。」

「如果你要繼續找她出去吃晚飯，就跟你有關。聽著，你必須知道……」

朗尼照著自己所相信的，跟我說起蒂芬妮丟掉工作的來龍去脈，但他描述的方式正好證明他有偏見。他說這件事的方式就跟提伯斯醫師一樣，陳述他所謂的「事實」，卻完全不顧蒂芬妮的想法。他跟我說她同事在報告書裡所寫的內容，也向我轉述了她上司對她爸媽講過的話，還有從那之後治療師對維若妮卡說過的事情（維若妮卡被指定為蒂芬妮的支援伙伴，所以每星期都會跟蒂芬妮的治療師通電話）。可是他遲遲沒跟我說到蒂芬妮的想法與感受：糟糕透頂的感受、彼此矛盾的衝動、各種需求、窮途末路的感覺，也就是使得她與朗尼、維若妮卡有所不同的一切。朗尼與維若妮卡擁有彼此，還有女兒艾蜜莉，更有不錯的收入、一棟房子、不會讓人說他們「怪」的其他東西。讓我詫異的是，朗尼竟然用友善的態度來講述這些事情，彷彿他想拉我一把、免得我吃了蒂芬妮的虧似的，彷彿他對這類事情知道得比我還多，彷彿過去幾個月以來我沒在精神病院待過。他不了解蒂芬妮，肯定也不了解我，但我不因為這樣而嫌惡朗尼，因為我正在練習當好人而不是堅持正確的人，這麼一來等**隔離時間**結束，妮奇就能夠再愛上我。

「我不是要你對她很壞，也不是要你說她的閒話——只是要你保護自己，好嗎？」朗尼說，我點點頭。「唔，我最好回家去找維若妮卡。這禮拜或許找個時間過去跟你健身一下？酷吧？」

我再次點頭，看著他從身邊漸漸跑遠。那種生氣勃勃的步伐顯示，他認為自己完滿達成了任務。想也知道，他之所以獲准來看球賽，是因為維若妮卡希望他跟我談談蒂芬妮，也許因為維若妮卡以為我可能會占她那個花痴姊姊的便宜，這想法讓我火冒三丈。我還來不及意識到自己的行為，就已經在按韋伯斯特家的門鈴。

門打開時，蒂芬妮的媽媽對我說：「哈囉？」她看起來比之前衰老，滿頭灰髮，身穿厚重的毛衣外套，雖然現在才九月，況且她還在室內。

「我可以跟蒂芬妮聊聊嗎？」

「你是朗尼的朋友吧？是派特．皮伯斯嗎？」

我只是點點頭，因為我知道韋伯斯特太太曉得我是誰。

「如果我先問問你，找我們家女兒有什麼事，你介意嗎？」

「誰啊？」我聽到蒂芬妮的爸爸從屋內呼喚。

韋伯斯特太太喊道：「是朗尼的朋友派特．皮伯斯啦！」她對我說：「你找我們家蒂芬妮有什麼事呢？」

我低頭看著手中的足球說：「我想玩玩接球，今天下午天氣滿好的，也許她想去公園呼吸一點新鮮空氣？」

韋伯斯特太太說：「只是要玩接球啊？」

我舉起手上的結婚戒指，證明自己不想跟她女兒上床，並說：「聽著，我還是已婚身分，只是想當蒂芬妮的朋友，可以嗎？」

聽到我的答案，韋伯斯特太太露出微微詫異的樣子。這有點怪，因為我確定那就是她想聽的答案。過了片刻她說：「繞到屋子後面去敲門吧。」

所以我繞過去敲敲後門，但沒人回答。

我敲三次之後就離開了。

穿越公園的半路上，我聽到背後傳來嗖嗖聲。我轉身的時候，蒂芬妮正朝著我疾走過來，她穿著粉紅色田徑服，那種衣服質料在褲管互相摩擦時會嗖嗖作響。她離我大約五英尺的時候，我用女孩子氣的手勁輕輕拋出一顆球，但她往旁邊一閃，足球兀自掉落在地。

「你想幹嘛？」她問。

「想玩接球嗎？」

「我討厭足球。我沒跟你說過嗎？」

既然她不想玩接球，於是我決定單刀直入。「我跑步的時候，你幹嘛老是跟著我？」

「要聽真話嗎？」

「嗯。」

她瞇起眼來，一副壞心眼的模樣。「我在偵察你的狀況。」

「什麼？」

「我說我在偵察你的狀況。」

「為什麼？」

「看你夠不夠健美。」

「為了什麼要健美？」

可是她沒回答我的問題，反倒說：「我也在偵察你的工作道德、耐力、應付心理壓力的方式。還有你對周遭狀況很沒把握時，有沒有堅持到底的能力。還有——」

「為什麼？」

「我還不能告訴你。」

「為什麼不行？」

「因為我對你的偵察還沒完成。」

當她掉頭就走的時候，我尾隨她路過池塘、越過人行步橋，繼而走出公園；可是我倆都沒再開口說話。

她領著我走到哈頓大道，我們路過新商家與高檔餐廳，與眾多路人、溜滑板的小鬼錯身而過。男人看到我穿著漢克．巴斯克特的球衣，紛紛朝空舉拳說：「加油，老鷹隊！」

蒂芬妮轉出哈頓大道，在住宅街區裡穿梭，最後我們站在我爸媽的房子前面，她停下腳步瞅著我，然後在經過近一小時的沉默之後，她說：「你支持的隊伍打贏了嗎？」

我點點頭。「二十四比十。」

「算你好運。」蒂芬妮說完以後就走開了。

16 全世界最棒的治療師

老鷹隊打敗德州人隊之後的週一早上，發生了一件滑稽的事。我在地下室做些初步的伸展運動，這時老爸走下樓來，這還是我返家之後的頭一回。

他說：「派特？」

「爸？」

我停下伸展運動，起身面對他。他在最後一階止住腳步，彷彿很怕踏進我的地盤。

「你這下面的器材還真多。」

我什麼也沒說，因為我知道他可能很氣老媽替我買下整個健身房的設備。

「今天報紙上的老鷹隊報導還不賴。」他說，然後伸手把《信使郵報》與《費城詢問報》的運動版遞給我。「我今天起得早，兩份都看完了，這樣你就能趕上球隊的訊息。就你昨天在看球賽時發表的評論來看，我知道不是每個球員你都認識。我想，既然你都回家了，這個球季也許你想追蹤一下——嗯，從現在開始，我會把運動版留在階梯最上面一階。」

我震驚得無法說話或動彈，因為我跟傑克自小開始，老爸就一直把運動版帶去上班。傑克老是為了這事跟老爸吵架，求他至少在下班之後把運動版帶回家，這樣等我們做完功課就可以看裡面的文章。可是老爸總是在我們起床以前帶著報紙離開，而且從不把運動版帶回家給我們，他要不是說忘了帶回來，不然就說在公司弄丟了。傑克在當地的大食物分店找到貨品上架的第一份兼差工作以後，就自己訂報。從此以後，我們每天早晨上學以前開始一起讀當日的運動版。那時候他十二歲，我十三歲。

我在腹肌大師六千上面做了三百次仰臥起坐之後，才允許自己從階梯最底階拿起報紙。我的腹肌有碾壓與灼燒的感覺，我擔心老爸只是壞心想要我，擔心那只是報紙的娛樂版或美食版。可是當我做完仰臥起坐，往樓梯走去時，看到老爸留給我的的確是兩份報紙的運動版。

服用上午藥物的時間到了，我發現老媽正在廚房炒蛋。我的盤子就放在早餐吧台上，我早晨待服的五顆藥就在餐巾紙上排成一行。

「你看。」我說，一面把老爸給我的報紙舉高。

「運動版啊？」老媽用壓過炒蛋聲的音量說。

「對啊。」我坐下來把五顆藥丸拋進嘴裡，試著決定今天該嚥下幾粒。「可是為什麼呢？」

老媽用鏟子把蛋從鍋裡撈起，放到我的盤子上。她含笑說：「你爸正在努力表現啊，派特。不過，如果我是你，我就不會問太多問題，只要接受他的付出，開心就好——我們都是那樣做的，對吧？」

她滿懷希望地對我微笑，就在那時我決定把五顆藥丸全部吞下，於是我啜口水、嚥下藥丸。

那週的每一天，我都會聽到地下室的門打開又關起，等我查看階梯頂端的時候，就會找到運動版。我跟老媽共進早餐，一邊把報紙從頭讀到尾。

熱門新聞是即將上場的巨人隊比賽，人人都認為那是在國聯東區勝出的關鍵所在，尤其巨人隊在第一場賽事已經輸給印城小馬隊。要是輸了，會讓他們成為零勝二敗，而老鷹隊會是二勝零敗。這場賽事被炒得很熱，多虧傑克，我有了入場券。我興奮極了。

每晚，我等老爸下班回家，巴望他可能想跟我聊聊即將到來的賽事，這樣我就能在對話裡用上當前球員的名字，向他證明我又是真正的球迷了。可是他老是把晚餐拿到書房去鎖上門。我有好幾次真的走到他書房前面，舉起拳頭就要敲下，但我每晚都臨陣脫逃。老媽說：「給他時間吧。」

週五跟克里夫醫師會面時，我坐在棕色躺椅跟他說起老爸。我告訴他，老爸現在都會把運動版留給我，我知道對老爸來說，這個舉措的意義有多麼重大，可是我很希望老爸肯跟我多聊一些。克里夫凝神傾聽，但沒說什麼關於老爸的話。他反而頻頻提起蒂芬妮，這有點煩人，因為她只是在我跑步的時候跟著我罷了。

「你媽說你明天要跟蒂芬妮去海灘玩。」克里夫說，然後浮現男人聚在一起談女人與性事有時會露出的笑容。

「要一起去的還有朗尼、維若妮卡跟艾蜜莉寶寶啊。重點是要帶艾蜜莉去海邊，因為她今年夏天很少去，天氣就快變冷了。小鬼都很愛海灘啊，克里夫。」

「要去海灘讓你覺得很興奮嗎？」

「當然囉。我想是吧。我是說，我一大早就必須起床，先搶時間健身一下，等回家的時候再完成剩下的，可是——」

「可以看蒂芬妮穿泳裝，你覺得怎樣？」

我眨了幾次眼睛才弄懂他跟我說的話。

「你之前說過，她的身材滿好的，」克里夫補充道：「你會不會很期待看到？搞不好她會穿比基尼喔。你覺得怎樣？」

我的怒氣一時竄起，因為我的治療師態度有點輕佻，不過我領悟到克里夫一定又在測試我的道德尺度了，他要確定我適不適合離開精神病院。於是我綻放笑容，點點頭說：「克里夫，我已婚喔，記得嗎？」

他睿智地點頭回應，然後眨眨眼，讓我覺得自己通過了考驗。

關於我毫無發作地成功度過一週的事，我們多聊了一些。對克里夫來說，這正是藥物起了作用的證據——他不曉得我至少會把一半的藥丸吐進馬桶。治療時間到了，克里夫說：「我還有一件事要跟你說。」

「什麼事？」

讓我大吃一驚的是，他竟然跳站起身，把雙手拋向空中，然後大喊：「啊啊啊啊啊啊！」

於是我也跳站起來，將雙手拋向天空，大喊：「啊啊啊啊啊！」「E！A！G！L！E！S！EAGLES！」我們同聲高喊隊呼，用手臂與雙腿拼出字母，我突然覺得快樂無比。

克里夫陪我走出辦公室時，預測老鷹隊會以二十一比十四大勝，我對他的預測表示同感。我們一同走進候診室，老媽說：「你們兩個剛剛在喊老鷹隊的隊呼嗎？」

克里夫對老媽挑眉聳肩。當他轉身走回辦公室時，一邊吹起口哨：「飛翔啊，老鷹隊，展翅飛翔！」這時，我就明白自己看的是世界上最棒的治療師。

開車回家的路上，老媽問我，在治療時段裡，我跟克里夫除了老鷹隊之外還談了什麼。我沒回答她的問題，反倒問：「如果老鷹隊打敗巨人隊，你想晚上老爸會開始跟我說話嗎？」

老媽皺起眉，把方向盤抓得更緊一點。她說：「可能會吧，派特，真的可能會。這點滿悲哀的但也是事實。」我開始心生盼望。

17 蒂芬妮的腦袋在海浪上漂浮

朗尼開著休旅車來接我時（車子有三排座位），蒂芬妮已經繫好安全帶坐在艾蜜莉的嬰兒座旁邊，於是我抱著足球跟老媽替我打包的袋子，一路爬到車子最後面。袋裡放了毛巾、換洗衣物、裝袋午餐，即使我跟老媽說朗尼會從當地的熱食店帶潛艇堡過去。

想當然爾，老媽覺得自己應該站在前廊揮手送別，彷彿我是個五歲小鬼。維若妮卡坐在副駕駛座，往朗尼傾身，對老媽喊道：「謝謝你送的酒跟花！」老媽把這個舉動當成邀請，於是走到休旅車邊來聊天。

老媽走到朗尼車窗前，低頭縮身往蒂芬妮意味深遠地看一眼，說：「你喜歡我替派特選的這身打扮嗎？」但蒂芬妮已經轉頭背對老媽，正往窗外望著對街的房子。

我的打扮很可笑：亮橘色馬球衫、亮綠色游泳短褲以及夾腳拖鞋。這些我都不想穿，可是我知道，要是我穿削袖短棉衫配上健身短褲，維若妮卡可能會大驚失色。既然維若妮卡跟老媽的品味相當，我就讓老媽來替我打扮——況且那會把老媽逗得很開心。

維若妮卡說：「他看起來棒極了，皮伯斯太太。」朗尼點頭表示同意。

「哈囉，蒂芬妮。」老媽打招呼，把腦袋往車裡再塞進來一點，但蒂芬妮依舊不理不睬。

維若妮卡說：「蒂芬妮？」但蒂芬妮繼續瞪著窗外。

「你見過艾蜜莉了嗎？」朗尼問，接著走出車外，把艾蜜莉的安全帶解開，放進老媽的懷抱裡。老媽跟艾蜜莉講話的時候，聲音變得很滑稽。維若妮卡跟朗尼笑盈盈站在老媽身邊。

這種狀況持續了好幾分鐘，最後蒂芬妮轉過頭來說：「我還以為我們今天要去海邊。」

「不好意思，皮伯斯太太，」維若妮卡說：「我姊說話有時比較衝，可是我們可能得出發了，這樣才能來得及在沙灘上吃中餐。」

老媽匆匆點頭道：「玩得愉快喔，派特。」朗尼把艾蜜莉放回座椅、繫上安全帶。我再次覺得自己像個五歲小孩。

駛向海岸的路上，朗尼、維若妮卡用他們對艾蜜莉說話的語調，來對我跟蒂芬妮講話——彷彿他們不期待我們回應，頻頻叨絮著根本不必說出口的話。「真是等不及要到海灘去。」「我們會玩得很愉快的。」「我們應該先做什麼——游泳？在海灘上散步？還是拋足球呢？」「天氣好好喔。」「你們玩得開心嗎？」「等不及要吃潛艇堡嘍！」

過了二十分鐘的童言童語，蒂芬妮說：「我們能不能有點耳根清靜的時間？」所以餘下的路程裡，我們都在聽艾蜜莉喊叫的噪音（她爸媽聲稱那是在唱歌）。

我們開車穿越大洋城、跨過大橋抵達我不知道的一處海灘。朗尼解釋：「這邊比較沒那麼擠。」

把車停好時，我們把艾蜜莉放進看來介於嬰兒車與四輪驅動車輛之間的東西，由維若妮卡來推。蒂芬妮負責扛海灘傘。我跟朗尼扛著保冷箱，每人各抓一邊手把。我們走過木板棧道，跨越覆滿海濱燕麥草的沙丘，找到一片我們能夠獨享的沙灘。

放眼望去，不見其他人影。

我們稍微討論一下現在正處漲潮或退潮之後，維若妮卡挑了一塊乾燥地方，試著把毯子攤開，而朗尼開始把海灘傘的尖頭鑽進沙地。但微風頻頻襲來，維若妮卡弄得很不順利，因為風老是把毯子翻掀起來。

如果忙著張羅毯子的是維若妮卡以外的任何人，我就會主動抓起毯子一角來幫忙，但我不想被吼，所以做出任何動作以前，我會先乖乖等候指示。蒂芬妮也如出一轍，不過維若妮卡並沒開口求救。

也許有人踢起沙子或什麼的，因為艾蜜莉開始尖叫，猛揉眼睛。

蒂芬妮說：「這下好了。」

維若妮卡馬上去照顧艾蜜莉，要她眨眨眼睛，還示範應該怎麼做，可是艾蜜莉只是尖叫得更大聲。

「我現在沒辦法忍受哭哭啼啼的嬰兒，」蒂芬妮說：「叫她別哭了，維若妮卡，拜託你叫她——」

「記得李莉醫師說過什麼？我們今天早上聊過什麼？」維若妮卡轉頭說，往蒂芬妮拋出嚴肅的眼色，然後才把注意力轉回艾蜜莉身上。

「我們現在要當著派特的面，大談我治療師的事嘍？操你媽的賤人。」蒂芬妮搖著頭說，匆匆走離我們身邊。

「老天，」維若妮卡說：「朗尼，你可不可以處理艾蜜莉一下？」

朗尼肅穆地點點頭。接著維若妮卡就去追蒂芬妮，一面說：「小蒂？回來啊，拜託嘛。對不起啦！真的很對不起！」

朗尼用瓶裝水沖洗艾蜜莉的眼睛，十分鐘左右之後，她就不再哭了。我們把毯子攤在海灘傘的涼蔭裡，用保冷箱、夾腳拖鞋跟涼鞋，還有艾蜜莉的超級娃娃車壓住四角——可是維若妮卡跟蒂芬妮遲遲不回來。

等艾蜜莉的每一吋皮膚都塗滿防曬乳液以後，我跟朗尼帶她到水邊玩耍。她喜歡追著後退的海浪跑，喜歡挖沙地，我們得盯著她看，免得她把沙子吃進肚子；這點我覺得滿怪的，為什麼會有人想吃沙子啊？朗尼抱著艾蜜莉走進海裡，我們在海浪上漂浮了好一會兒。

我問我們需不需要替維若妮卡與蒂芬妮擔心，朗尼說：「不用啦，她們只是在海灘的某個地方進行治療時段，很快就會回來。」

我不喜歡他強調「治療」這個詞的方式，彷彿治療是某種荒謬的點子，可是我什麼也沒說。

我們擦乾身子以後，一起在毯子上躺下來——朗尼跟艾蜜莉躺在涼蔭裡，我躺在陽光下。不久我就打起盹兒來。

我睜開眼睛的時候，朗尼的臉就在我的臉旁邊。他正在呼呼大睡。我感覺有人輕拍我的肩膀，我翻過身來，看到艾蜜莉繞過毯子走來。她對著我微笑說：「派噗。」

「讓爹地睡覺吧。」我低聲說，然後抱起她、扛著她走到水邊。

我們席地而坐，用雙手在濕沙裡挖了好一會兒小洞。接著艾蜜莉站起身來，追逐退去的海沫，邊笑邊指。

我問她：「想去游泳嗎？」她點了一次頭，所以我把她攬進臂彎，開始涉入海中。

海濤稍微洶湧起來，浪衝得比之前高許多，於是我趕緊越過碎浪，走到海水高度恰及我胸膛的地方。我跟艾蜜莉開始在浮浪上漂流。海浪愈來愈大，我必須猛跳起來、用力踢腿，才能讓我倆的腦袋維持在水面上。艾蜜莉很喜歡，每當我們往上浮起，她就尖叫大笑猛拍雙手。就這樣前後維持了足足有十分鐘，逗得我心花怒放；我一次次親吻她圓胖的臉頰。艾蜜莉散發某種特質，讓我想在下半輩子都陪著她在海波上漂浮；我決定等**隔離時間**結束，就要盡快跟妮奇一起生個女兒，因為自從**隔離時間**開始以來，就沒有任何事情能讓我這麼快樂了。

浮浪愈來愈大。我抬起艾蜜莉，把她放在我的肩膀上，這樣她的臉就不會被波浪打到。她的尖叫聲似乎表示她很喜歡高高在空中的感覺。

我們往上漂。

我們往下蕩。

我們快樂無比。

我們如此、如此地快樂。

然後我聽到有人放聲尖叫。

「派特！派特！派……特！」

我轉身看到維若妮卡急匆匆奔下海灘，蒂芬妮遠遠尾隨在後。我擔心也許出了什麼差錯，所以開始往海灘過去。

此刻海波洶湧澎湃，我不得不把艾蜜莉從肩膀上放下，抱在胸前，好確保她的安全；我們很快地移往維若妮卡的方向，不過她現在奔進了浪裡。

我更靠近的時候，維若妮卡的臉很臭。艾蜜莉開始尖叫，伸手要找媽媽。

我把艾蜜莉遞給維若妮卡時，她說：「你在搞什麼鬼？」

「我在跟艾蜜莉游泳啊。」

維若妮卡的尖叫聲一定吵醒了朗尼，他跑下沙灘來到我們跟前。「出了什麼事？」

維若妮卡說：「你竟然讓**派特**帶艾蜜莉到海裡去？」她講我名字的語氣明顯表示她不想讓艾蜜莉跟我獨處，因為她認為我多少會傷害艾蜜莉。這種想法很不公平，尤其艾蜜莉是聽到維若妮卡的尖叫聲才開始哭的，所以真正破壞自己女兒情緒的是**維若妮卡**。

朗尼對我說：「你對她做了什麼？」

「沒有啊，」我說：「我們只是在游泳。」

維若妮卡對朗尼說：「**你**剛剛又在幹嘛？」

「我一定是睡著了，然後——」

「老天，朗尼。你竟然把艾蜜莉丟給他？」

維若妮卡說「他」的語氣、艾蜜莉嚎啕大哭、朗尼指控我欺負他女兒、陽光灼燒我赤裸的胸膛與後背，而蒂芬妮又在旁邊看熱鬧——突然間我覺得自己可能快爆炸了。我滿確定我就快發作了，於是我趁著尚未爆發，趕緊做了所能想到的唯一事情：我開始沿著沙灘奔跑，遠離維若妮卡、朗尼、艾蜜莉，遠離哭泣與控訴的聲音。我使盡全力拔腿狂奔，頓時發現自己正在哭泣，也許是因為我只不過是帶艾蜜莉去游泳，感覺卻是那麼快樂；我試著當好人，自以為好心幫忙卻讓至交失望；維若妮卡還對我尖叫，真不公平；我這麼努力嘗試，這齣他媽的電影還能持續多久？我還必須多做多少事情來改善自己——

蒂芬妮超越了我。

她飛奔過我身邊，身影一陣模糊。

頓時，唯一重要的只剩這件事：我必須超越她。

我開始愈跑愈快，趕到她身邊，但她又加快速度。我們並肩跑了好一陣子，最後我找到女人沒有的換檔變速，狂掃過她身邊，維持我的男性速度，一兩分鐘左右才放慢速度讓她趕上我。我們在海灘上並肩慢跑了許久許久，兩人都緘默不語。

似乎過了一個鐘頭以後，我們才回頭；感覺又過了一鐘頭，我們才看到朗尼與維若妮卡的海灘傘，可是我們還沒跑到他們那邊，蒂芬妮猛然轉向大海。

我跟著她走，直接奔進海浪，跑步那麼久以後，鹹水濺在皮膚上的感覺如此涼爽。很快我們進到深得無法站立的地方，蒂芬妮的腦袋在海浪上漂浮，海浪比之前平靜許多。她的臉曬得有些銅褐色，深色潮濕的頭髮自然披垂，我看到她的鼻子上浮現早晨原本沒有的雀斑——於是我往她那裡游去。

一陣波浪將我往上提起，當我從浪峰另一側下來時，我倆的臉龐如此貼近，讓我好生詫異。有那麼一瞬間，蒂芬妮讓我強烈想起妮奇，我擔心我倆可能一不留神就會接吻，但蒂芬妮在這事發生以前就從我身邊游開幾英尺，對於這點我挺感激的。

她的腳趾露出海面，開始漂浮，面向地平線漂流。

我往後一仰，瞪著海天交界之線，讓自己的腳趾也往上升起，在蒂芬妮身邊漂浮良久，兩人都默不作聲。

我們走回毯子邊的時候，艾蜜莉嘴裡含著拳頭入睡了，維若妮卡跟朗尼手握手躺在涼蔭裡。我們站在他們上方時，他們瞇眼衝著我們微笑，彷彿沒發生任何爛事一樣。

朗尼問道：「你們跑得如何？」

蒂芬妮說：「我們現在想回家了。」

「為什麼？」朗尼坐起身說：「我們都還沒吃中餐耶。派特，你真的想回家了嗎？」

維若妮卡什麼都沒說。

我抬頭望著天空。萬里無雲，一片蔚藍。「嗯，想回家了。」然後我們就坐上休旅車折返科林斯伍德。

18 滿是綠色蜜蜂的蜂巢

「啊啊啊啊啊啊！」

我坐起身來，心臟怦怦猛跳。等眼睛聚焦以後，我看到老爸雙手高舉過頭、佇立在我床畔。他正穿著麥克納布的五號球衣。

「啊啊啊啊啊啊！」他繼續放聲尖叫，最後我爬下床，舉起雙手說：「啊啊啊啊啊啊！」

我們高喊隊呼，用雙臂雙腿拼出「E！A！G！L！E！S！EAGLES！」等我們結束以後，老爸沒道早安也沒說別的事，就兀自慢跑離開我房間。

我望著時鐘，現在是凌晨五點五十九分。比賽下午一點開始。我答應十點以前要去參加傑克的車尾派對，這樣我可以先舉重兩個鐘頭、跑步一小時——於是我努力舉重，到了八點，蒂芬妮照她先前說的準時出現於屋外。

我們的跑程滿短的，也許才六七英里左右。

淋浴之後，我穿上巴斯克特球衣，請老媽載我到地鐵站，可是她說：「你的司機在外面等你了。」老媽吻吻我的臉頰，遞了些錢給我。「祝你玩得愉快，別讓你弟喝太多酒喔。」

到了外頭，我看到老爸坐在他的轎車裡，引擎正在運轉。我坐進車裡，問道：「爸，你要去看比賽啊？」

他說：「我真希望我可以。」然後我們倒退開出車道。

事實是，老爸仍然對自己下禁制令，不准自己去看老鷹隊的現場比賽。八〇年代早期，老爸跟達拉斯牛仔隊的球迷打起架來，後者竟然膽敢坐在編號七百那層，那是退伍軍人球場的便宜座位區，也是老鷹隊死忠球迷會坐的地方。

我後來從過世的叔叔那裡聽到的故事如下：

當牛仔隊達陣成功，一名達拉斯球迷騰跳起來，開始扯嗓歡呼，老鷹隊球迷開始對著他丟啤酒罐跟熱狗。唯一的問題是，老爸當時就坐在這名達拉斯球迷的前面一排，所以啤酒、芥末醬跟食物也像下雨一樣紛紛落在老爸身上。

老爸顯然情緒失控，動手攻擊那位達拉斯球迷，把他打得死去活來。老爸還真的遭到逮捕，被判加重攻擊，最後入獄三個月。要是叔叔當初沒幫忙付房貸的話，我們這棟房子早就不保了。老爸確實因此失去季票，從此沒再看過老鷹隊的現場比賽。

傑克說我們可以把老爸偷渡進球場，因為大門那裡其實沒人真的會檢查身分證，但老爸怎麼都不肯回到球場，他說：「只要他們讓敵隊的球迷進來我們的主場，我就沒辦法信任自己。」

這有點好笑，因為老爸把達拉斯球迷揍得奄奄一息，都已是二十五年前的陳年舊事了，他現在只不過是個胖墩墩的老頭，總不大可能動手去揍另一個胖老頭吧，更不可能對膽敢穿著牛仔隊球衣去看老鷹隊比賽、粗暴吵鬧的達拉斯球迷出手了。不過老爸幾個星期前才在閣樓裡狠狠揍過我——或許他離球賽遠一點的確是明智之舉。

我們開車越過草綠色的惠特曼大橋，他談起今天在老鷹隊史上可能是個重要日子，尤其是去年兩場比賽巨人隊都打贏了。他不分青紅皂白地不停喊道：「復仇！」他也交代我，一定要拉開嗓子大聲歡呼，這樣伊萊．曼寧（我在運動版讀過，知道他是巨人隊的四分衛）在球員圍著聽取戰術時，就不能講話也聽不清楚。老爸說：「扯破喉嚨大喊吧，因為你是死忠球迷！」我知道他跟我說話的方式（停頓的時間短得讓我根本無法答話）聽來像個瘋子，雖然大多數人認為在我家裡精神錯亂的是我。

車子停了下來列隊等著付過橋費時，老爸暫停關於老鷹隊的嗆聲叫囂，時間久得足以說出：「你又要跟傑克去看球賽了，這樣滿好的。你弟一直很想你。這你知道吧？你要撥時間多多跟家人相處，不管你的人生發生什麼事都一樣，因為傑克跟老媽都需要你。」

這番話由他說出口還挺諷刺的，尤其在我回家以後，他幾乎沒對我說過什麼話，也從來沒真的跟我、老媽或傑克一起打發時間，可是老爸終於跟我說話了，這讓我滿高興的。我跟傑克或他一起度過的時間，永遠繞著運動賽事打轉（大多是老鷹隊的事），我明白他在情感上的付出頂多只能做到這樣，所以我欣然接受，說：「我真希望你也能去看球賽，老爸。」

「我也是啊！」他說，然後遞一張五元鈔票給過橋收費員。

下了第一個匝道之後，他在距離新運動場十個街廓左右的地方把我放下來，以便調頭、避開車潮。「你自己想辦法回家囉，」我踏出車外時他說：「我才不要開車回這個動物園咧。」

我謝謝他載我一程，就在我關起車門之前，他在車裡舉起雙手並大喊：「啊啊啊啊啊啊！」附近有一群男人從後車廂拿啤酒喝，一聽到我們的聲音，也舉起雙手高喊：「啊啊啊啊啊啊！」為了一支球隊而團結一心的男人。我們同聲高喊老鷹隊的隊呼。我的胸膛湧過一陣暖流，憶起南費城有球賽的日子是多麼有趣。

我朝著林肯金融球場的西側停車場走去（照著老弟昨晚在電話上給的指示），好多人都穿著老鷹隊球衣，放眼四處盡是綠。人們忙著烤肉、用塑膠杯暢飲啤酒、拋接足球、聽著調幅運動電台的節目。就因為我穿著老鷹隊球衣，我經過的時候，他們全跟我擊掌，還丟足球給我，然後大喊：「加油，鳥仔！」我看到小男孩跟著父親一起來；老人跟成人兒子結伴過來；男人們喊叫、高歌、微笑，彷彿再次變回小男孩。我這才領悟到，自己有多麼想念這種情景。

我還是忍不住找起退伍軍人球場，雖然我並不想這麼做，卻只發現一座停車場。還有個費城人隊的新家，叫做「信誠銀行球場」。入口旁邊飄揚著巨大的橫幅布條，是某個叫做萊恩・霍華德新球員的布條。這一切全都表示，關於退伍軍人球場拆毀的事，傑克與老爸並未說謊。我盡量別去想他們提過的日期，轉而把注意力集中於球賽、集中於與老弟共享相聚時光上。

我找對了停車場，開始搜尋頂端有老鷹隊黑旗飄揚的綠帳棚。停車場擠得水洩不通，四處都是帳棚、烤肉架與派對。不過，大約十分鐘之後，我終於瞥見老弟。

傑克穿著背號九十九的傑洛姆．布朗紀念球衣（傑洛姆．布朗兩次入選全明星賽的防守絆鋒，一九九二年車禍身亡）。老弟用綠杯子喝啤酒，站在我們的朋友史考特身邊，史考特正在烤肉。傑克滿臉開心，一時片刻我只是望著他面帶微笑、臂搭史考特（我上次到南費城以後就沒再見過他）的模樣，感受著單純的喜悅。傑克的臉紅通通，看來已經微帶醉意；因為他酒醉時相處起來還滿有趣的，所以我並不擔心。就像老爸，沒有什麼比老鷹隊的出賽日更能逗傑克開心。

傑克見到我就大喊：「漢克．巴斯克特要跟我們一起參加車尾派對耶！」然後衝過來跟我擊掌、撞胸。

史考特也跟我擊掌，一面說：「近來如何，老兄？」他臉上的燦爛笑容表示很高興見到我。「老天，你真的**好壯**啊。你都拿什麼來舉重啊——車子嗎？」我露出得意的笑容，他捶捶我的手臂，就像男人會對死黨做的那樣。「都好幾年了耶——我是說，嗯——**都過幾個月了啊**？」他跟老弟互換眼色，這我可沒看漏，但我還來不及說什麼，史考特就大叫：「嘿，你們這些坐在帳棚裡的大屁股！我想把你們介紹給我的小子——傑克的哥哥派特。」

帳棚的尺寸有如小房子。我從一側的開口進去，一台大型液晶電視就架在牛奶箱上，長寬各由四個箱子與兩個箱子堆成。五個胖墩墩的傢伙就坐在折疊椅上，看著賽前特別節目——他們全穿著老鷹隊球衣。史考特滔滔不絕把名字說過一遍。等他提到我的名字，男人們點頭揮手致意之後又回頭去看賽前特別節目。他們人手一支電子記事本，目光在手中的小螢幕與帳棚遠端的大螢幕之間迅速來回。他們幾乎人人都戴了耳機，我猜是跟手機相連的。

我們走出帳棚時，史考特說：「別理他們。他們只是想弄到即時資訊。等他們下注以後就會親切一點了。」

我問：「他們是誰啊？」

「我同事啦。我現在是電腦技師，替『數位十字健康』工作。我們替家庭醫師設立網站。」

我問：「他們怎麼有辦法在戶外的停車場看電視？」

老弟揮手要我繞到帳棚後面，指著金屬方盒裡的小引擎並說：「就靠汽油發電機啊。」他指著上頭架有一只小灰盤的帳棚頂端說：「衛星信號接收器。」

我問：「他們要入場看球賽的時候，要怎麼處理這些設備？」

「噢，」史考特噗哧笑說：「他們沒票啦。」

傑克把英林淡啤酒倒進塑膠杯之後遞給我，我注意到有三個保冷箱裝滿瓶瓶罐罐的啤酒，可能有四到五箱的份量吧。我知道塑膠杯是為了閃避警察，如果手裡拿著開著的啤酒罐，他們可以逮捕你，可是手裡拿的是塑膠杯就沒關係了。帳棚外一整袋的空杯子表示，傑克跟史考特搶在我之前喝了不少酒。

史考特烤完了早餐（粗厚的香腸，還有他把煎鍋架在瓦斯火爐上炒的蛋），對於我的近況並未頻頻追問，這點我滿感激的。老弟一定已經把我之前留在**鬼地方**、我跟妮奇分開的事全跟史考特講了，但我還是很感激史考特沒先經過一番拷問，就讓我重新踏入老鷹隊的世界。

史考特跟我說起他的生活，結果發現我住在**鬼地方**的時候，他娶了名叫薇洛的女子，兩人目前育有一對三歲雙胞胎女兒，叫做塔米跟潔莉林。史考特把他放在皮夾裡的照片拿給我看，兩個女孩打扮相同，一身芭蕾女伶似的小小粉紅裝扮（蓬蓬裙、緊身褲），雙手往上伸展、高舉過銀色頭冠，指向天空。「我的小小舞者。我們現在住在賓州那一側，亥沃唐社區。」史考特說，一面把半打香腸放到烤肉架頂層，這樣烤下一批食物的時候，就能順便替香腸保溫。我想到我跟艾蜜莉昨天在海波上漂浮的情景，於是再次向自己承諾，等**隔離時間**結束，我一定要快馬加鞭生個女兒。

我盡量別在腦海裡算數，不過就是忍不住。如果他有一對三歲的雙胞胎小孩，又是在我們最後一次見面**以後**才結婚的（但在他老婆懷孕**以前**），那一定表示我至少有四年沒見到史考特了。也許他先搞大女友的肚子才把她娶進門，可是我當然不能問。既然他女兒都三歲了，算一算就表示我跟他至少有三、四年沒講過話。

我對史考特最後的記憶是在退伍軍人球場。我在一兩個球季以前，就把季票賣給史考特的弟弟克里斯，可是克里斯常常要出城開商務會議，所以讓我把幾次主場賽的座位買回來。我從巴爾的摩上來看老鷹隊跟達拉斯對戰，我不記得哪隊贏了，也不記得比數如何，可是我記得自己就坐在史考特跟傑克之間，在上層的七百座位區。達拉斯隊有一次跑陣達陣成功，我們後面有個蠢人站起來開始歡呼，一面拉開夾克拉鍊、露出東尼·多賽特的復古球衣。我們那區人人開始發出噓聲，把食物砸向這位達拉斯球迷，他臉上綻放朵朵笑容。

傑克醉到幾乎站不起來的地步，但他還是連連爬過三排的觀眾，直往這傢伙衝去。那位清醒的達拉斯球迷三兩下就把傑克撥開，可是傑克往後倒進酒醉的老鷹隊球迷懷裡時，傳來一聲叫喊，有人用蠻力把東尼·多賽特球衣從那位客隊球迷的背上扯下，撕成碎碎片片，最後安全警衛來到，把一打人趕出場外。

傑克沒被趕出那場球賽。

我跟史考特把傑克扶起來，帶離那陣騷亂。安全警衛抵達的時候，我們已經在男用洗手間裡，往傑克臉上頻頻潑水，希望讓他清醒起來。

在我心裡，這件事發生在去年，或許是十一個月以前。但我心知肚明，要是我在烤肉的此刻、在林肯金融球場前面提起那個事件，別人就會告訴我那份回憶來自三年，甚至是四年多以前，於是我沒主動提起，雖然我躍躍欲試，因為我知道傑克跟史考特的反應能幫忙我摸清世上其他人對於時間的信念。況且，世上其他人對於過去與現在之間曾經發生過什麼事，到底有什麼看法，我對這點一無所知也是滿可怕的。這件事最好還是別想太多吧。

「喝些啤酒吧，」傑克對我說：「笑一個嘛，今天有球賽耶！」

所以我開始喝酒，雖然裝藥丸的橘色小罐上的貼紙嚴禁我碰酒。先餵飽帳棚裡的胖傢伙們之後，我們用紙盤吃東西，然後我、史考特跟傑克開始丟足球玩拋接。

停車場上人山人海，不只在開車尾派對，也四處漫步遊蕩。有些傢伙在賣偷來或自製的恤衫；做母親的帶著身穿啦啦隊服裝的小女孩到處走動，如果你捐一美元給他們的社區啦啦隊後援會，小女孩就會現場表演一段歡呼；有些瘋瘋癲癲的流浪漢願意講講粗俗的笑話，來換取免費的食物與啤酒；穿著熱褲與緞子夾克的脫衣舞孃發送當地脫衣舞俱樂部的免費入場券；戴著墊肩與頭盔的小鬼頭忙著替自己的小小足球隊募款；大學生發放新品牌汽水、運動飲料、糖果或垃圾食物的試吃品；當然還有七萬個醉醺醺的老鷹隊球迷，就像我們。基本上這是個綠色的足球狂歡節。

等我們準備要玩接球的時候，我已經喝了兩三罐啤酒，我敢打賭傑克跟史考特各自至少喝了十罐，所以我們傳球傳得不大精準。我們打到停駐的車輛、敲倒幾張擺放食物的桌子、砸中一兩個傢伙的背部，可是沒人介意，因為我們都是穿著老鷹隊球衣的老鷹隊迷，準備好也樂意替鳥仔們加油歡呼。不時會有男人跳到我們其中一人面前，把一兩次傳球攔截下來，可是他們總是呵呵含笑把球還給我們。

我喜歡跟傑克、史考特拋接足球，因為這樣會讓我覺得自己像個男孩；當初妮奇陷入愛河的對象，就是身為男孩的我。

可是接著發生了不好的事。

傑克先看到他，用手指著說：「嘿，看看那個混蛋。」我轉頭看見一名穿著巨人球衣的壯男，距離我們的帳棚大概有四十碼遠。他戴著紅白藍的硬球帽，最糟的是他身邊還帶著穿了巨人球衣的小男孩。那傢伙走到一群老鷹隊球迷那裡，那些人起初拚命刁難捉弄他，最後還是遞給他一罐啤酒。

老弟突然跨步走向這位巨人球迷，我跟史考特也跟了上去。老弟邊走邊喊：「混—蛋！混—蛋！混—蛋！」他每發出一個音節，就用食指猛指那頂硬帽。史考特也依樣畫葫蘆。眨眼間，大約有二十名穿著老鷹隊球衣的男人圍在我們身邊，他們也是一邊指著、一邊喊著。我不得不承認，身為這團暴民的一分子讓人亢奮至極——對敵營球迷的憎恨讓我們團結一心。

我們走到那名巨人隊球迷身邊時，他的朋友（全都是老鷹隊迷）呵呵笑著，臉上的神情似乎在說：「早就跟你說過會出這種事。」可是那巨人隊球迷沒有表現出懊悔的樣子，反倒把雙手舉向天空，彷彿剛剛表演了一項魔術或什麼的。他笑容滿面、頻頻點頭，彷彿被人罵成混蛋還挺愜意的。他甚至把手擱到耳邊，彷彿表示：「我聽不清楚你們在說什麼。」他身邊帶著的小孩有著同樣蒼白的膚色與平扁的鼻子，滿臉驚恐，可能是他兒子。小傢伙的球衣長長垂到膝蓋，隨著「混—蛋！」的口號愈來愈激烈，小鬼也抱緊他爸爸的腿，想躲到壯男的大腿後方。

老弟帶領群眾把口號換成「巨人隊最爛」，愈來愈多老鷹隊迷加入行列。我們現在至少聚集了五十多人。此時，小孩驟然湧出淚水，嗚嗚啜泣。我們老鷹隊球迷一見小孩真的很難過，就咯咯輕笑，頗有風度地解散了。

我們走回自己的帳棚時，傑克跟史考特嘻嘻笑著，但我心裡不大舒坦。我真希望我們沒把那小孩弄哭。我知道那個巨人隊球迷穿著巨人隊球衣來老鷹隊主場是件蠢事，害得兒子淚灑當場其實也是他的錯，但我曉得我們的行為挺缺德的，這就是妮奇討厭的那種行為，而我正在努力——

我感覺一雙怒氣勃勃的手重擊我的背部。我往前踉蹌幾步，差點跌倒在地。我一轉身便看到那名魁梧的巨人隊球迷，他原本的硬帽已經摘下；兒子不在他身邊。

他對我說：「你喜歡把小孩惹哭嗎？」

我震驚得無法言語。當時喊口號的男人至少有五十個，可是他卻跟我單挑。為什麼？我連口號都沒喊。我根本沒舉手指人。我想跟他說這件事，但嘴巴卻完全不管用，只是杵在原地猛搖頭。

史考特說：「要是你自己不想招惹麻煩，就別穿巨人隊的球衣來看老鷹隊主場賽。」

傑克補充：「穿成那樣帶你的兒子來這裡，是很差勁的親子教育。」

那群暴民很快又聚集成形。現在有一圈穿綠制服的人圍在我們四周，我想這個巨人隊球迷肯定是瘋了。他有位朋友過來勸他。那朋友是個留長髮、蓄鬍子的矮小男人，他穿著老鷹隊恤衫。「別這樣嘛，史提夫。我們走啦，他們沒有特別的意思，只是玩笑而已。」

「你他媽的有啥毛病？」史提夫說，然後又推我一把，兩手重擊我的胸膛。

此時老鷹隊球迷開始呼喊口號：「混—蛋！混—蛋！混—蛋！」

史提夫狠狠瞪著我的眼睛，咬牙切齒到頸部肌腱像繩子般鼓浮起來。他也在練舉重，手臂看來比我還粗壯，身長也比我高個一兩吋。

我朝傑克那裡望去想求助，我看得出他自己也有點擔心。

傑克往前一站，擋在我前方，舉起雙手表示沒惡意，但老弟都還來不及說什麼，巨人隊球迷就一把抓起他的傑洛姆・布朗紀念球衫，把他拋到地上。

我看到傑克撞到水泥地，雙手沿著柏油路打滑，接著鮮血從手指滴下。他露出茫然又恐懼的眼神。

老弟受傷了。

老弟受傷了。

老弟竟然受傷了。

我的情緒爆發開來。

我胃裡那種不好的感覺往上竄過胸膛，鑽入雙手——我還來不及制止自己，就已經像馬克牌卡車一樣往前移動。我用左勾拳打中史提夫的臉頰，接著右手又碰上他的下巴，一舉將他擊離地面。我看著他飄過空中，彷彿他放任自己的身體後仰墜入泳池。他的背部撞上水泥地，手腳抽搐一次，然後動也不動。群眾噤聲不語，我開始覺得糟糕透頂，覺得罪大惡極。

有人喊道：「快叫救護車！」

另一位高喊：「叫他們帶藍配紅的屁袋來啦！」

「對不起，」我咕噥，發現說起話來很吃力，「真是對不起！」

接著我拔腿奔跑。

我在簇擁的人群之中穿梭，越過街道，繞過車輛，在對我猛按的喇叭、對我尖聲咒罵的駕駛之間竄走。我覺得腹部有種泡泡湧升的感覺，然後就吐了，把肚裡的蛋、香腸、啤酒一股腦兒全吐在人行道上，很多人朝我大喊大叫，臭罵我是死酒鬼，說我是個混蛋。我又卯足全力沿著街道快跑，離足球場愈來愈遠。

另一股嘔吐感襲來，我停下腳步，卻發現自己形單影隻，放眼不見任何老鷹隊球迷的蹤影。眼前有一道拉起鍊條的圍籬，圍籬後方有一棟看似廢棄的倉庫。

我再次嘔吐。

人行道上，在我吐出的一池渣滓四周，有玻璃碎片在陽光中爍爍發亮。

我放聲哭泣。

我覺得糟糕透頂。

我領悟到自己在向善的努力上再次失敗。我嚴重失控。我重傷了另一人，現在妮奇再也不會回到我身邊了。**隔離時間**會永遠持續下去，因為我老婆是個和平主義者；無論情勢如何，她永遠不會希望我對任何人動手動腳。上帝與耶穌顯然會鼓勵我打不還手罵不還口，所以我知道自己當初不該對巨人隊球迷出手的。我又痛哭起來，因為我真是個他媽的廢物，他媽的不夠資格當人。

我又多走半個街廓，胸膛狂亂起伏，然後停住腳步。

「親愛的上帝，」我祈禱著，「求祢不要送我回**鬼地方。求求祢！**」

我仰頭望天。

我看到一朵雲湊巧飄過太陽下方。

雲朵頂端全是放電般的白。

我提醒自己。

別放棄，我心想。還不到放棄的時候。

「派特！派特！等等啊！」

我往足球場的方向望去，老弟正朝我跑來。接下來的一分鐘左右，傑克的身形變得愈來愈大，最後站在我面前。他彎下腰，氣喘吁吁。

「對不起，」我說：「真是非常非常對不起。」

「對不起**什麼**？」傑克失笑出聲，拉出手機撥了某個號碼，然後把小小電話貼在耳上。

「我找到他了，」傑克對著電話說：「對啊，跟他說吧。」

傑克把手機遞給我，我把它貼在耳邊。

「是洛基嗎？」

我認出史考特的嗓音。

「聽著，那個被你敲昏的混蛋——哎，他醒來了，超火大的。你最好別回帳棚來。」

我問：「他還好嗎？」

「你應該更擔心自己才對。」

「為什麼？」

「警察出現的時候，我們裝聾作啞的，表示沒人能夠指認你或你老弟——可是條子離開以後，那個壯男就一直在停車場上搜索不停，想要找你。不管你做什麼，都不要回這裡來，因為這個巨人隊球迷下定決心要報仇。」

我把手機遞還給傑克，知道自己沒對史提夫造成嚴重的創傷，心上石頭稍微落了地，可是同時也有種麻木感——因為我又失控了。我有點怕那個巨人隊球迷。

傑克跟史考特講完電話以後，我問他：「所以我們現在要回家了嗎？」

他說：「回家？你在開我玩笑嗎？」我們回頭走向林肯金融球場。

我許久不發一語，老弟問我是否還好。

我狀況不好，但沒說出口。

「聽著，那個混蛋攻擊你，把我拋到地上。你只是在捍衛自己的家人，」傑克說：「你應該覺得驕傲。你是**英雄**。」

雖然我是在捍衛老弟沒錯，雖然我沒對那位巨人隊球迷造成嚴重傷害，但我完全驕傲不起來。我滿心歉疚。我應該再被鎖進**鬼地方**。我覺得提伯斯醫師對我的看法是對的——我不屬於現實世界，因為我難以控制、危險重重。可是我當然沒把這個想法說給傑克聽，大半因為他從沒被關起來過，不明白失控到底是什麼感覺，他現在滿心只想去看足球比賽。這個思緒對他而言沒有任何意義，因為他從沒結過婚、沒失去過妮奇那樣的人、不曾拚命想要改善自己的人生，也因為他從來感覺不到他媽的每一天我胸膛裡都有一場戰事如火如荼進行著——體內的化學物質轟然爆炸，恍如七月四日國慶日煙火一般點亮我的頭顱；各種不堪的需求、衝動以及……

林肯金融球場外面，密密麻麻的人群一排又一排，我們隨著數百名球迷等著接受安全檢查。我不記得以前在退伍軍人球場接受過安檢。我好奇從什麼時候開始必須在國家美式足球聯盟的球賽接受安檢，可是我沒問傑克，因為他現在正跟著幾百名醉眼迷濛的老鷹隊球迷高唱「飛翔啊，老鷹隊，展翅飛翔！飛越通往勝利的大道！」

結束安檢之後，我們登上階梯、掃瞄票券，人就在林肯金融球場裡面了。四處人頭攢動——感覺像滿是綠色蜜蜂的蜂巢，嗡嗡響聲震耳欲聾。我們越過大廳前往自己座位區時，常常得要側身走路，才能從人群當中擠過。我緊緊尾隨傑克，擔心會被拆散，因為我一定會迷路。

我們到男廁去，傑克要裡面的每個人都大唱老鷹隊戰歌。等候使用小便池的隊伍頗長，我很訝異竟然沒人亂尿在洗手枱裡，因為在退伍軍人球場（至少在七百層區），所有的洗手枱都拿來充作小便池。

我們終於抵達自己的座位，是在達陣區域，從球場上算來只離二十排左右。

我問傑克：「你是怎麼弄到這麼好的票的？」

他面露得意的笑容答道：「我認識某個傢伙。」

史考特已經就坐。他拿剛剛那場幹架來恭喜我。他說：「你把那個他媽的巨人隊球迷打得**不省人事耶！**」這番話又讓我覺得難堪起來。

傑克、史考特跟那區的每個人幾乎都擊了掌。其他球迷都直呼史考特跟老弟的名字，看也知道他們在這裡挺受歡迎的。

啤酒小販繞過來的時候，史考特請我們喝一巡酒，我詫異地發現座位前方竟然有置杯座。在退伍軍人球場永遠也不會看到這麼豪華的東西。

就在宣布先發的老鷹隊球員名單之前，球場兩端的巨型螢幕播放了電影《洛基》的片段（洛基跑過舊海軍造船廠、洛基在肉品冷藏櫃裡猛擊牛肋、洛基奔上美術館的階梯），傑克跟史考特不停說著：「那就是你。那就是你啊。」害我最後都開始擔心別人會聽到他們的話，大家就會明白在停車場上揍了巨人隊球迷的人是我，然後通知警察把我帶回**鬼地方**。

老鷹隊的先發球員名單宣布完以後，煙火轟然爆開，啦啦隊員踢腿表演，人人站起身來，傑克不停用手拍打我的背，陌生人頻頻與我擊掌。頓時，我不再去想停車場上的那場架。我開始想到老爸在我們家庭娛樂室裡看球賽的模樣——老媽一面拿烤辣雞翅、比薩跟啤酒給他吃，一面巴望老鷹隊可以打贏，這樣她老公未來一週就會有好心情。我再次好奇，如果老鷹隊今天勝利，老爸晚上會不會又開始跟我講話。突然開球了，我使勁歡呼，好似自己的一生完全仰賴這場賽事的結果。

巨人隊搶先得分，但老鷹隊以達陣作為回應，整座球場得意地唱起戰歌，間歇穿插著老鷹隊的隊呼，聲聲響徹雲霄。

第一節接近尾聲時，漢克·巴斯克特接到他加入足球聯盟的頭一顆球——二十五碼球。我們那區的每個人都跟我擊掌、拍拍我的背，因為我身上穿的就是漢克·巴斯克特的正式球衣。我衝著老弟微笑，因為送我這麼棒禮物的人是他。

球賽在那之後，老鷹隊所向披靡；第四節才開場，老鷹隊已是二十四比七了。傑克跟史考特歡天喜地，我開始想像回家以後會跟老爸進行的對話——不論伊萊·曼寧何時想要喊出進攻戰術的口令，我都跟著大喊去干擾他，老爸會替我感到多麼驕傲啊。

可是，巨人隊接著在第四節裡連得十七分，讓費城的球迷震驚不已。

延長賽的時候，普雷希哥·布瑞斯在達陣區裡縱身越過薛爾頓·布朗，巨人隊以贏家之姿離開費城。

真是不忍卒睹！

在林肯金融球場外面，史考特說：「最好別回帳棚那邊，那個混蛋肯定會在那裡等著堵你。」

所以我們跟史考特道別，跟著大批人群走向地鐵入口。

傑克有乘車代幣。我們穿過自動檢票口，下樓往地下去，推推擠擠上了早已人滿為患的地鐵車廂。有人大喊：「沒空間了啦！」可是傑克硬把身子塞進人們之間，連帶也把我拉了進去。老弟的胸膛緊貼我的背；陌生人重壓我的手臂。車門終於關上，我的鼻子幾乎碰到窗玻璃。

啤酒的氣味透過每個人的汗腺升騰浮現，聞來相當刺鼻。

我不喜歡跟這麼多陌生人挨在一起，但我什麼也沒說，我們很快就到了市政廳站。

我們走出車廂，又穿過另一個自動檢票口，登上樓梯踏進市中心，開始沿著市場街走，經過幾家老百貨公司、新旅館與購物中心。

傑克問：「你想看看我的公寓嗎？」我們正走到第八街與市場地鐵站，我可以從這裡搭地鐵，跨越班富蘭克林大橋，回到科林斯伍德。

我的確想看看傑克的公寓，可是我累了，也急著回家趁就寢前做點舉重。我問能不能另找時間來看。

「當然可以，」他說：「老哥，你回來了真好。你今天表現得像個如假包換的老鷹隊球迷。」

我點點頭。

「跟老爸說，等下星期跟舊金山對打，鳥仔們會重振雄風的。」

我再次點頭。

讓我詫異不已的是，老弟竟然用雙臂擁抱我，說：「老哥，我愛你。謝謝你在停車場上挺身相助。」

我跟他說我也愛他，然後他就沿著市場街走遠，一面扯開嗓子高唱：「飛翔啊，老鷹隊，展翅飛翔！」

我往地下走去，把老媽給的五元紙鈔塞進換零錢的機器裡，買了張票，放進自動檢票口，再走下更多階梯，最後抵達等候的月台，然後開始想著那位身穿巨人隊球衣的小孩子。當他明白爸爸被打昏的時候，哭得有多麼慘烈？那小孩有沒有看到球賽呢？有幾個穿著老鷹隊球衣的男人坐在鍍鉻長凳上。當他們看到我的漢克．巴斯克特球衣時，對我同情地點點頭。月台遠端有個男人喊道：「他媽的該死的鳥仔！」然後猛踢一個金屬垃圾桶。站在我身邊的另一個男人搖頭低語：「他媽的該死的鳥仔！」

列車駛抵的時候，我選擇站在車門附近。列車滑過暮色蒼蒼的天際，越過德拉瓦河，駛過班富蘭克林大橋。我眺望城市的天際線，又開始想起那個哭泣的孩兒。一想起那個小孩，我心裡就難受至極。

我在科林斯伍德下車，越過露天月台，走下階梯，將卡片塞進自動檢票口，然後一路慢跑回家。

老媽坐在家庭娛樂室裡啜飲熱茶。我問：「老爸狀況怎樣？」

她搖搖頭，手指電視。

螢幕裂出了蜘蛛網似的痕跡。「出了什麼事？」

「你爸拿閱讀檯燈把螢幕砸了。」

「是因為老鷹隊輸了嗎？」

「其實不是。他是在第四節末尾跟巨人隊打成平手的時候砸的。你爸只好用臥房的電視看老鷹隊最後怎麼搞砸這場比賽，」老媽說：「你弟還好嗎？」

「不錯啊，」我說：「老爸呢？」

「在他書房。」

「噢。」

老媽說：「真遺憾你的隊伍輸了。」我知道她是好心才這麼說的。

「沒關係。」我回答，然後走進地下室，在那裡連續舉重好幾個鐘頭，努力要忘記那個巨人隊小球迷嗚嗚哭泣的事，但怎樣就是無法把那小孩趕出我的腦海。

不知為何我竟然在覆蓋地下室部分地板的地毯上睡著了。在我的夢境中，打架事件再三發生，只不過那個巨人隊球迷帶來看球賽的，不是小孩而是妮奇，她也穿著巨人隊的球衣。每次我把那個壯漢史提夫打昏，妮奇就會從人群中推擠出來，用雙手捧住他的腦袋，親吻他的額頭，然後抬頭瞅著我。

就在我跑走以前，她說：「你是頭野獸，派特。我絕不會再愛上你。」

我一邊做夢，一邊痛哭，每當回憶閃過腦海，我都拚命忍住不出手打那個巨人隊球迷，但我怎麼就是控制不住夢中的自我，就像我一見傑克雙手淌血之後，就無法控制清醒的自我一樣。

地下室門關上的聲音將我喚醒，我看到洗衣機與乾衣機上方的小窗戶有光線流洩進來。我登上階梯，運動版竟然就擱在那裡，教我難以置信。

我做過的夢讓我肝腸寸斷，但我領悟到那只是夢境罷了。儘管發生了種種事端，在老鷹隊史上慘敗的其中一天過後，老爸還是將運動版留給了我。

於是我深呼吸一口，任由自己再次盈滿希望，並開始我的例行運動。

19 滿嘴粗話的妹子

我跟蒂芬妮相偕到水晶湖餐館去，坐在上回相同的雅座裡，合吃單份葡萄乾穀片，一面啜飲熱茶。我們散步過來這裡的路上默不作聲；我們等服務生把牛奶、碗跟穀片盒端來的時候也不發一語。我開始了解我倆的友誼是屬於不大需要很多言語的那個類型。

我看著她用湯匙把棕色穀片與加糖葡萄乾杓進粉紅嘴唇之間，我拿不定主意，不知要不要跟她講講在老鷹隊球賽發生的事。

我滿腦子盡是那個躲在爸爸腿後哭泣的孩子，到現在已經足足兩天了。動手打了那位壯碩的巨人隊球迷，讓我滿懷罪惡感。我沒跟老媽說，因為這件事會惹得她心煩意亂；而老爸從老鷹隊輸給巨人隊以後，也沒再跟我說過話；而我還得等到星期五才見得到克里夫醫師。我開始把蒂芬妮看成或許能理解我想法的唯一人選，因為她似乎有類似的毛病，就是情緒隨時會爆發，就像維若妮卡在海邊一時說溜了嘴、在我面前提起蒂芬妮的治療師那次。

我望著蒂芬妮，她正彎腰駝背地坐著，兩邊手肘都架在桌上。她身上穿的黑恤衫把原本的髮色襯得更黑。一如往常，她畫了過濃的彩妝。她一臉悲傷。她滿臉怒容。她跟我認識的其他人看來都不一樣——別人知道有人在看的時候，就會露出快樂的神情，但她裝不出來。她不會為我裝出愉快的表情，這點多少讓我覺得能夠信任她。

蒂芬妮冷不防地抬起頭，直瞪我的眼睛。「你沒在吃。」

「對不起。」我說，低頭瞅著餐桌塑膠覆膜裡的金色亮片。

「要是有人看到我猛吃，而你只顧著在旁邊看，他們會以為我是貪吃鬼。」

於是我拿湯匙探進碗裡，把浸透牛奶的一小堆葡萄乾穀片掃進嘴裡，不小心往亮晶晶的桌上灑了點牛奶。

我嚼啊嚼。

我吞下肚。

蒂芬妮點點頭，然後再次眺望窗外。

「去看老鷹隊球賽的時候發生了不好的事。」我說，接著又希望自己沒說出口。

「我不想聽足球的事，」蒂芬妮嘆氣，「我討厭足球。」

「其實這件事跟足球沒什麼關係。」

她繼續瞪著窗外。

我跟著看了看，確認外頭只有停放的車輛，沒什麼有趣的東西。接著我就說起話來：「我狠狠揍了一個男人，甚至把他抬離地面——我以為我打死他了。」

蒂芬妮瞟著我。她瞇起眼來，表情似笑非笑，彷彿可能會笑出聲來。「唔，你來真的啊？」

「我來什麼真的？」

「打死那個男的啊。」

「沒有。沒有，我沒有啦。我是把他打昏了，不過他後來又醒來了。」

蒂芬妮問：「**要是**你打死他了呢？」

「我不知道，」這個問題讓我驚異萬分，「我是說，不會！當然不會了。」

「那你幹嘛打他打那麼用力？」

「他把我老弟丟到水泥地上，我的腦袋就爆炸了。感覺好像靈魂出了竅，身體就自顧自地做出了我不願意做的事。其實我沒跟什麼人談過這件事，我希望你願意聽我說說，這樣我就能——」

「那個男的幹嘛把你弟摔到地上？」

我把整個故事告訴她，從頭到尾，讓她知道我無法把壯漢的兒子逐出腦海。我還是頻頻看到小傢伙躲在爸爸腿後的景象，我還是看到那個小傢伙哭泣抽噎，神情難掩恐懼。我也跟她說起我的夢境：妮奇安慰巨人隊球迷的那場夢。

我講完故事的時候，蒂芬妮說：「所以呢？」

「**所以呢**？」

「我不懂你幹嘛**那麼**難過？」

一時片刻我以為蒂芬妮可能在開我玩笑，但她並沒有露出忍俊不住的表情。

「我會難過是因為我知道，等我跟妮奇說了事情的經過，她會很氣我。我會難過是因為我對自己感到失望，**隔離時間**現在一定會延長，因為上帝會想保護妮奇，等我學會把自己控制得更好為止。就像耶穌一樣，妮奇是個和平主義者，那就是為什麼她一開始就不喜歡我去看粗暴吵鬧的老鷹隊比賽。我也不想被送回**鬼地方**。天啊，我好想念妮奇，我的心好痛而且——」

「操他的妮奇。」蒂芬妮說，又往嘴裡舀進一匙葡萄乾穀片。

我直瞅著她。

她若無其事嚼啊嚼。

她嚥下肚。

我說：「什麼？」

「那個巨人隊球迷聽起來就是個頭號王八蛋，你弟跟你朋友史考特也是。這場架不是你挑起的，你只是在捍衛自己。如果妮奇沒辦法接受，如果妮奇在你沮喪的時候不肯支持你，那我會說：**操他的妮奇**。」

「不准你用那種話講我的老婆。」我說，在自己的聲音裡聽見尖銳的怒意。

蒂芬妮對我翻翻白眼。

「我不許朋友用那樣的話講我的老婆。」

蒂芬妮說：「你老婆，啊？」

「對，我老婆，妮奇。」

「你是說，你在精神病院等待康復時，拋棄了你的那位老婆**妮奇**。那你老婆**妮奇**為什麼現在沒跟你一起坐在這裡啊？派特？想想看啊。你為什麼跟我一起吃他媽的葡萄乾穀片？你滿腦子只想取悅**妮奇**，可是你的寶貝**妮奇**眼中根本沒你這個人。她在哪兒啊？妮奇現在正在幹嘛？你真的相信她正在想**你**？」

我震驚得說不出話。

「操他的妮奇，派特。操她的！**操他的妮奇**！」蒂芬妮用手掌猛拍桌面，裝著葡萄乾穀片的碗都跟著彈跳起來。「忘掉她吧，她走了，你難道看不出來嗎？」

服務生走到桌邊來。她雙手搭在臀上，緊抿嘴唇。她先望著我，然後看看蒂芬妮，接著說：「嘿，滿嘴粗話的妹子。」

「這裡不是酒吧好嗎？」

我環顧四周，其他客人正瞅著我滿口髒話的朋友。

蒂芬妮望著服務生，搖了搖頭。「你知道嗎？也操你啦。」蒂芬妮說，然後大步穿越餐館，走出門外。

「我只是在盡自己的責任，」服務生說：「真要命！」

「對不起，」我說，然後把身上所有的錢都遞給服務生——我跟老媽說想帶蒂芬妮去吃葡萄乾穀片，老媽給我二十元紙鈔。我原本向老媽討兩張二十元紙幣，但老媽說餐點才五塊美元，說我不能付服務生四十塊錢，即使我跟老媽解釋多付小費的原則也沒用，你已經知道這是我從妮奇那裡學來的。

女侍說：「多謝了，老兄。可是你最好趕快去追你女朋友。」

「她不是我女朋友，」我說：「她只是普通朋友。」

「隨便啦。」

蒂芬妮不在餐館外面。

我沿著街道望去，看到她愈跑愈遠。

等我趕到她身邊，我問她出了什麼差錯。

她沒有回答，她只顧著跑。

我們以滿快的速度肩並肩慢跑回科林斯伍德，一路跑到她爸媽的家。然後蒂芬妮沒道別，就一路跑著繞往後門。

20 暗示的結局

那晚，我嘗試閱讀希薇亞・普拉絲的《瓶中美人》。妮奇以前老是談到普拉絲的小說有多麼重要，她說：「應該要逼每個年輕女子都去讀讀《瓶中美人》。」我請老媽替我從圖書館借來，因為我想了解女人，這樣就能對妮奇的感受等等產生共鳴。

這書的封面看來相當女孩子氣，有朵乾燥玫瑰上下顛倒懸掛於書名上方。

普拉絲在頭一頁提到共產黨員羅森伯格夫婦遭到處決，那一刻我就知道我讀到了讓人沮喪的書，因為過去身為歷史老師的我，了解反共的紅色恐慌時期多麼教人沮喪，還有麥卡錫主義也是。敘事者提到羅森伯格夫婦之後，就講起屍體跟吃早餐時見到死人頭的事。

主角艾瑟在紐約市某家雜誌社有個實習良機，但她性情相當憂鬱。她在邂逅的男人面前都用假名。艾瑟算是有個名叫寶弟的男友，但他對她壞透了，他讓她覺得自己應該生小孩、當家庭主婦，而不是當個她希望成為的作家。

最後艾瑟精神崩潰，接受電擊治療，還吞下過多安眠藥嘗試自殺，最後被送進我去過的那種鬼地方。

艾瑟用「黑鬼」來指稱在她那個鬼地方供應伙食的黑人。這讓我想起丹尼，也想到這本書會把我的黑人朋友惹得火冒三丈，尤其艾瑟是白人，而丹尼說只有黑人可以用「黑鬼」這樣具有爭議性的種族主義字眼。

雖然這本書滿讓人沮喪的，可是一開始讓我有些興奮，因為它處理心理健康的素材，是我非常有興趣學習的主題。我也想看看艾瑟如何漸入佳境，最後又如何找出「一線光明」，繼續她的人生道路。我確定妮奇指定學生閱讀這本書，是為了讓憂鬱的少女明白：只要堅持得夠久就會有希望。

於是我繼續讀下去。

艾瑟失去童貞，在那個過程中發生大出血，差點失血致死，就像《戰地春夢》裡的凱薩琳，我很好奇美國文學裡的女性為何老是有大出血的狀況。可是艾瑟存活下來，卻發現自己的朋友瓊安上吊自殺。艾瑟出席了葬禮。她踏進滿是治療師的房間，他們將要決定艾瑟的健康程度是否足以離開她的鬼地方，整本書就在這裡收尾。

我們看不到艾瑟後來的經歷，看不到她的病情是否好轉，這點讓我暴跳如雷，尤其在苦讀一整夜之後。

陽光透過臥房窗戶流瀉進來，我讀著書本封底的人物簡介，發現整本「小說」基本上就是希薇亞．普拉絲的人生故事。作者本人最後把頭塞進烤箱，就像海明威一樣自殺身亡（只是不用槍枝），我明白這就暗示了本書的結局，因為人人都曉得這本小說其實是希薇亞．普拉絲的回憶錄。

我真的動手把這本書撕成兩半，丟向臥房牆壁。

地下室。

腹肌大師六千。

屈膝仰臥起坐五百下。

為什麼妮奇要叫青少年讀這麼教人沮喪的小說？

舉重椅。

舉重架。

舉重一百三十磅。

為什麼人們會想閱讀《瓶中美人》這樣的書？

為什麼？

為什麼？

為什麼？

出乎我的意料，蒂芬妮第二天黃昏一樣現身與我一起慢跑。我不知道要對她說什麼，於是靜默不語——如同往常。

我們跑啊跑的。

我們隔天也去跑，但沒有討論蒂芬妮針對我老婆所發表的評語。

21 可接受的處理方式

在雲朵房裡，我挑了黑色躺椅，因為我有點沮喪。好幾分鐘我一語不發。我擔心如果我跟克里夫實話實說，他會送我回**鬼地方**，可是我坐在那裡滿懷罪惡感。接著我對著克里夫開口，狂亂急切地一句接一句，侃侃道盡一切：魁梧的巨人隊球迷、小巨人隊球迷、我出拳打架、老鷹隊輸給巨人隊、老爸砸壞電視螢幕、他把運動版帶給我但不肯跟我說話、我夢到妮奇穿著巨人隊球衣、蒂芬妮說「操他的妮奇」但每天還是想跟我一起跑步；然後是妮奇竟然教毫無設防能力的青少年讀希薇亞．普拉絲的作品、我把《瓶中美人》撕成兩半、希薇亞．普拉絲把頭塞進烤箱自殺。「烤箱？」我說：「為什麼會有人把自己的腦袋塞進**烤箱**？」

這樣的釋放來勢洶洶，我這才明白自己在大鳴大放的半途就開始痛哭。等我講完的時候，我摀住臉龐，克里夫是我的治療師，沒錯，但他也是個男人、老鷹隊球迷，或許也算是朋友。

我在雙手後面開始啜泣。

有好幾分鐘時間，雲朵室一片靜謐。克里夫終於開口說道：「我很討厭巨人隊的球迷。那麼傲慢，老是想拿勞倫斯・泰勒出來講，他只不過是個骯髒的爛蠢蛋。兩次打進超級盃是沒錯，可是第二十五屆跟第二十一屆都是陳年往事了——都過十五年了。而我們老鷹隊打進去只不過是兩年前的事，對吧？即使我們這次輸了也無損於這個事實。」

我大吃一驚。

我原本以為克里夫一定會因為我揍了巨人隊球迷而咆哮，然後會開始威脅要送我回**鬼地方**。他提起勞倫斯・泰勒的態度那麼隨意，我不禁把雙手放下來，卻見到克里夫直直站著，不過他那麼矮小，站著也沒比坐著的我高多少。我想他剛剛暗示說老鷹隊兩年前打進了超級盃，這點讓我非常難過，因為我完全不記得有這回事，於是我努力忘記克里夫提到我們球隊進了大賽的事。

「你不討厭巨人隊的球迷嗎？」他對我說：「你不討厭他們嗎？快吧，從實招來。」

「是啊，我討厭他們，」我說：「討厭死了。我弟跟我爸也是。」

「這個男的幹嘛穿巨人隊的球衣到老鷹隊主場球賽去？」

「我不知道。」

「他難道沒想過自己會被嘲笑嗎？」

我不知該說什麼。

「每年看到這些愚蠢的達拉斯隊球迷、巨人隊球迷、紅人隊球迷穿著自己顏色的衣服來我們球場。每年同一批球迷都會被喝醉的老鷹隊球迷暴力相向。他們什麼時候才會學會教訓啦？」

我震撼得說不出話。

這是不是表示克里夫手上也有季票？我滿好奇的，但沒開口追問。

「你捍衛的不只是自己的老弟，也是在捍衛自己的球隊啊！對吧？」

我意識到自己點頭如搗蒜。

克里夫坐下來。他拉拉桿子，擱腳板升起來，我盯著他廉價懶人鞋磨得老舊的鞋底。

「我坐在這張椅子的時候，我就是你的治療師。我不在這張椅子上的時候，就是老鷹隊球迷同好。懂嗎？」

我點點頭。

「暴力是不可接受的解決方法，你沒必要動手打那個巨人隊球迷的。」

我再次點頭。「我也不想動手打他啊。」

「可是你打了。」

我低頭俯視雙手，手指蠕動難安。

他說：「你還有什麼替代方案？」

「替代方案？」

「除了對那個巨人隊球迷動粗以外，你原本還可以怎麼做？」

「我當時沒時間可以思考。他一直推我，還把老弟拋到地上——」

「萬一他是肯尼吉呢？」

我合上眼睛，低哼單音，默數到十，將腦袋放空。

「對，哼唱。你覺得自己好像快要出手打人的時候，乾脆試試哼唱好了？那個技巧你打哪兒學來的？」

克里夫提起肯尼吉，害我有點生氣，他這樣做感覺是個下流的詭計，尤其他明知道吉先生是我最大的天敵。但我想起我跟克里夫實話實說的時候，他並沒有對我鬼吼亂叫，我還滿感激的。於是我說：「只要我害妮奇心裡不舒服，她都會哼起單音。她說她是在瑜珈課學到的。不管她什麼時候哼起來，都會讓我措手不及。我真的會嚇得死去活來，因為坐在閉起眼睛哼著單音的人身邊很怪。等她終於停下來的時候，我會覺得很感激，會比較容易察覺她不高興了，對她的感覺也會比較有反應，這是我最近才懂得欣賞的。」

「原來那就是你每次都會哼唱單音的來由啊，只要有人提起肯尼——」

我合上眼睛，低哼單音，默數到十，將腦袋放空。

等我結束的時候，克里夫說：「這樣你可以用獨特的方式來表達自己的不悅，迫使周圍的人卸除心防。很有意思的策略。你為什麼不拿來用在其他的生活領域？巨人隊球迷動手推你的時候，如果你閉起眼睛哼唱會怎樣？」

我倒沒想到。

「如果你閉起眼睛哼唱，你想他會繼續推你嗎？」

我心想，也許不會。巨人隊球迷會以為我瘋了；妮奇頭一次把這個策略用在我身上時，我也是以為她瘋了。

克里夫端詳我的神情，一面含笑點頭。

我們談了一下蒂芬妮的事。他說感覺蒂芬妮對我有浪漫的綺想，他認定她很可能會嫉妒我對妮奇的愛，我覺得這想法很蠢，尤其是蒂芬妮根本從來都不跟我說話，我們在一起的時候她也老是冷若冰霜。加上蒂芬妮那麼漂亮，而我老得一點也不養眼。

我回答說：「她只是個怪女人。」

克里夫答道：「女人不都很怪嗎？」我們放聲大笑，因為女人有時的確很難懂。

「那我的夢境呢？我看到妮奇穿著巨人隊的球衣？你覺得那是什麼意思？」

克里夫問道：「**你自己**覺得是什麼意思？」我聳聳肩的時候，他就轉換話題。

克里夫說希薇亞．普拉絲的作品讀起來很讓人沮喪，他自己的女兒最近才吃過苦頭，讀了《瓶中美人》，因為她在東區高中修了美國文學課。

我問：「你沒跟學校當局抱怨嗎？」

「抱怨什麼？」

「抱怨你女兒被強迫要讀那麼讓人沮喪的故事。」

「沒有，當然沒有了。我何必那麼做？」

「因為那本小說把悲觀的態度教給小鬼們。最後毫無希望，沒有「一線光明」。應該要教青少年——」

「人生不容易啊，派特，我們得告訴小孩人生可能有多麼艱難。」

「為什麼？」

「這樣他們對別人才會懷抱同情心，這樣他們才會了解有些人的人生就是過得比他們艱辛吃力。人人在這世上走一遭的經驗可能會天差地別，就看在人腦裡肆虐的是什麼樣的化學物質。」

我沒想過有這樣的解釋方法，沒想到讀《瓶中美人》這樣的書會幫助別人了解身為艾瑟・葛林伍德是什麼感覺。我現在才意識到，我對艾瑟有很深的同情。如果她是我生活中的真實人物，我會試著幫忙她。我對她的思路相當熟悉，足以明白她不單單是精神錯亂而是飽受苦難，因為她的世界對她如此殘忍，也因為她有憂鬱傾向，而起因就是她腦裡瘋狂的化學物質。

當我看到克里夫瞧瞧手錶，表示我們的治療時段即將結束時，我說：「所以你沒真的生我的氣？」

「沒有，一點都不。」

我問：「真的嗎？」因為我知道克里夫等我一離開，可能馬上就會動手把我最近的敗筆全寫進檔案。他可能認為治療我的工作一敗塗地了——至少這週是如此。

克里夫站起來，對我微笑，然後望著凸窗外在石砌鳥浴池裡洗澡的麻雀。

「在你離開以前，派特，我想跟你說件非常重要的事。這件事攸關生死。你有沒有認真在聽？因為我真的希望你記住這件事。好嗎？」

我開始擔心了，因為克里夫的語氣這麼嚴肅，可是我嚥了嚥口水，點點頭說：「好。」

克里夫轉身。

克里夫面對我。

他一臉肅穆，剎那之間我緊張萬分。

接著克里夫卻朝天舉起雙手，大喊：「啊啊啊啊啊啊！」

我噗哧一笑，因為克里夫用他滑稽的玩笑騙倒我。我馬上站起來，雙手往上一舉，然後大喊：「啊啊啊啊啊啊！」

「E！A！G！L！E！S！EAGLES！」我們異口同聲呼喊口號，甩出手臂與雙腿，努力用身體呈現每個字母。我不得不說，跟克里夫一起呼口號讓我好過許多，雖然聽起來滿蠢的。從他棕色小臉上的笑容看來，他很清楚自己為我做的事情價值何在。

22 小心翼翼保持平衡，一副晚秋暖氣口開始送風時，整個東西都會翻倒似的

我在地下室聽見老爸說：「就放這裡，擺在這張桌子上。」有三組腳步聲咚咚踩過家庭娛樂室的地板，不久就聽到沉甸甸的東西放了下來。過了十五分鐘左右，大學足球的聲音穿過上方地板爆發出來，大樂隊的樂聲揚起，鼓聲豐沛，高唱戰歌，我這才明白老爸更換了家庭娛樂室的電視。我聽到送貨員的腳步走出門外，老爸轉大電視音量，球評的每個戰術解說我都聽得一清二楚，即使我人在地下室，而且地下室的門還關著。我平日沒在追蹤大學足球賽事，所以不大曉得球評討論的球員或球隊。

我做了點仰臥推舉，一邊靜靜聽著，悄悄希望老爸會來地下室跟我說說新電視的事，然後邀我跟他一起看球賽。但他並沒有。

送貨員離開半小時左右，音量突然轉小，我聽到老媽問道：「這是什麼鬼東西？」

老爸回答：「有聲道環繞的高畫質電視。」

「才怪，那明明是電影螢幕，而且——」

「珍妮——」

「少叫我名字來呼嚨我。」

「我拚命工作替家裡賺錢，不需要你來告訴我該怎麼花！」

「派崔克，太荒唐了吧，它的大小跟茶几根本不合。你砸多少錢買的？」

「不用你管。」

「你故意把舊電視砸了，就是為了買更大的，是不是？」

「老天爺，珍妮。可不可以請你就這麼一次別對我叨叨絮絮？」

「我們要省吃儉用。我們明明說好了——」

「噢，好，我們是要省吃儉用沒錯。」

「我們明明說好——」

「我們有錢餵飽派特。我們有錢替派特買整座衣櫥的服裝。我們有錢替派特買家庭式健身房的設備。我們有錢買派特的藥物。那好，就我看來，我們也有錢買一台他媽的新電視。」

我聽到老媽的腳步聲走出家庭娛樂室。老爸把球賽的聲音再次轉大，我聽到老媽砰砰踏步上樓往臥房去。我知道她會在房裡落淚，因為老爸又狠狠辱罵她了。

他們的經濟吃緊，都是我的錯。

我覺得糟透了。

我在腹肌大師六千上做仰臥起坐，直到跟蒂芬妮跑步的時間到了為止。

等我終於上樓的時候，我看到老爸的新電視，就是之前看老鷹隊與休士頓德州人隊對戰時，電視大打廣告的新款平面電視。尺寸幾乎逼近我們的飯廳餐桌。螢幕大得不得了；只有中央三分之二架在茶几上，看起來非常小心地保持平衡，一副晚秋暖氣口開始送風時，整個東西都會翻倒似的。即使我替老媽覺得難過，我也不得不承認畫質真棒，放在沙發後方架子上的擴音器將整個房子灌滿聲音，彷彿大學足球賽就在我們的家庭娛樂室裡面進行——我開始期待在新電視上看老鷹隊比賽，心想球員看起來幾乎會跟真人一樣大小。

我站在沙發後方半晌，欣賞老爸的新電視，希望他能認可我的存在。我甚至說：「老爸，你買新電視啦？」

可是他沒回答我。

老媽竟然對他的購物行為表示質疑，讓他氣惱不已，所以他現在要好好生場悶氣，今天其餘的時間都不會跟任何人說話。我從以往的經驗就知道會這樣，於是我踏出家門，發現蒂芬妮正在街上來來回回慢跑。

我跟蒂芬妮一起慢跑但沒有交談。

我回到家的時候，蒂芬妮連再見都沒說，就繼續慢跑離開。我沿著車道跑到後門時，老媽的車子卻不見蹤影了。

23「派特」箱

到了晚上十一點，老媽還是沒回家，我擔心起來，因為每晚十點五十四分，是我該服用助眠藥的時候。把我服藥的時程打亂，並不像老媽的作風。

我敲敲爸媽的房門。沒人應門，我逕自將門推開。老爸正在睡，臥房的小電視開著。螢幕藍光讓他的膚色看來很陌生——他有點像是在打光的水族箱裡的大魚，只是沒有魚鰓、魚鱗與魚鰭。我走到老爸身旁，輕搖他的肩膀。「爸？」我把他搖得更用力些。「爸？」

他沒睜開眼睛就說：「你想幹嘛啦？」他側躺著，嘴巴左邊壓進枕頭。

「老媽還沒回家，我滿擔心的。」

他一語不發。

「她去哪兒了？」

他還是悶不吭聲。

「我替老媽擔心。你想我們應不應該報警？」

我等候回覆，卻只聽到老爸的輕柔鼾聲。

我把電視關掉，離開爸媽的臥房，下樓走到廚房。

我告訴自己，如果老爸不擔心，我就不該操心。但我知道，沒跟我說明去向就隨便把我拋下，很不像老媽的行事風格，尤其沒跟我交代要服藥的事。

我打開廚房櫃子，拿出標籤印有我名字的八瓶藥丸。標籤上有讓人沮喪的冗長藥名，但我只認得藥丸的顏色，於是我打開瓶蓋，找尋需要的藥丸。

兩顆紅白夾雜的助眠藥丸，還有一顆綠色黃紋，但我不知道綠色黃紋藥丸是做什麼用的，也許是抗焦慮的吧？我把三顆全部吞下，因為我想好好睡上一覺，而且我知道老媽也會希望我這麼做。也許老媽在測試我。既然老爸今天稍早又狠狠貶損過她，所以我比起平日更想逗老媽開心，雖然我不確定原因何在。

我躺在床上忖度老媽的去向。我想撥她的手機，卻不曉得號碼。搞不好她出車禍了？也許她中風或心臟病發？但話說回來，我想，要是真的出了那種事，到現在老早會有警察或醫院的醫生打電話給我們了，因為她身上一定會放信用卡跟駕照的。也許她開著開著就迷路了？可是那樣的話，她應該會用手機打電話回家，通知我們她會慢點回來才是。也許她厭倦了我跟老爸，所以離家出走了？我想到這卻意識到，除了拿蒂芬妮是「我朋友」的話題來調侃我，我已經很久沒看過老媽開懷大笑或露出笑容了——事實上，如果我認真想想，我倒是常常看到老媽在哭泣或泫然欲泣的模樣。也許負責管理我藥丸的事讓她厭煩透了？也許某天早上我忘了沖馬桶，結果老媽在馬桶裡發現我的一些藥丸，現在很氣我把藥丸藏在舌頭下？也許我對老媽不夠感激，就像我以前不懂得賞識妮奇一樣，所以現在上帝也把老媽從我身邊搶走？搞不好老媽永遠再也不會回家，然後——

就在我真的焦慮起來，好像需要用掌根敲撞額頭的時候，就聽到有車開進車道。

我望出窗外，瞥見老媽的紅色轎車。

我奔下階梯。

我都已經走到門外了，老媽還沒走到後側門廊。

「媽？」

她從車道的陰暗處說：「是——我——啦。」

「你去哪兒了？」

「出去。」她踏進屋外燈光投射下來的白色光圈時，看來好像要往後摔倒似的，於是我跑下階梯幫她，用手臂撐住她的肩膀。她的腦袋有點搖搖晃晃，但還是勉強直視我的眼睛。她瞇起眼說：「妮奇——是個——大蠢蛋，才會——放手讓你——溜走。」

她提到妮奇，讓我更加焦慮，尤其她還說到我溜走的事，因為我根本沒溜走，而且多想回到妮奇身邊啊，現在或無論什麼時候都是。蠢的人是我，從來都不懂得好好欣賞妮奇的本質——這些事情老媽一清二楚。但我從她的嘴氣聞出酒味，聽到她說話含糊急促，這才明白害她胡言亂語的是酒精。老媽通常不碰酒的，但今晚她顯然是喝醉了，這也讓我挺擔心的。

我扶她進屋，讓她坐在家庭娛樂室的沙發上，幾分鐘之內她就不省人事了。

把醉醺醺的老媽跟氣呼呼的老爸放在同一張床上，不是個好主意，於是我用手臂撐起她的腋下，另一手臂穿過她的膝蓋下方，把她抬起來，抱到我的臥室。老媽又小又輕，要把她扛上樓並非難事。我把她放上我的床，替她脫下鞋子，用被子蓋住她的身體，然後去廚房拿杯水來。

回到樓上時，我找到一瓶泰諾止痛劑，拍出兩顆白藥丸。

我把老媽的頭撐起來，替她調整成坐姿，然後輕輕搖動她，直到她睜開眼睛為止，接著要她喝著那杯水把藥吃下。一開始她說：「讓我睡啦！」可是根據大學時代的經驗，我曉得睡前配著水吃下頭痛藥，可以減輕隔日早晨的宿醉程度。老媽終於服下藥丸、喝了半杯水，沒多久便再次入睡。

我看著她休息看了好幾分鐘，我想她看起來還是滿漂亮的，我真的很愛老媽。我忖度她上哪兒喝酒去了、跟誰共酌、喝了什麼，但她平安無事回家來，就已經讓我很高興了。我試著別去想她在某家令人沮喪的酒吧裡狂飲，四周盡是中年男子；我試著別去想老媽對著某位女性朋友說老爸的壞話，然後醉醺醺地開車回家。但我滿腦子都是這個想法：老媽是被逼著去買醉的——是**我**逼得老媽去買醉的，而老爸也沒幫上什麼忙。

我抓起妮奇的裝框相片，爬梯進閣樓，把妮奇放在枕頭旁邊，然後爬進睡袋。我讓燈開著，好看著妮奇雀斑點點的鼻子入睡，我就這麼做了。

我睜開眼睛時，肯尼吉正站在我上方，雙腿橫跨我的身體，腳板各在我的胸膛兩側；性感的合成和弦輕柔地點亮了黑暗。

吉先生上一回來訪我爸媽閣樓的景象，咻地閃過我的腦海（老爸對我又踢又揍，威脅要送我回**鬼地方**），於是我合上眼睛，低哼單音，默數到十，將腦袋放空。

可是肯尼吉無畏無懼。

高音薩克斯風再次進入吉先生的嘴唇，〈鳴鳥〉那首曲子開始揚起。我繼續合上眼睛，低哼單音，默數到十，將腦袋放空。但他繼續吹奏薩克斯風，旋律朝著高潮飄揚而去時，我右眉上方的小白疤開始灼燒發癢。我絕望至極，很想用掌根猛擊額頭，但還是持續閉著眼睛，低哼單音，默數到十，放空腦袋。

就在肯尼吉的抒情爵士似乎難以征服之時——

七、八、九、十。

驟然一片靜寂。

我一睜眼就看到妮奇紋風不動的臉龐、點點雀斑的鼻子——我吻吻玻璃，肯尼吉已經不再演奏，讓我渾身如釋重負。我爬出睡袋，在閣樓裡左顧右盼，搬動幾個灰塵滿布的箱子與物品，在懸掛成排的換季衣物後面搜尋——肯尼吉不見蹤影。「我打敗他了，」我喃喃自語：「他這次沒害我猛打自己的額頭，而且——」

一只標有「派特」的箱子進入眼簾，我心中湧起不悅事件即將發生的負面預感。我有時會這樣，那是一種迫不及待要上廁所的感覺，雖然我知道我不需要去。

那箱子就放在閣樓的遠端，就藏在一張編織地氈下，地氈是我在搜尋肯尼吉蹤跡的時候挪開的。我必須穿過自己在搜尋過程裡所製造出的混亂，不過很快就走到箱子那裡。我掀開頂蓋，我科林斯伍德高中的美式足球夾克就堆在最上頭。我把它取出來，將覆滿塵埃的夾克舉高，夾克看來好小。我想，要是我現在試穿，肯定會把黃色的皮袖子扯裂，於是我把那個紀念品放下來擱在旁邊的箱子上。當我再看著「派特」箱子時，我一時震驚又恐懼，趕緊把閣樓重新整理好，恢復成尋找吉先生以前的模樣。

閣樓恢復原狀的時候，我躺進睡袋，感覺恍如置身夢境。晚上我起來好幾回，每回把那張編織地氈掀開，再次往「派特」箱裡瞧一瞧，都只是要確定先前所見並非幻覺。每一次，擺放在箱裡的東西都證明著老媽的過失，讓我自覺慘遭背叛。

24 老媽的字條

陽光迸射進閣樓窗戶，灑落在我臉上，曬得一臉暖烘烘，最後我睜開眼睛，瞇眼迎接新的一日。我吻吻妮奇之後，把她擺回臥房的五斗櫃上，發現老媽還在我床上睡著。我注意到我留給她的那杯水已經空了，即使現在我很氣老媽，但我還是很高興當初把水杯留在原地。

我下樓，嗅到燒焦味。

我走到廚房的時候，老爸正站在爐子前面。他套著老媽的紅圍裙。

「爸？」

他轉過身來，一手拿著鍋鏟，另一手戴著粉紅防燙手套，他背後有肉正在滋滋作響——一道粗闊的油煙往上竄入排氣扇。

「你在幹嘛？」

「煮東西。」

「煮什麼？」

「牛排。」

「為什麼？」

「我餓了。」

「你用炸的嗎？」

「我用紐奧良卡郡風格的煮法。燻黑。」

「你可能應該把火關小一點？」我提議，可是他逕自回頭繼續料理，繼續把那塊嘶嘶作響的肉塊翻來覆去，於是我走進地下室開始健身。

火警警報器狂響十五分鐘左右。

兩個鐘頭以後我回到廚房，老爸用的那只煎鍋已經發黑，還丟在弄得油膩不已的爐子上；盤子跟刀叉放在水槽裡。老爸用新電視看ＥＳＰＮ體育台，他的聲道環繞擴音器系統似乎撼動整棟房子。微波爐上面的時鐘顯示上午八點十七分。老媽又忘了我的藥，於是我把八只藥瓶拿出來，將瓶蓋全部掀開，尋找正確的色彩。不久，我就在流理台上把半打的藥丸排成一列，確認那些顏色是我每天早上都得服用的。我把所有藥丸一舉吞下，心想老媽也許又在測試我了，雖然技術上來說我很氣她，但我也很擔心她的狀況，於是我拾階上樓走到我的臥房，看到她仍在睡夢中。

我回到樓下，站在沙發後面說：「爸？」

可是他理也不理我，於是我回到地下室的健身房，繼續鍛鍊身體，一面聽著體育台的球評重點摘要大學球賽的狀況、預告國家美式足球聯盟即將上場的活動。他們的聲音穿透頭頂上方的地面木板，聽起來明快俐落。我讀過報紙，知道大家都很看好老鷹隊，認為他們會打贏舊金山隊，所以能跟老爸一起看這場球賽，讓我興奮難抑。如果老鷹隊勝利，老爸會龍心大悅，就比較可能會開口跟我說說話。

早上過半時，老媽下樓來，讓我鬆了口氣，因為我開始擔心她真的病了。我正在騎健身車時，老媽說：「派特？」但我只顧著繼續踩踏板，並未正面對著老媽（因為昨晚找到「派特」箱的緣故）。我用眼角餘光看到她沖過澡，梳好頭髮，也畫了彩妝，身上穿著漂亮的夏季洋裝，氣味也很怡人——薰衣草。她問：「你昨天晚上有沒有吃藥？」

我點頭一次。

「今天早上呢？」

我再次點頭。

「帕朵醫師跟我說，當初你剛回家來住的時候，我就應該讓你控制自己的藥物，那是邁向獨立的一步。可是你不需要我扮演老媽子的角色時，我卻硬要扮演。所以恭喜了，派特。」

她會說出「恭喜」這種話真是怪哉，尤其在我沒贏得獎項或什麼的情況下，可是我滿腦子只有昨晚發生的事、老媽為何酒醉回家。於是我問她：「你昨天晚上去哪兒了？你跟朋友出去嗎？」

我又用眼角偷瞥，看到她低頭俯看腳下的棕色舊地毯。「昨天你把我放上床，我很感謝。那杯水跟頭痛藥都很有用。有點像是角色顛倒了吧？嗯，多謝了。謝謝你，派特。」

我意識到她並未回答我的疑問，可是我不知要說什麼，乾脆默不作聲。

「你爸近來表現得很野蠻，我很厭煩。所以我打算提出一些要求，家裡的事情得要改變一下了。我的兩個男人要開始多照顧自己一點。你需要好好把人生過下去；你爸對待我的方式，讓我厭煩透了。」

我頓時忘卻一切關於「派特」箱子的事，面對老媽繼續踩著踏板。「你在生我的氣嗎？我做錯什麼事了？」

「我沒生你的氣，派特。我**是在**氣你爸。昨天你去跑步的時候，我跟他談了很久。接下來幾個星期，家裡的狀況會有點難捱，可是我想就長遠來說，對我們大家都比較好。」

一種瘋狂的想法跳進我的腦袋，讓我驚恐萬分。「你難道要離開我們了？老媽，是嗎？」

「沒有啦，我不是。」老媽望著我的眼睛說，讓我百分之百相信她。「我永遠也不會離開你，派特。可是我今天**是要**出門沒錯，因為我受夠了老鷹隊足球的事。你們父子兩個自己想辦法弄吃的。」

「你要去哪兒？」我問，現在把踏板踩得更快了。

「出去。」老媽說，離開以前吻吻我汗濕額頭上的小白疤。

老媽對我說的話，搞得我緊張兮兮，結果一整天下來都沒吃東西，只是喝喝水、照慣例健身。老鷹隊四點十五分才要比賽，我有時間可以事先做完整套健身訓練。健身的時候，我一直偷偷希望老爸會到地下室來，邀我跟他一起看一點鐘的那場賽事，可是他並沒有。

下午過半，我爬出地下室，站在沙發後方片刻。

「爸？」我說：「爸？」

他不理睬我，繼續看著一點鐘的比賽。老媽對我說過的話害我緊張極了，我根本連誰在比賽也沒看仔細。我套上垃圾袋，一面希望蒂芬妮就在屋外，因為我真的需要找人談談。可是我做了十五分鐘的伸展運動，蒂芬妮還是沒現身，於是我獨自慢跑，心想真滑稽，我想單獨跑步的時候，蒂芬妮總是在場，但今天她卻不在。

飢腸轆轆的我一面跑步，胃部的痛感也跟著加劇，這點讓我心生歡喜，因為這表示我正在減重。嗯，我覺得我上週可能多長了些額外的贅肉，尤其上週末跟傑克暢飲了啤酒。這讓我想到，打從老鷹隊輸給巨人隊之後，我就沒跟傑克說過話，我好奇他今天會不會過來跟我和老爸一起看球賽。疼痛愈來愈劇烈，我決定鞭策自己，比平日跑得更遠。老媽現在把我拋下，讓我獨自跟老爸度過一天，讓我也有點害怕回家，反正我也不確定她說的「改變」是什麼意思。我一直希望蒂芬妮可以陪我一起跑，這樣我就可以跟她聊聊，把我的感覺告訴她。我會有跟她講話的欲望還真奇怪，因為她通常很少回應。上次我試著跟她談我的問題，結果她竟然在公共場所大爆粗口，說了妮奇好些不堪入耳的話。不過，我卻感覺蒂芬妮就是我的知己，這有點奇怪，也有些嚇人。

慢跑路程即將結束，我沿著爸媽家的那條街奔去，放眼不見傑克的銀色寶馬。我想，也許他搭地鐵從費城過來。我希望自己不用單獨跟老爸一起看球賽，可是不知為何我知道就會是這種情形。

我走進屋裡的時候，老爸還獨自坐在沙發上，現在身穿麥克納布球衣，看著一點鐘球賽的終局。幾個啤酒罐像保齡球瓶似地堆在腳邊。

我問老爸：「傑克要過來嗎？」但他再次把我當空氣。

我到樓上沖澡之後，穿上漢克・巴斯克特球衣。

我走到家庭娛樂室時，老鷹隊比賽才正要開始，於是我在老爸空出來的沙發末端坐下。

「那是什麼鬼噪音？」老爸說，然後把音量轉小。

我這才意識到，自己的胃正發出瘋狂的咕嚕響，可是我說：「我不知道。」老爸又把音量轉大。

如同我希望的一樣，這架新電視是個特別的體驗。在球場上暖身的球員看來就像實際大小，音質讓我覺得好像就在舊金山現場、坐在五十碼線上。我意識到老弟來不及看開球，於是播出廣告時，我跳起來大喊：「啊啊啊啊啊！」可是老爸瞅著我的模樣，好像想往我的臉上揍一拳，我只好坐下來，不再多說什麼。

播報員宣布，出賽名單最後刪除了丹堤・史鐸沃斯。既然老鷹隊的頭號接球員不出賽，我開始希望能有多一點球往巴斯克特的方向傳。

老鷹隊一開始的攻勢不錯，第一次持球的時候，以雙手低傳給韋斯布魯克而得分，那時老爸的情緒有了轉變。他伸手越過沙發，反覆拍著我的大腿，一次次地說：「達陣老鷹隊！達陣老鷹隊！」我開始替老爸覺得滿懷希望，可是輪到老鷹隊開球的時候，他又恢復負面的態度說：「不要慶祝過頭了，要記得上星期發生的事情。」他簡直就是自言自語，自我提醒不要懷抱過度的希望。

防禦組的表現持續強勁，第一節只剩幾分鐘的時候，邊鋒史密斯達陣成功，比數十三比零。即使老鷹隊以前曾經從大幅領先變成落後，今天要是把鳥仔們稱作優勢球隊，這種叫法看來還算保險。我的想法實現了：艾克斯踢球加分，老爸跳起來大唱〈飛翔啊，老鷹隊，展翅飛翔！〉於是我跳起來跟他合唱，接著一起高喊隊呼、用手臂跟雙腿拼出字母：「E！A！G！L！E！S！EAGLES！」

第一節結束之後，老爸問我餓不餓。我答餓，他就替我們兩人訂了一客比薩，還從冰箱拿百威啤酒給我。老鷹隊比數升到十四比零時，他滿面笑容。我們啜飲啤酒時，他說：「現在我們只需要你那個巴斯克特小子接到一兩顆球。」

老爸的話語彷彿是得到上蒼回應的禱告，麥克納布在第二節頭一次拋傳成功就是傳給巴斯克特，推進了八碼。我跟老爸替這位不是選秀進來的新人高聲喝采。

比薩在中場休息時送達，老鷹隊的分數往上升至二十四比三。「要是傑克在就好了，」老爸說：「那今天就會很完美。」

我跟老爸心花怒放，我都忘了傑克不在我們身邊。「傑克呢？」我問，可是老爸不理會我的提問。

到了第三節，舊金山隊的跑鋒在老鷹隊的一碼線上失球，防守絆鋒麥克・派特森撿起球，往對面的達陣區奔去。我跟老爸離開椅子，在那位三百磅重的線鋒沿著球場衝刺時，為他打氣加油，然後老鷹隊的比數升為三十一比三。

舊金山隊在下半場末尾有幾次達陣成功，可是那不打緊，因為球賽的局勢基本上已經無法逆轉，老鷹隊以三十八比二十四大獲全勝。球賽結束的時候，我跟老爸高唱〈飛翔啊，老鷹隊，展翅飛翔！〉最後一次高喊隊呼，歡慶老鷹隊的勝利，接著老爸把電視關掉，根本沒跟我道別就直接回書房去。

家裡寂靜無聲。

地上丟了一打左右的啤酒空瓶，比薩盒還放在茶几上，我知道水槽裡擺滿了盤子跟老爸用來煮早餐牛排的煎鍋。既然我在練習當個好好先生，我想我至少應該把家庭娛樂室清理乾淨，這樣就不用勞煩老媽。我把百威酒瓶拿到車庫旁邊的回收籃，把比薩空盒丟到外面的垃圾桶。

回到屋內時，地上還有幾張用過的餐巾紙，我伸手撿起那堆亂糟糟的垃圾時，瞥見茶几底下有張揉成團的紙。

我撿起那個紙球，把它攤平，發現那不是一張而是兩張紙。是老媽的字跡。我把紙放在茶几上撫平。

派崔克，

我必須告訴你，我再也不會讓你隨便漠視我們共同的決定，也不會再讓你隨便貶低我——尤其在別人面前。我認識了一個新朋友，朋友鼓勵我要更強烈地表達自己的看法，也要努力爭取你的尊重。我曉得自己這麼做是為了挽救我們的婚姻。

你有以下的選項：

1. 把你買的那台妖怪電視送回去，一切都會回歸正常；

2. 想留下那台妖怪電視的話，你必須同意以下的要求：

a. 每週有五個晚上，你一定要跟我、派特在餐桌上吃晚餐。

b. 每週有五個晚上，你一定要跟我或派特去散步半小時。

c. 你每天一定要跟派特聊聊天，在這場對話之中，你一定至少要問他五個問題，而且傾聽他的回答，然後每晚把他講的內容轉告我。

d. 你每週一定要陪我、派特做一項休閒活動，像是到餐廳用餐、看場電影、去購物中心、在後院玩投籃等等的。

如果你無法完成選項一或二，就會逼得我開始罷工。我就不再幫你清掃房子，也不會再幫你買吃的或煮吃的、替你洗衣服，更不會再跟你同床共枕。直到你宣布你想要哪個選項為止，就當你老婆在罷工吧。

出於善意的　珍妮

用這麼強硬的態度來對待老爸，很不像老媽一貫的作風，我很好奇她寫這封長達兩頁的信件時，她的「新朋友」是不是就在旁邊下指導棋。我很難想像老爸會退還他的新電視，尤其又用新電視看過老鷹隊打勝仗以後。他肯定會把自己這次的購物當成好運道，也會想用同一台電視來看老鷹隊下星期的球賽，免得觸了鳥仔們的霉頭，這點情有可原。可是老媽提出的要求看起來更不切實際，尤其是老爸必須每晚都跟我聊天這項。雖說我的確認為一家人共進晚餐，甚至一起上餐廳，會滿不錯的；不過，不要上戲院就是了，因為現在我只願意看我自己的人生電影。

我突然感覺自己需要跟老弟談談，但不曉得他的電話號碼。我在爐子上方的櫥櫃裡找到通訊錄，撥了電話到傑克的公寓去。有個女人在響第三聲時接聽了電話，她的嗓音很美。

她說：「哈囉？」

雖然我明知道電話線的另一端不是老弟，但我還是說：「傑克嗎？」

「請問哪位？」

「我是派特・皮伯斯。我要找我弟傑克。你哪位？」

我聽到女人用手遮住話筒，接著老弟的聲音響亮清晰地傳了過來：「你看到那個九十八碼的失球回攻了嗎？你看到派特森跑陣了嗎？」

我想問問替老弟接聽電話的女人是誰，但我又有點怕去查出她的身分。或許我早該知道她是誰，只是不知為何忘記了。於是我只是說：「嗯，我看到了。」

「棒得要死，老兄。我還不知道防守絆鋒能跑那麼遠。」

「你為什麼沒過來跟我和老爸一起看球賽？」

「要聽實話嗎？」

「要。」

「我沒辦法對老哥說謊。媽今天早上打電話來，叫我別過去，所以我就跟史考特上酒吧去了。她也打電話給朗尼。我會知道，是因為朗尼打電話要確認一切平安無事。我要他別擔心。」

「為什麼？」

「他有什麼該擔心的嗎？」

「不是啦，為什麼媽叫你跟朗尼別過來？」

「她說這樣能給你機會跟爸獨處，她說這樣能逼爸跟你說說話。所以他跟你說話了嗎？」

「一點點。」

「嗯，不錯吧？」

「我找到媽寫給爸的紙條。」

「什麼？」

「我找到媽寫給爸的紙條。」

「好吧，上面寫了什麼？」

「我念給你聽好了。」

「念吧。」

我把紙條讀給他聽。

「靠，老媽加油！」

「你知道他現在不會願意把電視送回去了吧？」

「鳥仔今天都打贏了，他不會了。」

「對啊，我擔心老爸達不到那些要求。」

「嗯，可能達不到吧，可是搞不好他至少會試試看，對吧？試試看，對他——跟媽都有好處。」

傑克轉換話題，提到巴斯克特在第二節接到球的事，那顆球最後成為他在那場球賽裡唯一接到的球。老弟不想再談爸媽的事。他說：「巴斯克特漸入佳境。他不是選秀進來的新人，球卻愈接愈多。這可不得了。」可是我感覺不到有什麼不得了的。傑克說他期待下星期一晚上能見到我，到時老鷹隊要跟綠灣包裝工隊對打。他約我先一起在市區吃中餐，再跟史考特、胖男人們一起開車尾派對，然後我們就掛電話了。

時間愈來愈晚，老媽還是沒回家。

我開始擔心她，於是動手把碗盤全洗了。老爸弄焦的煎鍋，我用鋼絲布刷了足足十五分鐘；我把家庭娛樂室用吸塵器清乾淨；老爸在沙發上濺了些比薩醬，我在走廊上的櫥櫃裡找到清潔噴劑，盡我所能清除汙漬——就照瓶子上面寫的，輕沾一下，然後稍微施力，以打圓圈的方式抹擦。老媽回到家時，我正跪地清理沙發。

老媽問：「你爸弄得一團亂，是他要你清理的嗎？」

我說：「不是。」

「他跟你提過我寫給他的紙條嗎？」

「沒有——可是我發現了。」

「嗯，那你就曉得了。我不希望你做任何打掃，派特。我們要讓這地方爛下去，直到你爸弄懂我的意思為止。」

我想跟她說我在閣樓裡找到「派特」箱，跟她說我今天肚子有多餓、說我真的不想住在髒兮兮的房子裡，而且我只能一次接受一件事——首要之務就是查出隔離時間何時結束；可是老媽一臉堅決，幾乎露出得意的神色，所以我同意幫她把家裡弄得髒亂不堪。她說我們要吃外送食物，不過一旦老爸不在家，一切都會回復她寫那紙條之前的狀況。可是老爸在家的時候，我們就要過得邋遢懶散。我跟老媽說，她在罷工期間可以去睡我的床，反正我想睡閣樓。當她說她會睡在沙發上時，我堅持要她去用我的床鋪，她就對我道了謝。

她轉身離開時，我說：「媽？」

她轉過身來與我面對面。

我問：「傑克有女朋友嗎？」

「為什麼要問？」

「我今天打電話給他，接電話的是個女的。」

「也許他**真的**有女朋友吧。」她說完就走開了。

對於傑克的愛情生活，老媽表現出漠不關心的態度，讓我覺得自己彷彿忘了什麼事。如果傑克在老媽不知情的情況下交了女友，她會連珠炮似地問我上百萬個問題。老媽興趣缺缺，就表示她還有個祕密沒告訴我，搞不好比我在「派特」箱裡找到的東西更加重大。我想，老媽一定是在保護我吧，但我還是想知道她為了保護我而故意掩藏的是什麼。

25 亞洲入侵

短促地健身完，我跟蒂芬妮一起慢跑，時間比健身更短，兩人同樣默不作聲，之後我跳上前往費城的地鐵。我依照傑克的指示，先沿著市場街往河的方向走，在第二街右轉，循著街道走向他住的那棟大樓。

我抵達那個住址時，詫異地發現傑克住在俯瞰德拉瓦河的高樓大廈，我得把名字告訴門房、跟他表明我來拜訪誰，他才會讓我進大樓。他只是個穿著滑稽服裝的老頭，看到我的巴斯克特球衣時就說「加油，老鷹隊」，但老弟有門房還真讓我刮目相看，根本就無視於那老頭的制服了。

電梯裡有另一位穿著不同滑稽制服的老頭（他甚至戴了雜耍猴子的無邊帽）。我跟這老頭講了老弟的名字，他就帶我到十樓。

電梯門一開，我踩過厚重的紅地毯、穿越藍色走道。我找到一〇二一號時，敲了三下門。

老弟開門之後說：「近來如何，巴斯克特？」他穿著傑洛姆・布朗的紀念球衣，因為今天又是比賽日。「進來吧。」

客廳有扇巨大的凸窗，我看得到富蘭克林大橋、肯頓水族館，還有在德拉瓦河上漂流的小船。景色美輪美奐。我馬上注意到老弟有個液晶電視，薄得可以像幅圖畫一樣掛在牆上——甚至比老爸的電視還大。可是最怪的是，老弟的客廳裡竟然有架小型平台鋼琴。我說：「怎麼會有這個？」

傑克說：「來瞧瞧。」他在鋼琴長凳上坐下，把琴蓋從鍵盤上掀起，當真彈了起來。我很詫異他竟然會彈〈飛翔啊，老鷹隊，展翅飛翔！〉他的版本不是很花稍，只是簡單的和弦進行，但肯定是老鷹隊的戰歌沒錯。他開口唱歌時，我也跟著一起合唱；傑克一彈完，我們就一起高喊隊呼，然後他說他過去三年來都在上鋼琴課。他甚至為我彈了另一首跟〈飛翔啊，老鷹隊，展翅飛翔！〉迥然不同的曲子。第二首歌相當耳熟，曲調輕柔得驚人，好似小貓輕腳踩過高高草地，能夠創造出這麼美麗的東西，實在不像老弟的作風。老弟閉著眼睛彈奏，隨著樂曲的起伏前後擺動身軀，看起來滿滑稽的，因為他還穿著老鷹隊的球衣。我真的感覺自己濕了眼眶，他是彈錯了幾個地方，但我不在意；他為了我努力想把曲子彈對，這才是重點吧？

他奏完的時候，我大聲鼓掌，問他彈的是什麼。

「《悲愴》，貝多芬的第八號鋼琴奏鳴曲。剛剛那是第二樂章的片段，如歌的慢板。」傑克說：「你喜歡嗎？」

「非常喜歡。」老實說，我驚奇不已。「你什麼時候學起鋼琴的？」

「凱特琳搬來跟我住的時候，把鋼琴也帶來了。從那之後她多少都一直在教我音樂的事。」

我開始覺得暈眩，因為我從沒聽人提起這個凱特琳過。我想老弟剛剛跟我說的是，凱特琳就跟他住在這裡，那就表示老弟正在跟人認真交往，而這段關係是我一無所知的。這很不對勁。兄弟應該曉得彼此的情人才對啊。最後我勉強開口：「凱特琳？」

老弟帶我進他的臥房，那裡有張木製的帷柱大床，還有兩座搭配的大型衣櫥，看來就像面對面站崗的守衛。他從床頭櫃上拿起一張裝框的黑白照片遞給我。照片中，傑克與美麗的女人臉貼著臉。她有一頭金色短髮，剪得跟男人一般短，看起來很纖弱但很漂亮。她穿著白洋裝，傑克身穿燕尾服。「那就是凱特琳，」傑克說：「她有時候會跟費城交響樂團合奏，也常到紐約市錄唱片。她是古典鋼琴家。」

「為什麼我從沒聽過凱特琳的事？」

傑克從我手中拿走相框，把它立在五斗櫃上。我們走回客廳，坐在皮沙發上。「我知道你還在難過妮奇的事，所以我沒跟你說我……嗯……我的婚姻幸福美滿。」

婚姻？這個字眼像大浪一樣重重撲擊我，我頓時渾身發汗。

「老媽那時候其實努力想把你從巴爾的摩那個地方弄出來參加彌撒，不過你那時剛剛入院，他們不肯放你出來。老媽不希望我跟你提起凱特琳的事，所以一開始我都沒提，可是你是我老哥，既然你回家來了，我希望你多多認識我的生活，而凱特琳是其中最棒的一部分。你的事情我都跟她講過了，如果你想，今天就可以跟她碰碰面。今天早上我請她出門逛逛，讓我先跟你講這個消息。我現在就可以打電話給她，我們去林肯金融球場以前可以一起吃個中飯。所以，**你想跟我老婆見見面嗎？**」

接下來我只知道我坐在南街外的時髦小咖啡館，就在一位美麗女子的對面。她跟老弟在桌下手牽手，一直對我笑臉相向。對話由傑克與凱特琳負責主導，感覺很像我跟維若妮卡、朗尼在一起的樣子。凱特琳問我的問題，大多由傑克搶答了，因為我話說得很少。對話裡完全沒提到妮奇、我在**鬼地方**待的那段時間，也沒提到眼前的狀況有多麼詭異——凱特琳嫁給老弟好幾年，我卻從沒見過她。服務生過來的時候，我說我不餓，因為我身上沒帶多少錢（只有老媽給我搭地鐵的十美元，我已經花了五元在地鐵票上）。可是老弟替大家點菜，說由他請客埋單，他人真好。我們吃了抹有某種風乾番茄醬的花稍火腿三明治。我一吃完，就問凱特琳那場典禮好不好。

「什麼典禮？」她問。我望見她的眼光注視著我右邊眉毛上方的小白疤。

「你們的結婚典禮啊？」

「噢，」她說，然後戀戀地望著老弟，「滿好的啊，真的很不錯。我們在紐約市的聖派崔克大教堂舉行彌撒，然後到紐約宮廷飯店舉行小型的宴席招待。」

「你們結婚多久了？」

老弟趕緊對老婆使個眼色，我可沒看漏。

她說：「有好一陣子嘍。」這番話讓我覺得自己瘋頭瘋腦，因為現在每個人都曉得我不記得過去幾年來的事——凱特琳是女性，肯定知道自己到底嫁給傑克多久了。很明顯，她為了想保護我而故意含糊其詞。這讓我難過至極，雖然我明白凱特琳是出於好意。

老弟付了帳，我們陪凱特琳走回他們的公寓。傑克在大門吻吻老婆，他對她的愛意形之於外。接著凱特琳也往我的臉頰送上一吻，她的臉跟我的臉只相隔幾吋。她說：「很高興終於見到你了，派特。希望我們會變成好朋友。」我點點頭，因為我不知還能說什麼。然後凱特琳說：「加油，巴克！」

傑克說：「是巴斯克特啦，傻蛋。」凱特琳紅了臉，兩人再度親吻。

傑克招了輛計程車，跟司機說：「麻煩到市政廳站。」

在計程車裡，我跟老弟說我沒錢可以付計程車資，但他說只要是跟他在一起，我一概不必出錢。他這麼說真是好心，但他這番話又讓我覺得有點怪。

在市政廳下方，我們買了地鐵代幣，經過自動檢票口，等候南向的橘線列車。

雖然才下午一點半，七個鐘頭以後才要開球，雖然這是週一，多數人都得上班，但有不少穿著老鷹隊球衣的男人已在月台上等車。這時我才意識到傑克今天竟然不用上班——也才領悟到我連傑克做什麼維生都不曉得，這點真的讓我膽顫心驚起來。我拚命思索，憶起老弟在大學是學商的，但我不記得他在哪兒工作，所以我開口問他。

他說：「我是做期權交易的。」

「那是什麼？」

「我玩股票。」

「噢，」我說：「那你替誰工作？」

「我自己。」

「你的意思是？」

「我替自己工作，做生意都是透過網路。我是自營商。」

「難怪你可以提早出發跟我一起鬼混。」

「那就是身為自由業者最棒的部分。」

傑克有能力藉由玩股票來支撐自己與老婆的生計，這點讓我五體投地，可是他不想多談他的工作。他覺得我不夠聰明，無法了解他在做什麼。傑克連試著對我解釋他的工作內容也沒有。

他問我：「所以你覺得凱特琳怎樣？」

列車來了，我還來不及答話，我們就隨著整群老鷹隊球迷一起上車。等我們找到座位，列車開始移動時，他又問道：「你覺得凱特琳怎樣？」

「她很棒啊。」我說，閃避老弟的目光。

「我沒馬上跟你講凱特琳的事，你生氣了喔。」

「哪有，我沒有！」我想告訴老弟：我跑步時蒂芬妮老跟著我；發現「派特」箱；老媽還在罷工、水槽裡堆滿骯髒的碗盤、老爸動手洗衣卻把白襯衫洗成粉紅色；我的治療師克里夫說我需要維持中立、別捲入父母的婚姻問題，只要集中心力改善自己的心理健康就行（可是爸媽分房睡覺，老爸總是催我打掃房子，而老媽要我讓房子繼續髒亂下去，我怎麼保持中立？）；而我還在咬牙努力撐過**隔離時間**，卻發現老弟會彈鋼琴、玩股票，還跟音樂家美女住在一起，我還錯過了他喜氣洋洋的婚禮，再也沒機會親身看到弟弟結婚的模樣，那是我很想親眼目睹的事，因為我愛老弟。這些事情我全都想跟他說，但我一件也沒講，反倒說：「傑克，我有點怕會再遇到那個巨人隊球迷。」

「那就是你今天這麼靜的原因嗎？」老弟問，彷彿把上次主場比賽之前發生的事全忘光了，「我懷疑綠灣的球賽會有巨人隊球迷來參加，不過反正我們這次要在不同的停車場搭篷，免得哪個混蛋朋友想找我們麻煩。有我罩你，別擔心。那些肥仔要在瓦喬維亞中心後面的停車場架帳篷。根本不用擔心。」

我們抵達布洛德街和派提森大道站，走出地鐵車廂、爬回地面迎向午後。我跟著老弟在成群的死忠球迷之間穿梭，他們就跟我們一樣，在開球前的七個鐘頭就開始舉行車尾派對，不管是不是週一。我們漫步路過瓦喬維亞中心，肥仔們的綠帳篷進入眼簾，我不敢相信自己看到的情景。

肥仔們跟史考特在帳篷外頭，對著被他們的大肚圍擋住的某人吼叫。有輛漆成綠色的巨大校車巴士引擎正在運轉，司機慢慢往我們的帳篷開去。巴士頂蓋繪有布萊恩．道金斯的半身像，畫得維妙維肖（道金斯是全明星賽常客，在鳥仔裡擔任游衛）。我們愈走愈近的時候，看清了巴士側面漆寫的字眼是亞洲入侵，巴士裡坐滿棕色面孔的男人。下午的時間還早，停車空位相當充足，我想不通他們到底在吵些什麼。

我很快就認出那個嗓音，聲音的主人正在爭論：「自從林肯開張以來，每次有主場球賽，亞洲入侵都停在這個位置。這可以替老鷹隊帶來好運。我們是老鷹隊球迷，就跟你們一樣。不管是不是迷信，要是你們希望鳥仔今天晚上打贏，就讓我們把亞洲入侵巴士停在這裡，事關緊要。」

「我們才不會移帳篷，」史考特說：「他媽的想都別想。你們自己應該早點到的。」肥仔們反覆表達史考特的感受，情勢愈演愈烈。

我在克里夫看到我以前先看到他。我對我們的朋友說：「把帳篷移開吧。」

史考特跟肥仔們轉身面對我。我的指令讓他們滿臉詫異，幾乎露出困惑的神情，彷彿我剛剛出賣了他們。

老弟跟史考特交換眼色，接著史考特問：「漢克．巴斯克特——巨人隊球迷的毀滅者，竟然說『把帳篷移開』？」

我說：「漢克．巴斯克特說『把帳篷移開』！」

史考特轉身面對克里夫，克里夫看到我相當震驚。史考特說：「漢克．巴斯克特既然都說『把帳篷移開』了，我們就把帳篷移開。」

肥仔們發出呻吟，可是開始動手拆解車尾派對，不久就隨同史考特的廂型車往旁邊移了三個停車格。於是亞洲入侵巴士往前移動，把車停妥，五十名左右的印度裔男人踏出車外，個個穿著背號二十的道金斯綠色球衣。他們就像一小群軍隊，不久之後幾個烤肉架紛紛啟動，四周瀰漫著咖哩的氣味。

克里夫鎮定自如，沒跟我打招呼。我明白他的意思就是：「就由你決定囉，派特。」

他只是隱沒於其他的道金斯球衣之中，這樣我就不必解釋我倆之間的關係，他那樣做真是好心腸。

我們重新架好帳篷的時候，肥仔們在裡頭看電視，史考特說：「嘿，巴斯克特，你為什麼要把我們的停車位讓給那些圓點鬼[3]？」

「他們的腦袋上都沒有圓點啊。」我說。

「你認識那個小不點？」傑克問我。

「哪個小不點？是說我嗎？」

我們轉過身去，克里夫就站在那裡，手裡端著一大托盤串在木籤上的烤蔬菜與肉丁，還在滋滋作響。

「印度串燒，滿好吃的。答謝你們讓我們把亞洲入侵巴士停在老地方。」

克里夫把托盤舉高，我們各抓了一支印度串燒，烤肉辣呼呼但很可口，蔬菜也是。

「還有帳篷裡的老兄們——他們想不想也來一串？」

「嘿，肥屁股們，」史考特大喊：「有吃的囉。」

肥仔們出來共襄盛舉，不久每個人都點頭稱讚克里夫的東西好吃。

克里夫風度翩翩地說：「剛剛麻煩你們移動帳篷，多謝。」

克里夫人那麼好，即使聽到史考特叫他「圓點鬼」還是保持風度，我忍不住表明他是我朋友，於是我說：「克里夫，這是我弟傑克、我朋友史考特，還有……」我忘了肥仔們的名字，所以只說：「史考特的朋友。」

「靠，」史考特說：「你早說你是巴斯克特的朋友不就好了，我們就不會找你麻煩了。想來份啤酒嗎？」

「當然好。」克里夫說，把空托盤往下放在水泥地上。

史考特分發綠色塑膠杯給每個人，我們把英林淡啤酒倒進去，我跟我的治療師對酌起來。我怕克里夫會吼我，因為我竟然膽敢在服藥期間擅自飲酒，但他並沒這麼做。

有位肥仔說：「你們怎麼認識的？」我這才意識到他講的「你們」，指的是我跟克里夫。

能跟克里夫一起暢飲啤酒，讓我開懷無比，我還來不及提醒自己要扯個謊，就脫口而說：「他是我的治療師。」

「我們也是朋友。」克里夫隨即補充，這話讓我詫異不已，也讓我心裡相當舒坦，尤其又沒人提起我為什麼需要治療師。

傑克問克里夫：「你們那邊的傢伙在幹嘛啊？」

我轉身看到十來個男人正把幾張巨型的人造草皮攤開。

「他們要把卡柏遊戲場地鋪好。」

大家都問：「什麼？」

「來吧，我玩給你們看。」

3 圓點鬼（dot head）是印度人的貶稱。圓點指的是印度女人前額眉心貼上或畫上的點。

於是我們在週一足球夜之前的車尾派對上，玩起了克里夫所謂的瑞典維京遊戲。

有位肥仔問：「為什麼一群印度人要玩瑞典維京人的遊戲？」

「因為好玩啊！」克里夫回答，態度酷得很。

印度男人熱情分享他們的食物，對於老鷹隊足球的相關知識也非常豐富。他們解釋卡柏遊戲怎麼玩：在這種遊戲裡，你要拋出木棒，把敵方的卡柏敲倒，卡柏就是排在敵方基準線上的積木。被敲倒的積木會被丟到敵方的場地裡，落在何處就立在原地。老實說，我還是不大確定怎麼進行，但我知道要把敵方場地上的卡柏全部清空，然後敲倒卡柏王（也就是立在人造草皮中央那塊最高的積木），遊戲就結束了。

克里夫問我能不能一起搭檔玩遊戲，讓我相當吃驚。整個下午，他都告訴我可以把哪塊積木當目標，我們贏了好幾回，還一面吃吃喝喝，大啖印度串燒、用綠塑膠杯暢飲英林淡啤酒與亞洲入侵的印度淡啤酒。傑克、史考特、肥仔們順理成章地融入亞洲入侵的車尾派對，我們的帳篷裡有印度人，他們的卡柏遊戲場上有白人。我想，只要有共同的支持對象，加上幾罐啤酒，不同的族群也能和諧相處。

不時會有個印度人大喊：「啊啊啊啊啊！」然後我們會異口同聲高喊隊呼，人數加總起來有五十多個，把「E！A！G！L！E！S！EAGLES！」的口號喊得震天價響。

克里夫拋甩木棒的功力簡直所向無敵，我們跟不同組合的男人對打時，大多靠他撐起一片天，最後還贏得了獎金錦標賽。等我們贏了以後，我才曉得我們玩的是有獎金可拿的錦標賽。克里夫那群人當中有一位把五十美元遞給我，克里夫解釋說，傑克事先替我付了參賽費；我想把獎金塞給老弟，但傑克就是不肯接受。最後我決定在林肯球場裡買幾輪啤酒請大家喝，就不再跟老弟爭論錢的事了。

夕陽西下之後，進入林肯金融球場的時間差不多到了。我問克里夫能不能單獨跟他談一下，於是我們走離**亞洲入侵**。我說：「這樣可以嗎？」

「什麼是『這樣』？」他回答，眼神中的茫然表示有些醉意。

「我們像兩個年輕小子一樣一起鬼混啊。我朋友丹尼會說是『愛演戲』。」

「有什麼不行？」

「哎，因為你是我的治療師啊。」

克里夫露出微笑，舉起一根短小的棕色手指，說：「我跟你說過什麼？我不在皮製躺椅上的時候……」

「你就是老鷹隊球迷同好。」

「對極了。」他說，然後拍拍我的背。

比賽之後，我搭**亞洲入侵**巴士的便車回到澤西。老鷹隊在全國電視轉播上以三十一比九打敗包裝工隊，一路上我跟那些印度人反覆扯嗓合唱〈飛翔啊，老鷹隊，展翅飛翔！〉克里夫的朋友在我家前面把我放下來時，早已過了午夜，但那個名叫亞胥維尼的滑稽駕駛卻按了按**亞洲入侵**巴士的喇叭，是五十位成員尖聲大叫「E！A！G！L！

E！S！EAGLES！」的特別錄音，害我擔心他們可能會把左鄰右舍全都吵醒。但是綠色巴士開走時，我忍不住噗哧笑出來。

老爸還醒著，坐在家庭娛樂室的沙發上看體育電視台。他看到我的時候，沒打招呼，但是開始引吭高歌：「飛翔啊，老鷹隊，展翅飛翔。飛越通往勝利的大道……」於是我又陪老爸把那首歌再唱一次。我們最後喊完隊呼，老爸大步走去就寢時，還一面低哼戰歌，連我這天過得如何問也沒問。毫不誇張，我這天過得精采非凡，即使漢克．巴斯克特只接到兩次球、才推進二十七碼，也還沒攻到達陣區。我想清走老爸的空啤酒瓶，卻又想起老媽的囑咐，她說在她罷工期間，我要讓房子髒亂下去。

進到地下室，我馬上埋頭舉重，努力別去想自己錯過傑克婚禮的事。雖說鳥仔們打贏了球賽，錯過傑克的婚禮還是讓我心情有些低落。我必須運動好把肚裡的啤酒跟印度串燒甩掉，於是一口氣舉重好幾個鐘頭。

26 忍受髒亂的環境

我要求看看傑克的婚禮照片時，老媽竟然裝傻。她說：「什麼婚禮照片？」可是我跟她說我見過凱特琳，說我們已經一起吃過午飯，而且我已經把弟媳的存在當作事實。這時老媽才一臉如釋重負地說：「那好，我猜我可以再把婚禮照片掛上去了。」

她留我一人坐在客廳的火爐旁邊。她回來的時候，把一本白皮裝幀的沉甸甸相簿遞給我，開始把大相框立在壁爐架上——之前為了我著想而藏起來的傑克與凱特琳的合照。我翻看老弟婚禮相本時，老媽也往牆壁掛起幾張傑克與凱特琳的人像照片。「那天天氣很好，派特。我們都很希望你也在場。」

雄偉的大教堂、豪華的宴席廳，表示凱特琳的家庭一定有丹尼說的「瘋狂巧達乳酪」[4]，於是我問凱特琳的父親從事什麼行業。

「有好幾年的時間，他都在紐約交響樂團擔任提琴手，不過現在他在茱莉亞音樂學院教書。音樂理論。不管那是什麼意思。」老媽掛完了裝框相片，就在我身邊的沙發坐

4 mad cheddar 意指財力雄厚。

下。「凱特琳的父母人滿好的，不過跟**我們**不同類，這點在宴席的時候明顯到讓人痛苦。我在照片裡看起來怎樣？」

照片裡，老媽穿著巧克力色調的棕色洋裝，裸露的肩膀披著血紅色肩帶。她的口紅與肩帶搭配無間，但眼妝看來畫得過濃，讓她有點像浣熊。加分的是她的髮型，梳理成妮奇以前說是「古典高髻」的造型，看來很不錯。於是我跟老媽說她拍起來很好看，逗得她笑顏逐開。

老爸一臉緊繃，每張照片裡都一副不自在的模樣。於是我問說老爸對凱特琳有沒有好感。

「就你老爸來說，她簡直像是不同世界來的人，他不喜歡跟她爸媽互動，一**點都不**——可是他替傑克開心，用他那種不外露的方式，」老媽說：「他了解凱特琳讓你弟很快樂。」

這讓我想到老爸在我婚禮上的怪異行徑，他拒絕主動跟任何人說話，除非對方先開口，然後只用單音節來回應每個人。我記得自己在彩排晚宴時很氣老爸，因為他不肯正眼看妮奇，更別說跟她家人互動。我記得老媽跟老弟都對我說過，老爸沒辦法面對變動；可是直到隔天，我才懂得他們的解釋。

彌撒進行到一半時，神父詢問會眾，他們會不會用禱告來祝福我與妮奇。我倆依照指示、轉身面對眾人回應。我本能地望向爸媽，很好奇想看老爸會不會跟其他人一起，說出「我們會的」。此時我看到他用面紙擦拭眼睛，緊咬下唇。他渾身微微顫抖，彷彿是個老態龍鍾的老頭。那情景怪異極了，老爸竟然在似乎讓他極度心煩的婚禮上落淚。除了憤怒以外，不會表現任何情緒的男人竟然在哭。我一直盯著老爸看，當伴郎的傑克看到我沒轉身回去面對神父，就用手肘稍微推我，把我從失神中拉回。

跟老媽坐在沙發上的時候，我問她：「凱特琳跟傑克什麼時候結婚的？」

老媽用奇怪的眼神瞅著我，她不想提起那個日期。

「我知道舉行婚禮的時候我人在**鬼地方**，我也知道我在**鬼地方**待了好幾年，那些我都已經接受了。」

「你確定你想知道日期？」

「我應付得來的，媽。」

她望著我片刻，努力想決定該怎麼做，然後說：「是二〇〇四年的夏天，八月七日。到現在已經結婚兩年多一點。」

「婚禮照片是誰付錢的？」

老媽不禁失笑。「你在開我玩笑嗎？我跟你爸永遠也付不起那麼高檔的婚禮相簿。凱特琳的爸媽非常慷慨，替我們把婚禮相片集結成冊，我們想放大哪張照片都隨我們——」

「他們有沒有給你們底片？」

「他們為什麼要給我們——」

老媽一定看到了我的神情，因為她馬上住口。

「那麼，闖空門的人把家裡裝框的照片全部偷走以後，你是怎麼把照片補上去的？」

我在等老媽的回應。她苦思該如何回答最好；她嚼著頰內肉，她一焦慮有時就會這樣。片刻之後，她平靜地說：「我打電話給凱特琳的媽媽，跟她說起闖空門的事，她那週就把相片加洗好了。」

「那你又要怎麼解釋這些？」我說，然後從雙人沙發另一端的靠枕底下抽出我跟妮奇的加框婚禮照片。老媽悶不吭聲，我就把自己的婚禮照片歸回壁爐架上該有的位置。接著我把家人圍繞著一身婚紗的妮奇的照片，重新掛回前窗旁邊的牆面——她的白色裙尾披越草地，朝攝影機的方向蔓延過來。「我找到『派特』箱了，媽。如果你真的那麼恨妮奇，直接告訴我不就好了。我會把照片都掛在閣樓裡，就在我過夜的地方。」

老媽一語不發。

「你恨妮奇嗎？如果是，又是什麼原因？」

老媽不肯正眼看我，她用雙手撥梳頭髮。

「你為什麼要騙我？你還說過什麼謊？」

「對不起，派特。可是我說謊是為了……」

老媽沒跟我講她騙我的原因，反倒開始泣不成聲。

我眺望窗外，瞪著對街鄰居的房子良久。部分的我想要安慰老媽，在她身旁坐下，用手臂攬住她的肩膀，尤其在知道老爸已有一個多星期沒跟她說話。他每天三餐開開心心吃外送食物，自己洗衣、努力忍受髒亂的環境。我逮到老媽清掃這裡、整理那裡，我知道她有點悶悶不樂，因為她的計畫沒照她所希望的方式實現。可是我也很氣老媽對我說謊，雖然我在練習當個好好先生而不是凡事堅持正確的人，但我現在就是沒辦法安慰她。

最後我留下老媽獨自在沙發上哭泣。我換好衣服，走到外頭要去跑步時，蒂芬妮已經在等我了。

27 彷彿他是尤達大師，而我是在達戈巴星受訓的天行者路克

我們討論了卡柏錦標賽的勝利、帕朵太太把布萊恩．道金斯栩栩如生地畫在校車巴士上的超凡能力，之後，我挑了黑色躺椅，跟克里夫說我情緒有點低潮。

「出了什麼事？」他說，扯扯拉桿，升起擱腳板。

「因為泰瑞．歐文斯的關係。」

克里夫點點頭，彷彿早就料到我會提起這名外接球員的名字。

稍早我並不想談這件事，可是據說泰瑞．歐文斯（簡稱T. O.）在九月二十六日試圖自殺，新聞報導T. O.服用過量的止痛藥。後來T. O.出院了，他說他並沒有自殺的意圖，然後大家就開始認為他瘋了。

我記得T. O.是舊金山四九人隊的年輕球員，可是幾星期以前我看老鷹隊跟舊金山隊對戰時，歐文斯並沒有在舊金山四九人隊的名單裡。我從運動版讀到，我在鬼地方的時候，T. O.替老鷹隊打過球，也幫鳥仔們打進第三十九屆超級盃，對於這點我毫無記憶（老鷹隊最後輸了，也許不記得也好；可是對事情沒有記憶還是讓我覺得自己精神錯亂）。T. O.顯然是想拉抬隔年的價碼而不肯退讓，脫口說了些關於老鷹隊四分衛唐納

文・麥克納布的壞話，結果球季的後半遭到冰凍，最後被球隊剔除，繼而跟老鷹隊球迷最恨的球隊（牛仔隊）簽了約。就因為這樣，費城的每個人目前厭惡T.O.的程度遠勝於地球上的任何人。

「T.O.？別擔心他了，」克里夫說：「道金斯會狠狠打擊歐文斯，讓他怕得不敢在林肯球場裡接球。」

「我不是擔心T.O.會接球跟達陣成功。」

克里夫望著我片刻，彷彿不知怎麼回應，然後說：「那跟我說說你在擔心什麼。」

「老爸說到T.O.的時候，就講他是猛嗑藥的神經病。這禮拜在電話上，傑克也拿T.O.吃藥的事來開玩笑，叫歐文斯是瘋子。」

「這為什麼會讓你覺得困擾？」

「欸，我在體育版讀到的報導說，T.O.正在跟憂鬱症搏鬥。」

「是的。」

「唔，」我說：「那就表示他可能需要治療。」

「然後呢？」

「如果泰瑞・歐文斯真的很沮喪或精神不穩定，為什麼我親愛的人都拿它當藉口講他的壞話？」

克里夫深吸一口氣。「嗯。」

「老爸難道不明白，我也是個猛嗑藥的神經病嗎？」

「身為你的治療師，我可以肯定你顯然不是神經病，派特。」

「可是我服用各式各樣的藥物啊。」

「不過你並沒有濫用藥物。」

我能夠明白克里夫的意思，但他不大了解我的感受，那是非常複雜也很難傳達的種種情緒混雜而成的，於是我只好擱下那個話題不談了。

達拉斯牛仔隊來到費城的時候，肥仔們的帳篷跟亞洲入侵巴士結合起來，形成一場超級派對，又有人造草皮上的卡柏錦標賽、衛星電視、印度串燒以及很多啤酒。可是因為四周瀰漫著恨意，我沒辦法專心跟大家同歡共樂。

我起初注意到一件事，許多車尾派對者在買賣自製恤衫，有些就直接穿在身上了，各式各樣的口號與圖像讓人目不暇給。其中一件畫著小男孩往達拉斯隊的星號標誌上撒尿，文字寫著：**達拉斯爛到頂，T.O.吞……藥丸**。另一件恤衫上面有大大的處方藥罐，上頭有個骷髏與交叉大腿骨的毒藥標誌，下面寫著**泰瑞．歐文斯**。還有另一版本，前方有個藥罐子，背後有把槍，下面的文字寫著：T.O.，**如果你沒自殺成，乾脆買把槍**。附近有個車尾派對把T.O.的老鷹隊球衣釘在十呎高的十字架上，上面掛滿了橘色處方藥罐，跟我的藥罐看來一模一樣。他們在停車場上焚燒T.O.的老球衣；用繩子撐起套上T.O.球衣、真人大小的假人，任由大家用球棒猛打。即使我不喜歡達拉斯牛仔隊的球員，我還是替泰瑞．歐文斯感到難過，因為他精神出了毛病，真的滿悲哀的。誰知道，搞不好他真的試過要自殺？可是大家都忙著嘲諷他，彷彿他的精神健康是個笑話——也許他們希望把他逼到盡頭，想看他一命嗚呼。

我丟木棒丟得很差，因此跟克里夫早早就被踢出卡柏錦標賽，損失了老弟替我預付的五塊美金；就在這時，克里夫請我幫他從亞洲入侵巴士搬點印度淡啤酒下來，我們走進巴士時，他把車門關上，說：「出了什麼事？」

「沒事。」我回答。

「玩卡柏遊戲的時候，你連木棒落在哪裡都沒在看，精神很渙散。」

我不發一語。

「出了什麼事？」

「你又不在皮椅上。」

克里夫坐下來，拍拍巴士椅子：「今天有塑膠合成皮就行了。」

我在克里夫對面的位置坐下，說：「我只是替T. O.難過，就這樣而已。」

「他忍受這種批評，可是能撈到幾百萬美元，而且他還蒸蒸日上咧。這是他自己用那些達陣舞跟混淆視聽的宣傳所招惹來的。這些人其實不希望T. O.真的掛掉，他們只是不希望他今天有好表現。一切都只是好玩而已。」

現在我明白克里夫的意思了，但我就是不覺得有什麼好玩的。不管T. O.是不是百萬富翁，我都不確定我的治療師應該原諒那種在恤衫上鼓勵任何人拿槍轟掉自己腦袋的行為。但我什麼也沒說。

回到巴士外面，我看到傑克跟亞胥維尼已經在打卡柏錦標賽的終場，我努力替他們加油打氣，把周遭的恨意隔絕在外。

在林肯球場裡，整個上半場群眾都在大唱「O.D.——O.D.、O.D.、O.D.——O.D.——O.D.」[5]。傑克解釋說，以前歐文斯還是老鷹隊球員時，群眾都會高唱「T.O.——T.O.、T.O.、T.O.——T.O.——T.O.」。我看到歐文斯站在邊線上，雖然他還沒接到多少球，但似乎隨著群眾O.D.歌曲的旋律舞動。我忖度，面對七萬名嘲笑他差點服藥過量的觀眾，他是否真的毫無所動，或者他心裡其實有不同的感受。我再次忍不住替這個傢伙難過。要是有七萬人同聲嘲笑我竟然遺忘了人生的過去幾年，我好奇自己會有什麼反應。

到了中場休息，漢克．巴斯克特已經接過兩次球，推進二十五碼，不過老鷹隊還是以二十一比十七暫時落後。

整個下半場，林肯金融球場幾乎沸騰；我們老鷹隊球迷都知道國聯東區的冠軍寶座已經岌岌可危。

第三節只剩不到八分鐘的時候，一切乾坤大挪移。

麥克納布沿著球場的左側拋出一個長球。我這區的人全站起來看會發生什麼事。八十四號球員在達拉斯的地盤接到那顆球，讓防守組動員起來，朝達陣區出發，接著我就在半空中了。把我撐起來的是史考特跟傑克。我正坐在他們的肩膀上。我們這區的每個人都跟我擊掌，因為漢克．巴斯克特終於在美式足球聯盟第一次達陣成功（八十七碼球），而我當然正穿著漢克·巴斯克特的球衣。老鷹隊節節勝利，我欣喜若狂地把T.O.拋諸腦後，開始想到老爸在家看著他的超大電視螢幕，我想電視攝影搞不好會捕捉到我高高騎在傑克與史考特肩上的鏡頭。也許老爸看到真實大小的我在他的液晶螢幕上慶祝，還會心生得意。

第四節尾聲有一連串緊繃萬分的時刻，我們的心怦怦猛跳，達拉斯緊迫釘人，比數來到三十一比二十四。再得分就會讓這場賽事進入延長賽。可是里托·薛波攔截了布雷索，將球回傳達陣，整個球場大唱老鷹隊戰歌、呼喊隊名，這是我們大放異彩的好日子。

比賽時間結束的時候，我搜尋T.O.的去向，看到他離開球場，往更衣室衝刺，完全沒跟老鷹隊的任何球員握手。我還是替他難過。

我、傑克與史考特走出林肯球場，往**亞洲入侵**那群人跑去——大老遠就看得見他們，五十位印度裔男性成群結隊，全穿著布萊恩·道金斯的球衣。他們總是說：「只要找五十個穿著二十號球衣的人就對了。」我奔向克里夫，兩人擊掌尖叫大喊，然後五十名印度男人開始呼喊：「巴斯克特、巴斯克特、巴斯克特！」我開心得不得了，把矮小的克里夫扛起來、抬到肩膀上，把他帶回**亞洲入侵**巴士，彷彿他是尤達大師，而我是在達戈巴星受訓的天行者路克，就是電影《帝國大反擊》的中段情節（我說過這是我一直

5 O.D.是藥物服用過量的簡稱，用來諷刺T.O.。

以來最愛的電影之一)。「E!A!G!L!E!S!EAGLES!」我們在人群中穿梭、開路走回瓦喬維亞中心後面的駐紮點時，一路呼喊了許多回。肥仔們準備了沁心涼的慶祝啤酒在那邊等著。我一直擁抱傑克、頻頻與克里夫擊掌，也跟肥仔們撞胸，隨著印度人大聲唱和。我快樂無比，快樂到難以置信的地步。

亞洲入侵在爸媽家門前放我下來時，時間已經滿晚了，我請亞胥維尼別按老鷹隊隊呼的喇叭聲，他勉為其難同意了。不過，巴士繞過這條街尾的轉角時，我聽到五十個印度裔男人高呼：「E!A!G!L!E!S!EAGLES!」我踏進爸媽家的時候，忍不住漾起笑容。

我準備面對老爸。贏得這麼光彩，讓老鷹隊榮登國聯東區冠軍寶座，老爸肯定會想跟我說說話。可是我走進家庭娛樂室時放眼卻不見人影。地上沒有啤酒空瓶，水槽裡也沒有待洗碗盤。事實上，整個房子看來一塵不染。

「爸——?媽——?」我喊道，可是無人回應。我回家時看到他倆的車子都在車道上，所以我非常困惑。我上樓梯，房子一片死寂。我檢查自己的臥房，床鋪整理好了，房間空蕩蕩的。於是我敲敲爸媽的臥房門，但沒人應門。我把門推開，馬上希望自己沒動手。

「我跟你爸在老鷹隊打贏以後和好了，」老媽露出滑稽的笑容說：「他立志要改變自己。」

床單高高拉到他們的脖子那裡，但我就是曉得爸媽在被單底下裸著身子。

「你的巴斯克特那傢伙療癒了我們家，」老爸說：「他今天在球場上像個神一樣。老鷹隊都拿到冠軍了，我想，那幹嘛不跟珍妮和好？」

我還是無法言語。

「派特，也許你想去跑跑步？」老媽提議：「也許稍微跑上半個鐘頭？」

我把他們的臥房房門關起來。

我換上跑步裝時，聽到爸媽的床鋪吱嘎作響，房子似乎也跟著微微搖晃。於是我套上運動鞋，跑下樓梯，出了家門。我快跑越過公園，繞到韋伯斯特家的房子後面，敲敲蒂芬妮的門。她滿臉困惑，穿著某種睡袍前來應門。

「派特，你在幹——」

「我爸媽在做愛，」我解釋：「就是現在。」

她瞪大雙眼。她先是綻放笑容，繼而縱聲大笑。她說：「讓我換一下衣服。」然後把門闔上。

我們前後散步了好幾個鐘頭，都在科林斯伍德附近。一開始我拉拉雜雜說個不停，談T.O.、巴斯克特、我爸媽、傑克、亞洲入侵、我的婚禮照片、老媽的最後通牒生效了——一切的一切，可是蒂芬妮沒有任何回應。等我說到沒話可講的時候，我們就只是走啊走啊走的，最後到了韋伯斯特的家門前，該道晚安了。我伸出手說：「謝謝你的傾聽。」我看出蒂芬妮不打算握手，於是準備提腳走開。

蒂芬妮說：「轉過身來，閃亮眸子。」她這樣說真怪，因為我的眼眸是棕色的而且十分無神，不過我當然還是轉過身去了。「我要給你某樣東西，這可能會讓你困惑，搞不好還會讓你發瘋。我希望你等到心情非常放鬆的時候再打開。今天晚上絕對不可以。等個幾天吧，等你覺得開心的時候再打開這封信。」她從夾克口袋拉出一只白色商務信封遞給我。她說：「收進你的口袋。」我照做了，主要是因為蒂芬妮一臉嚴肅。「等你給我答案以後，我才會再跟你一起跑步。我就留你一個人好好思考。不管你的決定如何，你都千萬不能跟別人說起信裡的內容。**懂嗎？**如果你跟任何人說，即使是你的治療師，我都能從你的眼睛看得出來，然後我永遠不會再跟你說話。你最好乖乖照著我的指示做。」

我的心怦怦猛跳。蒂芬妮到底在說什麼？我一心想馬上打開信封。

「你至少要等四十八個小時才能打開這個信封，而且要確定你讀這封信的時候心情是不錯的。思考過後再給我答案。記得喔，派特，我這個人對你來說，可以做個很有價值的朋友，你不會想與我為敵的。」

我想起朗尼跟我說過蒂芬妮丟掉工作的故事，我開始惶恐不已。

28 要求榮獲冠軍

「第一個問題，」老爸說：「跟聖人隊對打的時候，麥克納布會成功達陣幾次？」

我簡直不敢相信我真的能跟老爸坐下來共進一餐。老媽用叉子繞著麵條時，直衝著我微笑，甚至還向我快速眨了眨眼。可別誤會我的意思，我很高興老媽的計畫成功了，而且能跟老爸共進一餐，甚至聊聊天，我也滿開心的，特別讓我高興的，是看到爸媽再次流露愛意地嬉鬧；但我也清楚老爸是什麼樣的人，我擔心只要老鷹隊打輸一場球賽，老爸就會搖身變回臭脾氣。我也替老媽操心，但決定先撐過這一刻。

我跟老爸說：「達陣十次。」

老爸漾起微笑，把小香腸拋進嘴裡使勁咀嚼，然後跟老媽說：「派特說達陣十次耶。」

「也許是十一次。」我補充，只是想表現得樂觀點。

「第二個問題。不是選秀進來的熱門新秀漢克・巴斯克特會接到幾次達陣球？」

我完全了解巴斯克特在前五場球賽裡只接到一次達陣球，但我也曉得今晚家裡瀰漫著超級樂觀的氣氛，於是說：「七次。」

「七次？」老爸說，依舊掛著微笑。

「七次。」

「他竟然說七次，珍妮。七次耶！」老爸對我說：「第三個問題。四分衛卓爾・布里斯已經被老鷹隊的優勢防守擒殺那麼多次，最後會在哪一節承受腦震盪的打擊？」

「唔。這題滿難的。第三節嗎？」

「不對，」老爸說，佯裝失望地搖搖頭，「正確答案是第一節。第四題。你什麼時候才要把一起跑步的馬子帶到家裡來？什麼時候才要把女朋友介紹給老爸？」

老爸問完第四題時，往嘴裡呼嚕吸了一大口義大利麵，開始嚼啊嚼的。我沒回答，他就用左手食指描著隱形的圈圈，想鼓勵我開口。

老媽嗓音有些顫抖地說：「派特找到婚禮照片，還掛回客廳了，你看到了嗎？」

「傑克跟我說，你已經不在乎妮奇了，」老爸說：「他說你喜歡這個叫蒂芬妮的馬子。不是嗎？」

我問老媽：「我可以先離開嗎？」因為我的小疤搔癢起來，我覺得要是不用拳頭猛打額頭，情緒可能會轟然爆發。

老媽點頭，我在她眼裡看見同情，不由得心懷感激。

我連續舉重好幾個鐘頭，最後終於不再覺得有捶打自己的必要。

穿著老媽近來替我買的反光背心，我慢跑穿越夜色。

我今晚原本打算拆蒂芬妮的信，因為能跟老爸吃飯讓我亢奮難抑，可是現在我知道自己的心情差勁透頂，在這種狀況下拆信，就會違反蒂芬妮兩天前清楚立下的規則。我昨晚差點提前把信打開，因為那時我心情大好，可是還相隔不到四十八個鐘頭。

跑步的時候，我盡量想想妮奇與**隔離時間**終會結束的事，這些思緒總會讓我覺得好過點。我假裝上帝跟我下個賭注，如果我跑得夠快，祂就會把妮奇帶回來，於是慢跑的最後兩英里我就用衝刺的。不久我跑速快到教人吃驚的地步——比過往任何人類跑得都還快。我在心裡聽到上帝告訴我，一定要在四分鐘之內跑完最後一英里，我知道這幾乎不可能，但為了妮奇我奮力嘗試。我跑速更快了，離家還剩一個街廓時，聽到上帝在我心中從十開始倒數。「五——四——三——二——」我的右腳踩上父母家外面人行道的第一個水泥方格時，上帝說：「一。」那就表示我跑得夠快——我在上帝還來不及說「零」之前就回到家了。我欣喜若狂，快樂得無與倫比！

我上樓時，爸媽的臥房房門關著，於是我先沖澡然後鑽進被窩裡。我把蒂芬妮的信封從床墊下面拉出來。我深吸口氣，打開那封信。我讀著那幾頁打字信件，腦袋因矛盾的情緒與迫切的需求而轟然欲裂。

派特，

這封信要從頭讀到尾！還沒讀完整封信以前，不要妄下決定！獨自一人的時候才能讀這封信！別把這封信拿給任何人看！你一讀完這封信就要燒掉——馬上！

你有沒有過那種住在火藥桶裡，隨時迸出火花的感覺？

嗯，無論我做什麼，都沒辦法挽回湯米。我因為無法接受他的死亡而足足病了兩年——可是接著你走入我的人生。為什麼呢？一開始我以為，上帝送給我一個新男人是為了取代我的湯米，這種想法讓我火冒三丈，因為湯米是無法取代的（不是故意要冒犯你）。可是當我聽你說起妮奇的模樣，我才明白上帝把你送到我身邊，是為了讓我幫你找到終結**隔離時間**的方法。這就是我的任務，所以我一直在這方面下工夫。

「什麼？」我聽到你現在正在說：「我的朋友蒂芬妮要怎麼終結隔離時間呢？」

嗯，可能會讓你七竅生煙的就是這部分。

你準備好了嗎，派特？要有心理準備喔。

我一直在跟妮奇通電話——定期的。過去兩個禮拜的每天晚上。我從維若妮卡那邊拿到電話號碼，自從你被永遠送進巴爾的摩那家神經健康機構以後，她透過朗尼跟你媽的對話，一直提供關於你的消息給妮奇。你家人不准妮奇知道你的訊息，他們有權這樣做，因為你永久入院以後，妮奇很快就跟你離婚了。我知道這丁點消息很可能會讓你難受至極。抱歉，可是在這個階段，最好先把話都講白了。你不覺得嗎？

好了，接下來這部分也滿糟的。妮奇有權跟你離婚，因為你犯下自己不記得的罪（我不會跟你說是什麼罪，因為你可能刻意阻擋它，不讓它進入你的記憶；更可能的是，你在心理上還沒準備好面對這個可怕至極的現實。我跟李莉醫師推論，等你在心理與情緒上都準備好時，就會憶起自己犯了罪）。妮奇得到離婚的許可以及你所有的資產，而某人把對你的告訴全部撤銷，作為交換條件。當然，這份協議也把你送進鬼地方接受無限期的「復健」。當時你同意以上所有的條件，你的治療師提伯斯醫師認為你的「心智正常」，可是當你永遠入院以後，你就「失去」記憶與理智了。

我跟你說這些事情不是出於壞心眼——恰好相反。要記得，上帝要我負責幫你結束隔離時間。結果發現妮奇其實還滿想跟你溝通一下的。她相當想念你，這不是說她想再嫁給你，這點我要先講清楚。她還記得你做過什麼事——你犯下的罪刑。她也有點怕你，因為她怕你會很氣她、會想報復。可是她畢竟跟你結婚滿多年的，也想看你過得好好的，搞不好還可以再當朋友。我已經轉告妮奇，你想跟她言歸於好的意願。老實說，你的意願比她強多了。不過，要是你們開始溝通，很難說會有什麼樣的發展。

有兩個問題：一、你犯下那樁罪以後，妮奇對你提出禁制令，所以技術上來說，你跟她聯繫是違法的。二、你爸媽也許出於報復心理，於是代替你對妮奇提出禁制令，聲明她的任何接觸都可能危害你的心理健康，所以她接觸你也是違法的。雖說如此，妮奇還是想跟你溝通看看，即使只是為了撫平過去的事情。她有很強烈的歉疚感。她帶走了你所有的資產，你卻得在精神病院度過好幾年生活，對吧？

所以，重點來了。我自願扮演聯絡人的角色。你們兩位可以透過我來溝通，就不會惹出任何麻煩。你可以寫信給妮奇——每兩週一回。我會在電話上把這些信念給妮奇聽，她就能在電話上口述回信內容讓我寫下來，然後我會用筆電打字並列印出來給你。

派特，我們是朋友，我非常珍視我們的友誼。說完剛剛那番話，你一定要懂得體會這點：我的提議會置我自己於險境。如果你決定接受我的提議，我等於是在法律上鋌而走險，也可能因此危害到我倆的友誼。我必須告訴你，我不打算白白當你們的聯絡人，而是要提出一項交易。

我想要什麼呢？

記得我說過我在偵察你的狀況嗎？

嗯，我想贏得今年的「舞動拋開憂鬱」競賽，我需要強壯的男人來達成這個目標。我聽到你在問：「什麼是舞動拋開憂鬱？」嗯——那是費城精神病學協會每年舉辦的競賽，讓確診患有憂鬱症的女性將自己的絕望轉化為肢體動作。唯一的焦點應該在於，透過肢體的運用來減低憂鬱狀況，不過裁判會頒贈花環給次好的舞碼，然後頒贈金獎盃給最佳舞碼。我的獨舞作品連續兩年都得到他媽的花環，今年我想奪得金獎盃。那就是你會派上用場的地方，派特。上帝把我這輩子遇到的最強壯男人送到我身邊來，誰說這不是上蒼的介入相助？只有擁有你那身肌肉的男性可以表演我心目中的舉抬招式——能夠得獎的舉抬招式，派特。比賽將在市中心的廣場飯店舉行，十一月十一日週六晚上。我已經曉得舞碼，可是你要從零開始，而且我們兩人要一起練舉抬。這會耗費不少時間。

我跟妮奇說過我的狀況，她想鼓勵你當我的舞伴。她說你需要拓展自己的興趣領域，也說她以前一直想找你去上舞蹈課，所以我們這個活動她很能接受；她鼓勵你參與。

還有，如果要我當你們的聯絡人，我恐怕必須要求以榮獲冠軍作為交換條件。算你運氣好，我編的舞碼可是水準一流的。可是為了要贏，你必須完全沉浸在舞蹈中。以下是你不能討價還價的條件：

如果你決定要當我的舞伴，你就要：

1. 在我們的訓練期間，放棄老鷹隊。不能到場看球賽；也不能在電視上看球賽；不能跟任何人討論老鷹隊的表現；不能閱讀體育版；甚至不能穿你熱愛的巴斯克特球衣。
2. 每天下午兩點以前結束你的舉重訓練，我們要慢跑五英里，然後週間要從下午四點十五分排練到晚上十一點；週末就從下午一點排練到晚上十點。不能破例。
3. 要確定至少有十五個親戚朋友會來觀賞舞蹈表演，因為裁判常會受到掌聲多寡的影響。
4. 我說什麼你就照做，別問任何問題。
5. 要確保我能贏得競賽。

6. **最重要的是**：別把我們的安排告訴任何人。你可以跟大家說你在接受舞蹈比賽的訓練，但你不能跟任何人提起我的要求，也不能提起我代為接觸妮奇的事——永遠不行。

如果六個要求你全部都能達到，我就會擔任你與妮奇的聯絡人；我會嘗試終結隔離時間，誰知道你跟前妻之間又會發生什麼事呢？如果你無法達成我的要求，那你恐怕永遠就無法再跟妮奇說話。她說這是你唯一的機會。

二十四個小時之內聯絡我，跟我說你的決定。重新閱讀我列出的要求，把每一項記下來，然後把信燒了。

記得，如果要我當你的聯絡人，別跟任何人說我跟妮奇有聯絡。

立意良善的　蒂芬妮

我整晚反覆閱讀信件。有好幾個部分我很不願相信是真的——尤其是我犯了罪、妮奇跟我離婚那部分，那些想法讓我很想用拳頭擊打自己的額頭。什麼樣的罪行會讓我陷入這種情境？我自願住進神經健康機構時，撤銷告訴的是誰？妮奇要跟我離婚是情有可原的事，因為我是個差勁的老公，特別因為，唉，我真的是個爛丈夫。我實在很難相信自己會犯下導致這種激烈法律手段的罪行，但蒂芬妮這封信似乎解釋了許多事情——老媽把我的婚禮照片拿下來、傑克與老爸針對妮奇說過那些難以入耳的話。如果我真的已經離婚，那麼家人為了讓妮奇遠離我記憶的種種行徑，全是為了保護我。他們的態度不夠樂觀，無法了解我這條小命既然還在，至少就有挽回妮奇的機會，不用多說也曉得這點就是這封信帶來的「一線光明」。

當然我什麼都還不能確定，因為我對過去幾年毫無記憶。也許蒂芬妮故意假造故事，只是為了要我參與她的舞蹈比賽。這滿有可能的。即使我現在正在練習做個好人，但我當然不會主動去當她的舞伴。我明白蒂芬妮的信可能是個詭計，但是能跟妮奇溝通的可能性太過誘人——因為那可能是我**最後**一次機會。此外，蒂芬妮還提到了上帝的旨意，似乎暗示她明白**隔離時間**到底是怎麼回事。妮奇會希望我去上舞蹈課，這件事倒還說得過去，因為妮奇向來希望我能與她共舞，但我從來都不肯。想到未來能跟妮奇翩翩起舞，就足以讓我接受這種條件：在休息週之前，我會錯過三場老鷹隊比賽，其中包括跟傑克遜威爾隊對打的主場賽事。我想到這件事會惹老爸、傑克多麼氣憤，甚至克里夫也是，但我轉念又想到自己的人生電影可能會有快樂的結局，妮奇會回到我身邊，不用想也知道我該怎麼選擇。

朝陽升起時，我打開樓下浴室的窗戶，在馬桶上方燒掉信件之後，把焦黑的餘燼沖掉。接下來，我跑步越過騎士公園，慢跑繞過韋伯斯特家，敲敲蒂芬妮的門。她穿著絲質紅睡袍前來應門，瞇眼看我：「如何？」

我問：「我們什麼時候開始訓練？」

「你準備好要完全投入了嗎？準備要放棄一切——甚至是老鷹隊的足球賽？」

我熱切地點點頭。「只是我週五不能錯過治療時段，因為如果我不去治療，法官會把我送回**鬼地方**，那我們就沒辦法贏得比賽。」

「我明天兩點會到你家外面。」蒂芬妮說，然後把門關上。

蒂芬妮的加蓋房子，一樓是舞蹈教室。四面牆壁都被全身鏡遮蓋起來，其中三面有芭蕾舞者用的橫桿。地面鋪了實木地板，有如專業籃球場，只是地上沒畫線，而且亮漆塗得比較輕薄。天花板很高，或許有三十英尺高，中間有座迴旋梯通向蒂芬妮的公寓。

「這是我在湯米過世以後找人建的，」蒂芬妮說：「用的是保險給付金。你喜歡我的舞蹈工作室嗎？」

我點點頭。

「那就好，因為這是你接下來一個月的家。照片帶來了嗎？」

我打開袋子，拉出蒂芬妮要我帶來的妮奇的裝框相片，拿起來給蒂芬妮看。蒂芬妮走到旋轉梯後面的音響那裡，從牆壁的鐵掛勾上取下一副耳機（就是整個蓋住耳朵、像禦寒耳罩那種），拿來給我，上頭連了一條很長的線。

她說：「坐吧。」我彎下身、席地盤腿坐著。「我要放我們的曲子嘍，就是我們跳舞配的音樂。你對這首曲子要能有很深的連結感受，這點相當重要。它的旋律要能流過你的身體，才能感動你。我會挑這首歌是有道理的。對我們兩人來說恰到好處，你很快就會懂我的意思。等下我替你戴上耳機，我要你盯著妮奇的眼睛。我要你全心感受這首曲子。懂嗎？」

我問：「這不是高音薩克斯風吹的曲子吧？」因為你也知道，肯尼吉是我的頭號天敵。

「不是。」她說，然後把耳機戴在我的耳上。我的耳朵包覆在軟墊裡。即使我一抬頭就會看到蒂芬妮，戴著耳機卻讓我覺得整個大房間好像只剩我一人。我用雙手捧著相框，望進妮奇的眼眸，曲子不久就開始播放。

鋼琴旋律——緩慢悲傷。

兩種人聲輪流歌唱。

痛苦。

我曉得這首歌。

蒂芬妮說得沒錯，這首歌對我們兩人來說再適合也不過。

歌曲的氣氛愈來愈高張，歌聲傳達的感情愈來愈濃烈，我胸膛裡的一切開始隱隱作痛。

歌詞表達的正是我從**鬼地方**放出來以後的感受。

到了合聲的部分，我已在嗚嗚啜泣，因為那女人唱出我真正的感受，她的話語、她的感情、她的嗓音……

歌曲最後以開始時的悲傷鋼琴音符作為結尾。我抬起頭才意識到蒂芬妮一直看著我哭，害我不禁難為情起來。我把妮奇的相片放在地板上，用雙手掩住臉龐。「對不起，給我一點時間就好。」

「這首曲子把你弄哭了，這樣很好，派特。現在我們只要把淚水轉化成肢體動作就可以了。你要透過舞蹈來哭泣，懂嗎？」

我雖然不懂，但還是乖乖點頭。

29 我個人電影的蒙太奇

我怎麼學習蒂芬妮的舞碼、成為卓越的舞者，這個過程解釋起來滿困難的，主要是因為我們的排練既漫長，也讓人身心俱疲，而且無聊至極。同樣的小細節我們沒完沒了地再三重做。比方說，舞碼裡如果我得往空中舉起一根手指，蒂芬妮會要我每天做一千遍，直到我可以在她一下令就能做出讓她滿意的動作為止。所以我就不拿大部分的無聊細節來煩你了。讓事情更複雜的是，就因為蒂芬妮未來想要開設工作室，所以她想緊緊守住自己的方法——與編舞技藝，於是禁止我詳盡記錄我們的排練內容，免得有人剽竊她的訓練技巧。

幸運的是，我在開始記下這部分的時候，想起洛基在他的每一部電影裡，每當他需要在拳擊方面更上一層樓時，電影就會呈現好幾個片段：他在做單手伏地挺身、在沙灘上跑步、捶擊大塊肉片、在美術館的階梯上奔跑、深情望著亞德蓮，不然就是米奇、阿波羅・克里德，甚至是保利對他大吼大叫的鏡頭——背景一直播著他的主題歌曲〈此刻準備飛翔〉，這可能是世上最棒的曲子。在洛基的電影裡，幾分鐘的鏡頭就足以涵蓋好幾星期的訓練時間，雖然我們只看得到這位義大利種馬[6]勤下苦工的片段鏡頭，但觀眾還是明白洛基必須透過諸多準備，才能真正精進自己的拳擊技巧。

在一次治療時段裡，我問克里夫怎麼稱呼這種電影技巧。他不得不用手機打給他老婆索妮亞，不過她曉得答案，跟我們說我想描述的東西叫做「蒙太奇」。所以我下面要製造的效果，就是我個人電影的蒙太奇。也許你想在CD唱機播放〈此刻準備飛翔〉，如果你手邊就有那張的話，或者播放任何你覺得能啟迪人心的曲子，然後邊聽音樂邊讀我的蒙太奇。但是，不是非得要配樂不可。好吧，就是這個嘍，我的蒙太奇：

為了迎接我們的盛大演出，我跟蒂芬妮每天跑步的時候都會稍微加快速度。我們努力鞭策自己，抵達公園的時候，最後一英里就拔腿衝刺回她家，讓自己汗如雨下。我總是跑贏蒂芬妮，因為我是男子漢，沒錯，不過也因為我是優秀的跑者。

看到我做舉重訓練：舉重架、抬腿、在腹肌大師六千上仰臥起坐、騎健身腳踏車、蹲舉、指節伏地挺身、仰臥推舉——一應俱全。

「快爬！」蒂芬妮大喊，所以我在她舞蹈工作室的實木地板上爬行。「爬得像你沒有腿、像你兩個星期沒吃飯，想像房間中央有個蘋果，另一個沒腿的男人也朝著蘋果爬去。你想爬快一點但是辦不到，因為你身體殘了。窮途末路的感受像汗水一樣從你的臉上流淌出來！你好怕自己沒辦法趕在另一個無腿男人之前爬到蘋果那裡！他不會跟人分享那個蘋果的——不，不，不。停！你整個都弄錯了啦！老天爺，派特！我們只剩四個星期耶！」

「珍妮，」我聽到老爸的聲音，他在廚房吃早餐，我在地下室的階梯上聽著。「我一提到老鷹隊，派特為什麼就會閉上眼睛低哼？他又要瘋掉了嗎？我應該擔心嗎？」

我十一點之後回電給傑克時，他在電話那頭說：「搞什麼？我怎麼聽說你錯過聖人隊那場比賽？」他連續兩晚都打電話來，老媽在我枕頭上留了紙條，上面寫著**不管多晚都要回電給你弟。很重要**。「你不想看看巴斯克特這星期的表現嗎？你為什麼在嗡哼？」

「你當舞者的時候，手放在舞伴身體的哪邊都沒關係，派特。這跟性無關。所以你在做頭一個舉抬動作的時候，雙手要捧住我的屁股跟胯下。你幹嘛走來走去？派特，這跟性沒關係啦——這是現代舞蹈。」

---

6 Italian Stallion，洛基的綽號。

看到我做舉重訓練：舉重架、抬腿、在腹肌大師六千上仰臥起坐、騎健身腳踏車、蹲舉、指節伏地挺身、仰臥推舉——一應俱全。

「我沒事，派特。我他媽的沒事啦。我們在練習舉抬的過程裡，你一定會害我摔下來好幾次，可是不是因為你不夠強壯。你必須把手掌的中央直接搭在我胯下底部。如果你要我講更精確一點，我就精確一點。來。我弄給你看。把你的手伸出來。」

「你媽告訴我，你不肯跟人討論老鷹隊足球賽事——你為什麼要低哼？」克里夫問：「我又沒提到某個薩克斯風手的名字。這到底是怎麼回事？」

「我從沒想到我會這麼說，不過你也許該考慮暫停一下舞蹈訓練，跟傑克、你爸一起看看球賽，」老媽說：「你知道我討厭足球，可是你跟你爸似乎可以透過足球讓親情再現，你跟傑克的兄弟情誼也才剛剛要恢復。派特，拜託別再哼了。」

「第二次舉抬的時候，你必須抬頭看我，派特。尤其在我翻身之前。你不用盯著我的胯下，可是你必須準備好要往上推，這樣我才能往上升。如果我屈膝的時候，你沒推我一把，我就沒辦法順利翻身，腦袋可能會撞到地板爆開。」

「我知道你一邊嗡哼，一邊還是聽得到我的聲音，派特。瞧瞧你這個死樣子！」

老爸說：「在床上縮著身子，像個小鬼頭一樣嗡哼。在紐奧良，鳥仔差一次射門就輸了，你那個叫巴斯克特的傢伙一個球也沒接到，拿了個大鴨蛋。球賽期間你一直在跳舞，別以為這不會影響到比賽結果。」

「你看起來像一條腦殘的蛇！你應該要用手臂爬行啦——不是滑行，也不是扭動，也不是你他媽的正在做的鬼動作。來。看我怎麼做。」

為了迎接我們的盛大演出，我跟蒂芬妮每天跑步的時候都會稍微加快速度。我們努力鞭策自己，抵達公園的時候，最後一英里就拔腿衝刺回她家，讓自己汗如雨下。我總是跑贏蒂芬妮，因為我是男子漢，沒錯，不過也因為我是優秀的跑者。

朗尼說：「蒂芬妮的手上到底有你什麼把柄？」我們在我爸媽家的地下室。他疲軟無力地做著六十磅的槓鈴仰臥推舉時，我在一旁監護，他現在停下來喘口氣。上班前來舉重只是藉口，其實是要突襲拜訪。「我跟你說過要保護自己。我告訴你，派特，你不曉得那女人能做出什麼鬼事來。我的大姨子啥事都做得出來。**任何事情！**」

「你要用兩隻手臂做出太陽的樣子。你在舞台中央就代表太陽。你用手臂比出大圓圈的時候，必須慢條斯理、從容不迫——就像太陽一樣。這場舞等於是一整天份量的太陽。你必須隨著歌曲的流動，在舞台上升起與落下。懂嗎？」

「我要你跟蒂芬妮講，跟你老爸一起看老鷹隊球賽是很重要的事，」老媽說：「拜託別再嗡哼了，派特，別再哼了啦！」

「第二次舉抬是目前為止困難度最高的一個，你要從蹲姿變成站姿，而且我是站在你的手上，你的雙手要舉到肩膀上方。你想你夠不夠強壯？可以做得到嗎？如果你力氣不夠，我們可以改做別的動作，不過我們現在先試試看再說吧。」

克里夫問我：「這場舞蹈比賽對你來說為什麼那麼重要？」我抬頭望著他辦公室天花板上繪飾的太陽，然後露出微笑。他說：「什麼啦？」

「跳舞可以讓我扮演那個。」我說，手往上指。

克里夫的目光隨著我的手指望去。「跳舞讓你能夠扮演太陽？」

「對啊。」我說，再次對克里夫綻放笑容，因為我真的滿喜歡當太陽的，就是讓雲朵產生銀色鑲邊的東西；而且扮演太陽就能讓我有機會寫信給妮奇。

「請不要再對著電話嗡哼了，派特。我是站在你這邊的。我了解為了一個女人學習藝術的心情。你不記得我彈過鋼琴給你聽嗎？可是差別在於，凱特琳從來沒有要我錯過任何一場老鷹隊比賽，因為她曉得那對我來說不只是足球而已。我在電話上聽得到你在哼他媽的歌，派特，可是我就是要講下去，可以吧？你表現得瘋瘋癲癲的，你知道吧。如果老鷹隊明天打輸了海盜隊，老爸會認為鳥仔是被你帶衰的。」

「好了，舞步你都曉得了——反正知道個大概了，所以現在我要你看看我的舞步。該要你做舉抬的時候，我會說『舉抬』，這樣你就會知道快輪到這個動作了。可是別擔心，因為只要你跳好自己的舞步，我會確保我們的舉抬能夠一氣呵成。可以嗎？」

蒂芬妮穿著緊身衣與恤衫，她每隔一天就會這麼打扮，不過，她在按下CD唱機之前，臉上神情一變，變得如此肅穆。悲傷的鋼琴音符，還有對唱的兩個人聲充塞整個房間，蒂芬妮開始跳出美麗但哀傷的動作。她的身體移動得如此優雅，現在我才明白她說用舞蹈來哭泣是什麼意思。她跳躍、滾動、旋轉、奔跑、滑動。她高喊「舉抬！」然後落至地面死去。當音樂再度揚起，她復活似地往上爆發。她的舞蹈是我所見過最美的事物之一，我可以把下半輩子全都拿來看她跳舞。怪的是，看著蒂芬妮在舞池裡四處遨翔，讓我有種跟寶寶艾蜜莉一起在海浪中漂浮的感覺。蒂芬妮的舞技就是有**那麼**棒。

「你爸不再陪我吃晚飯了，派特。他也不跟我說話了。自從老鷹隊打輸海盜隊，他就故態復──派特，拜託別再哼了。派特！」

為了迎接我們的盛大演出，我跟蒂芬妮每天跑步的時候都會稍微加快速度。我們努力鞭策自己，抵達公園的時候，最後一英里就拔腿衝刺回她家，讓自己汗如雨下。我總是跑贏蒂芬妮，因為我是男子漢，沒錯，不過也因為我是優秀的跑者。

「我想你不明白這對我老姊的意義有多重大。」維若妮卡帶著寶寶艾蜜莉來我地下室的健身室，讓我驚愕不已。「你知道嗎？湯米過世以後，她從不邀請家人去看她跳舞。事實上，足足有兩年，她都禁止我們觀賞她的任何演出。可是今年她認為自己能夠表演得毫無瑕疵，可以邀請家人去看──老實說，她很有把握；看到她那麼開心，我很高興。要是你們把表演搞砸了，她會做出什麼事來，我真不敢想。她這人狀況不大穩定，派特。你明白吧？要是你表現不好，就會害她陷入好幾個月的憂鬱，你明白嗎？所以我要問問你，排練的狀況**到底**怎樣？你**真的**認為你們會贏嗎？**你認為嗎**？」

我把燈光關掉以前，先盯著妮奇裝框照片裡的眼睛。我看到她點點雀斑的鼻子、草莓金黃的髮絲、飽滿豐潤的雙唇。我吻她好多回。「很快，」我說：「我正想盡一切辦法。我不會讓你失望的。記得——『永恆從今夜開始』。」

看到我做舉重訓練：舉重架、抬腿、在腹肌大師六千上仰臥起坐、騎健身腳踏車、蹲舉、指節伏地挺身、仰臥推舉——一應俱全。

「**亞洲入侵**會來接你，就在——」克里夫對我含笑點頭：「啊，又在哼了。你媽告訴我你不肯跟任何人聊老鷹隊足球賽事，可是你總不會真的要錯過主場比賽吧？」

「最重要的，就是要讓舉抬看來輕而易舉，彷彿你把空氣捧起來。我看起來應該有漂浮的模樣。懂嗎？好，因為我要你在做這個動作時，別再抖個不停，派特。你看起來好像得了他媽的帕金森氏症，真是要命。」

「四勝一敗的強隊怎麼可能連續輸掉三場比賽？」老爸朝著地下室的階梯往下狂吼：「這個球隊原本輕輕鬆鬆就能打敗達拉斯牛仔耶？防守一流、在足球聯盟裡擒殺次數最多的球隊耶？你儘管哼吧，派特。可是你無法改變這個事實：你把鳥仔們的運氣都拿走了，**你快把我們的球季毀了！**」

看到我做舉重訓練：舉重架、抬腿、在腹肌大師六千上仰臥起坐、騎健身腳踏車、蹲舉、指節伏地挺身、仰臥推舉——一應俱全。

「好了，還不賴。爬行動作你已經掌握好了，其中一次舉抬看起來也沒那麼糟糕。可是我們只剩一個星期。我們辦得到嗎？**我們做得到嗎？**」

「我替你買了個禮物，」蒂芬妮告訴我：「到化妝室試穿看看吧。」

我在她工作室的洗手間裡，從塑膠袋裡拿出一件黃色緊身褲。我對蒂芬妮喊道：

「這是什麼東西啊？」

「你的服裝啊。穿上去，我們要彩排。」

「上衣在哪兒？」

都已經晚上十點四十一分了，我的手肘感覺快要爆開，蒂芬妮卻說：「再來！」

我依靠赤裸的神經跳舞，我仰仗骨頭來舞動。「再來！」

晚上十一點五十九分。「再來！」蒂芬妮說，然後就在工作室左側就位。我曉得爭辯無益，於是逕自朝地板伏低身子，準備爬行。

「這可能會有點癢。」蒂芬妮說，然後拿粉紅的女士剃刀滑過我塗滿刮鬍膏的胸膛，她把剃刀伸進茶杯潤洗一番，讓我看看掉了多少毛。我躺在她舞蹈教室中央的瑜珈軟墊上，胸膛蓋滿某種綠色蘆薈刮毛凝膠，凝膠弄成泡沫的時候就會變白。蒂芬妮替我除毛感覺有點怪，因為從來沒有女性替我剃過毛，我的軀幹根本從沒除毛過。她幫我搓出泡沫的時候，我合上眼睛，手指與腳趾都刺癢得不得了。

她每刮掉我一排胸毛，我就咯咯輕笑。

她每刮掉我一排背毛時，我也咯咯發笑。

「我們希望這些肌肉在舞台上像太陽一樣閃閃發亮，對吧？」

「我為什麼不能乾脆穿個上衣就好？」我問，即使我私底下還滿享受讓蒂芬妮幫我刮毛的，只是有點怪就是了。

「太陽會穿上衣嗎？」

太陽也不會穿黃色緊身褲啊，但我沒說出口。

為了迎接我們的盛大演出，我跟蒂芬妮每天跑步的時候都會稍微加快速度。我們努力鞭策自己，抵達公園的時候，最後一英里就拔腿衝刺回她家，讓自己汗如雨下。我總是跑贏蒂芬妮，因為我是男子漢，沒錯，不過也因為我是優秀的跑者。

比賽前兩天，就在我們要練習當天的第二十五次舞步（二十五是蒂芬妮最愛的數字）之前，她說：「這個我們要做得毫無瑕疵。」

於是我竭盡全力。我在四周的鏡子看到舞步片段，我心想，我們真的跳得毫無瑕疵！我們跳完的時候，我興奮莫名，我知道我們會贏得比賽，尤其是我們奉獻犧牲與刻苦訓練，進步很多。這部迷你電影一定會有快樂的結局！

可是我們喝水休息時，蒂芬妮的態度有點反常。她沒對我吼叫，也沒出口成髒，於是我問：「怎麼了？」

「你找了多少人來看比賽？」

「我認識的人，我全都問過。」

「維若妮卡跟我說，你拋棄老鷹隊的事，把你家人搞得火冒三丈。」

「我媽沒有。」

「到場替我們加油打氣的粉絲人數不夠的話，別的舞者要是粉絲比較多，我擔心裁判可能會受到影響。我們可能贏不了，那我就不能扮演你們的聯絡人了，派特。」

「如果你明天晚上沒事，也許可以帶你老婆跟小孩來看我的舞蹈表演，」我跟克里夫說：「我們的舞步真的很好，我想只要我們能從觀眾得到足夠的支持，我們就能贏得比賽。我想我老弟或老爸不大可能出席，所以——」

「明天晚上過後，你那些冗長的排練就都結束了？」

「對。」

「你就可以去看對戰紅人隊的賽事，就在——」

「嗯……」

「只要跟我說這個就好了，如果我去看那場舞蹈表演，你星期天會不會跟我們去看老鷹隊球賽？**亞洲入侵**的人都很想你，老實說，你在球季一半的時候拋棄了老鷹隊，我們覺得球隊多少被你帶衰了。之前三場球賽，巴斯克特才接到兩次球，上星期一球也沒接到。鳥仔們連續輸了三場球。我們去林肯球場那裡的時候很想你，派特。」

「明天晚上舞蹈表演結束以前，我都不能談那個話題。我只能說，我必須盡量找人來替我跟蒂芬妮加油，這樣就能打動裁判。我只能說，贏得比賽真的很重要，蒂芬妮說群眾的反應會左右裁判的決定。」

「如果我去看你表演，表演過後，你願意跟我談談你現在沒辦法談的事情嗎？」

「克里夫，我在表演結束以前都不能談那個。」

「好吧，那我也沒辦法跟你說能不能去看你表演。」克里夫說。

一開始我以為他只是在唬我，但他真的不再提起這個話題。我們的治療時段快要結束時，我覺得自己好像搞砸了要克里夫帶老婆來看我表演的機會，這點讓我十分沮喪。

哈囉，這是傑克與凱特琳的答錄機。請在嗶聲後留言。嗶。

「傑克。抱歉這麼晚才打，可是我剛剛才排演完。我知道你很氣我，因為你認為是我帶哀『現在會讓我哼歌的那些人』，可是如果你能帶凱特琳來看我的舞蹈表演，也許我就能做我們之前幾個星期天都在做的事，尤其是如果你替我跟蒂芬妮加油得很大聲的話。我們需要有人替我們打氣，因為裁判有時候會受到觀眾的影響。我們必須在這場比賽勝出，這點真的很重要。身為你的哥哥，我拜託你帶老婆來廣場——」

嗶。

我掛掉電話，重撥號碼。

哈囉，這是傑克與凱特琳的答錄機。請在嗶聲後留言。嗶。

「地點是在廣場飯店——」

「哈囉？一切都好嗎？」

是凱特琳的聲音，害我緊張兮兮，於是我趕緊掛掉電話，完全明白自己搞砸了叫傑克來看我舞蹈表演的機會。

「派特，你知道我會到場的。我會替你大聲加油，可是贏又不是一切，」老媽說：「才幾個禮拜的時間，你就能學會舞蹈，這件事本身才讓人佩服。」

「就問問老爸嘛，可以嗎？」

「我會啦，可是我不希望你抱著希望。即使老鷹隊之前三場比賽都打贏，舞蹈表演也不是他願意參加的場合。」

30 就像陰影一直籠罩著我

週六，維若妮卡在廣場飯店前面放我們下來，在她把車開走以前，說：「祝你們好運噢。」我尾隨蒂芬妮走進大廳，一座巨大噴泉射出四道高塔般的水柱——往空中射出的高度至少有十呎。池水裡有真魚到處優游，還有**別丟銅板到噴泉裡**的告示。這裡蒂芬妮以前來過。她經過諮詢櫃臺，領著我穿越迷宮般錯綜複雜的走道。走道貼有金色壁紙，時髦高檔的燈飾全是嘴裡含有燈泡的銅製大魚。最後，我們找到舉行舞蹈表演的大廳。

紅色簾幕框住寬闊的舞台，巨型橫幅高高掛在舞池上方，上面寫著**舞動拋開憂鬱**。我們想在某張桌子那裡報到，一眼就能看出我們是最早到場的參賽者，因為負責報到的胖女人說：「還要再等一小時才能報到。」

我們在最後一排座位坐下。我環顧四周。一座巨型吊燈懸在我們上方，天花板不只是一般的設計，而是由灰泥塑成的各種花卉、天使與奇珍異獸，從平面浮凸出來。蒂芬妮相當緊張，頻頻折拗指關節。我問：「你還好嗎？」

「比賽以前請別跟我說話，會帶來霉運。」

於是我坐在原地，跟著緊張起來，因為我仰賴這場比賽結果的程度遠遠大過蒂芬妮。一眼就能看出她驚慌失措。我盡量別去想自己可能會失去寫信給妮奇的機會，但想也知道我滿腦子盡是這件事。

其他的參賽者開始抵達，我注意到他們大多看來像是高中生，我覺得這點挺怪的，但我沒說什麼——主要是因為蒂芬妮不准我跟她講話。

我們報到、把配樂交給音效師，他記得去年蒂芬妮來過，我之所以知道這點，是因為他說：「你又來啦？」蒂芬妮點點頭之後，我們就到後台換舞衣。幸好我在其他參賽者到後台以前就套上了我的緊身褲。

我跟蒂芬妮坐在一起，在遠遠的角落裡忙著張羅自己的事，這時有個醜女人搖搖晃晃走過來對蒂芬妮說：「我知道你們舞者對自己的身體很開放。可是你們真的以為我會讓還是少女年紀的女兒，在這位半裸男人的面前換衣服嗎？」

蒂芬妮沒對這醜女人飆粗口，所以我知道她現在真的很緊張。那女人讓我想起**鬼地方**的護士，尤其是她那走樣得很厲害的身材，還頂著一頭鼓蓬蓬的老太婆髮型。

那位媽媽說：「怎樣？」

我看到房間另一側有儲物櫃。「不然其他人在換衣服的時候，我就去櫃子裡？」

那個女人說：「我可以接受。」

我跟蒂芬妮走進那個用品櫃，裡面擠滿丟棄的戲服，一定是從某個兒童節目留下來的——看來像睡衣的各式套裝，要是我穿上去，就可以扮成獅子、老虎或斑馬的模樣；

還有一箱覆滿塵埃的打擊樂器，鈴鼓、三角鐵、鈸，以及用來敲擊的木棍，讓我想起**鬼地方**的音樂教室，還有我被踢出來以前參加過的音樂放鬆課。接著我浮現嚇人的想法：萬一有參賽者用肯尼吉的曲子來伴舞怎麼辦？

我對蒂芬妮說：「你一定要去查查其他舞者要用什麼音樂來表演。」

「不是叫你別在表演以前跟我說話嗎？」

「只是去查查有沒有人要用姓名縮寫是K.G.的抒情爵士樂手演奏的曲子來伴舞。」

片刻之後她說：「是肯尼——」

我合上眼睛，低哼單音，默數到十，將腦袋放空。

蒂芬妮喊道：「老天爺！」接著她就站起身離開櫥櫃。

她在十分鐘之後回來。「沒有那個人的音樂啦。」蒂芬妮說完就坐下。

「你確定？」

「我說沒有肯尼吉。」

我合上眼睛，低哼單音，默數到十，將腦袋放空。

我們聽到有人咚咚敲著櫃門，蒂芬妮打開來，我看到後台有很多媽媽。敲門的女人跟蒂芬妮說，所有的舞者都已經報到、換好衣服了。我離開儲物櫃時，很震驚地看到我跟蒂芬妮是最年長的參賽者，比其他人至少大了十五歲。我們四周盡是少女。

「別被她們的天真外表給騙了，」蒂芬妮說：「她們全是小毒蛇以及——天賦異稟的舞者。」

觀眾抵達以前，我們有個機會可以先在廣場飯店的舞台上演練。我們完美掌握了自己的舞碼，可是大多數舞者也都完滿呈現了教人嘆服的舞作，害我很擔心我們不會贏。

比賽開場以前，主辦單位將參賽者一一介紹給群眾。宣布我跟蒂芬妮的名字時，我倆走上舞台揮揮手，掌聲不大也不小。燈光阻礙視線，不過我瞥見蒂芬妮的父母就在前排，跟寶寶艾蜜莉、朗尼、維若妮卡還有我猜是李莉醫師的中年婦女坐在一起。我猜她就是蒂芬妮的治療師，因為蒂芬妮跟我說過她的治療師會出席。我們離開舞台時，我掃視其餘各排座位，卻沒看到老媽。傑克沒來。老爸沒來。克里夫沒來。我發現自己有種悲哀的感受，雖說我原本就料到除了老媽之外沒人會來。我想，老媽大概在觀眾席的某個地方吧，這麼一想之後，心裡稍微好過一些。

在後台的時候，我心裡不得不承認，其他參賽者得到的掌聲都比我們多，那就表示他們的粉絲人數勝過我們。雖然一一宣布參賽者名字的女人現在正在演講，說這是成果展示而不是比賽，但我仍然憂心忡忡。如果蒂芬妮得不到金獎盃，就會扼殺我與妮奇通信的機會。

我們的表演排在最後。其他女孩表演自己的舞碼時，得到的掌聲各有千秋，從溫和到熱烈不等，這點讓我滿詫異的，因為開場之前的預演過程裡，我覺得所有的舞作都精采至極。

就在我們準備好要開跳之前，小小的雀兒喜·陳剛跳完她的芭蕾舞碼，全場爆出如雷掌聲。

我問蒂芬妮：「她剛在外頭做了什麼啊？怎麼能夠得到這麼讚的掌聲？」

她說：「表演以前別跟我說話。」我開始覺得緊張萬分。

負責這場表演的女人宣布我們的名字，我們得到的掌聲比競賽開場以前多了點活力。我在舞台後方躺下以前，趁機瞧瞧傑克或克里夫是否到了，可是望進觀眾席時，只見聚光燈照在我身上的熾熱白光。我還來不及思考，樂聲就已揚起。

鋼琴音符——緩慢又哀傷。

我開始往舞台中央爬行，過程漫長得不可思議，單純只靠手臂行進。

男聲唱道：「轉身吧……」

邦妮・泰勒回唱：「我不時覺得有些寂寞，而你卻從來不曾出現。」

這時蒂芬妮奔上舞台，彈躍過我上方，好似瞪羚或動作靈巧優美的動物。男聲女聲繼續一來一往唱著，蒂芬妮演出她的部分：奔跑、跳躍、翻滾、旋轉、滑行——現代舞蹈。

等鼓聲響起，我站起來用雙臂比劃圓圈，這樣大家就會知道我是太陽，而且知道我已經升起。蒂芬妮的動作也變得更加狂熱。邦妮・泰勒的聲音往上攀升到和聲部分，高唱著：「我們可以一起堅持到最後，你的愛就像陰影一直籠罩著我。」我們進入第一次舉抬，「我不知所措，永遠處在黑暗中。」我把蒂芬妮高舉在頭上，我穩如磐石，我表演得無懈可擊，「我們活在炸藥桶裡，時時迸放火花。」蒂芬妮劈腿時，我開始轉動她的身體，邦妮·泰勒唱著：「我今晚真的需要你！永恆從今夜開始！永恆從今夜開始。」我們做了三百六十度的旋轉，邦妮·泰勒唱道：「從前我曾經墜入愛河，但我現在只是分崩離析。」蒂芬妮往前滾進我的懷抱，我把她往下放到地上，彷彿她已死去——而身為太陽的我替她哀悼，「我無話可說，心已全蝕。」

樂聲再度爬升時，她往上爆騰，開始以絕美姿態在舞台上來去飛翔。

樂曲持續下去，我再次用雙臂緩慢比劃出大圓圈，卯盡全力呈現太陽的模樣。我對舞步熟悉得不得了，還有餘裕能邊表演邊想其他事情，於是開始想到自己真的輕輕鬆鬆就讓表演完美到位；想到我跳得這麼精采，家人跟朋友卻沒來觀賞，真是可惜。雖然我們很不可能贏得觀眾的最大掌聲（尤其在雀兒喜·陳把家族的每個人都拉來看表演之後），但我卻開始認為，無論如何我們都會獲勝。蒂芬妮的舞技真的很好，她來來回回飛過我身邊許多次，我開始以之前不曾有過的方式來欣賞她。為了比賽，她把自己的表演往上拉高一個層次，此時正呈現出我先前不曾見識過的樣貌。如果過去一個月來我們在工作室練習的時候，她都是用身體來哭泣，那麼今晚她是透過身體失控啜泣。頑石才感受不到她要呈現給觀眾的東西。

這時邦妮·泰勒唱出：「我們可以一起堅持到最後，」那就表示第二次舉抬的時間到了（難度最高的一個），我低身擺出蹲姿，把手背搭在肩膀上。隨著歌曲往上飆升，蒂芬妮站上我的手掌。邦妮·泰勒高唱：「我今晚真的需要你！」蒂芬妮彎起膝蓋，我迅速使盡腿部肌肉的力量往上推，伸展手臂、手掌上提。蒂芬妮往上射向天空，表演完整的翻身之後落入我的懷抱。和聲漸漸隱去，我倆凝望對方的眼眸。「從前我曾經墜入愛河，但我現在只是分崩離析。我不知所措，心已全蝕。」她彷彿死去一般從我的懷中滾落，而身為太陽的我漸漸沉下，我又躺回地板，只靠手臂緩緩將自己往後推，漸漸離開聚光燈，這個動作花了將近一分鐘。

音樂逝去。

寂靜無聲。

一時片刻，我擔心沒人會鼓掌。

可是接著全場爆出熱烈掌聲。

蒂芬妮站起來時，我也隨著起身。如同我們先前演練了許多次那樣，我握住蒂芬妮的手彎身鞠躬，那時掌聲愈來愈響，觀眾紛紛起立。

我欣喜若狂，同時卻也覺得傷心，因為我的家人與朋友沒人來支持我——但就在此時，我聽見這輩子最響亮的老鷹隊隊呼。「E！A！G！L！E！S！EAGLES！」我抬頭望向後面幾排座位，我不只看到傑克、凱特琳跟老媽，也看見史考特、肥仔們、克里夫跟整批**亞洲入侵**。他們全穿著老鷹隊球衣，呼喊著：「巴斯克特！巴斯克特！巴斯克特！巴斯克特！」我開始開懷大笑。

朗尼在第一排座位對我露出得意的笑容。我們目光交會的時候，他對我豎起大拇指。維若妮卡也在微笑，小艾蜜莉也是，可是韋伯斯特太太卻又哭又笑的，那時我才明白她覺得我們的舞作真的很美——美到足以讓她涕淚縱橫。

我跟蒂芬妮跑下舞台，那些高中女生瞪大眼睛，滿臉微笑，吱吱喳喳地恭喜我們。她們都說：「噢，我的天啊。真是不可思議！」看也知道她們每個人都很仰慕蒂芬妮，因為蒂芬妮是個優秀的舞者，也是才華洋溢的編舞家。

最後蒂芬妮面向我說：「你跳得很完美！」

「哪有，你才完美！」我說：「你想我們贏了嗎？」

她綻放微笑，低頭瞅著雙腳。

「什麼啦？」

「派特，我必須跟你講件事。」

「什麼事？」

「沒有金獎盃這回事啦。」

「什麼？」

「舞動拋開憂鬱沒有贏家啦，只是成果展演。花圈的事情，是我編出來激勵你的。」

「噢。」

「而且成功了，因為你剛剛在台上跳得美極了！謝謝你，我會當你們的聯絡人。」蒂芬妮說，然後往我唇上送吻，久久擁抱著我。她的吻因為跳舞嘗起來鹹鹹的。蒂芬妮在那麼多穿著緊身服的少女面前那樣熱情擁抱我，真是怪哉，尤其我又沒穿上衣、上身才剃過毛——況且除了妮奇以外，我不喜歡讓人碰我。

「我們現在跳完了，我可以再講老鷹隊球賽的事了嗎？因為外頭那裡有一大堆老鷹隊球迷在等我。」

「把舞成功跳完了，你想做什麼都行，派特。」蒂芬妮在我耳畔低語，我等了好久她才放開我。

我在儲物櫃裡換完衣服以後，蒂芬妮告訴我後台沒有赤裸裸的少女了。我打算去跟我的粉絲打聲招呼。我從舞台躍下時，韋伯斯特太太緊抓我的手，望進我的雙眼說：「謝謝你。」然後這位老婦人繼續盯著我的眼睛直看，但沒再多說什麼，讓我覺得有點詭異。

最後維若妮卡說：「我媽是想說，今天晚上對蒂芬妮來說意義重大。」

艾蜜莉指著我說：「派噗！」

「沒錯，呃，」朗尼說：「是派特叔叔喔。」

「派噗！派噗！派噗！」

我們全都呵呵笑了，不過這時我聽到五十名印度男人同聲呼喊口號：「巴斯克特！巴斯克特！巴斯克特！」

朗尼說：「最好趕快去跟你吵翻天的粉絲打招呼吧。」於是我穿過走道，往那一大片老鷹隊球衣海洋走去。我在不認識的觀眾之間穿梭時，他們輕拍我的肩，向我恭喜。「你在舞台上的表現棒極了！」從老媽說這句話的語調，我得知我優越的舞技讓她訝異不已，然後她擁抱我。「我好光榮喔！」

我也回抱她，然後說：「老爸來了嗎？」

「別管老爸了，」傑克說：「有六十個左右的瘋男人正等著帶你去參加你這輩子聲勢最浩大的車尾派對呢。」

凱特琳對我說：「希望你今天晚上原本就不打算睡覺。」

克里夫問我：「你準備終結那個派特．皮伯斯詛咒了嗎？」

我說：「什麼？」

「自從你不再看球賽以後，鳥仔就沒打贏過。今天晚上我們要用激烈手段來終結那個詛咒，」史考特說：「我們打算睡在亞洲入侵巴士上面，就在瓦喬維亞中心的停車場外頭。天一亮，就要舉行車尾派對。」

「亞胥維尼現在就在這個街區繞來繞去，等著我們呢，」克里夫說：「所以，你準備好了嗎？」

這個消息微微撼動了我，尤其我剛剛才跳完那麼精采的舞碼，正希望能單純花個十幾分鐘品嘗成就感的滋味。「我沒帶衣服耶。」

可是老媽從我之前沒注意到的帆布袋拉出巴斯克特球衣，並說：「你需要的東西全在裡面了。」

「我的藥呢？」

克里夫拿起裝了我的藥丸的小塑膠袋。

我還來不及再說或再做什麼以前，**亞洲入侵**開始喊得更響亮了：「巴斯克特！巴斯克特！巴斯克特！」肥仔們把我舉在頭上、將我扛出禮堂，先經過滿是魚兒的噴泉，然後走出廣場飯店並踏上費城的街道。接著我就在**亞洲入侵**的巴士上，邊喝啤酒邊唱：「飛翔啊，老鷹隊，展翅飛翔！飛越通往勝利的大道……」

在南費城，我們在帕特之家停車，大啖起司鐵板牛排堡——我們大概有六十個人，所以廚房花了很多時間準備；沒人敢去隔壁的濟諾牛排堡店，因為那裡的牛排堡略遜一籌。之後就來到瓦喬維亞中心的停車場，將巴士停在大門外面，這樣等到早上我們就會是進入停車場的第一輛車，肯定能搶到那個代表運氣的停車位。我們暢飲、高歌、拋接幾顆足球、在水泥地上奔來跑去。我們把人造草皮攤開，在街燈的照明之下玩了幾場卡柏遊戲。雖然我只喝了兩三杯啤酒，可是卻開始跟大家說我愛他們，因為他們來看我的舞蹈表演。我也跟他們說，我在球季一半拋下老鷹隊不管，實在抱歉，不過我有充分的理由，只是恕難向人透露——後來我人就在巴士椅子上，克里夫把我搖醒說：「你忘記吃晚上的藥了。」

我隔天早上醒來時，腦袋正靠在傑克的肩上。能跟老弟這麼接近，感覺真不錯。老弟還沒醒。我靜靜起身，四下張望，這才明白每個人都在巴士上呼呼大睡，史考特、肥仔們、克里夫和五十多個**亞洲入侵**成員。每個座位睡了兩三個男人，腦袋靠在彼此的肩膀上，放眼望去都像兄弟。

我躡手躡腳走到巴士前方，經過駕駛座上的亞胥維尼身邊，他嘴巴大開地酣睡。

到了巴士外頭，站在街道與人行道之間的小塊綠地上，我開始進行以前在**鬼地方**會做的伏地挺身、仰臥起坐的那套運動，那時我還沒有自由重量器材、固定式健身自行車跟腹肌大師六千。

過了一個小時左右，晨曦乍現。

我完成最後一組仰臥起坐的時候，覺得已經把昨晚的起司鐵板牛排堡跟暢飲下肚的啤酒燃燒殆盡，可是忍不住覺得自己該去跑步，於是跑了幾英里。等我回來的時候，朋友們都還在夢鄉裡。

我站在亞胥維尼旁邊，看著我的這一群好傢伙在睡覺，覺得滿開心的，因為有這麼多朋友——塞滿一整輛巴士的朋友。

我這才意識到自己沒跟蒂芬妮道別就離開廣場飯店，不禁有點過意不去，雖然她說在我們表現得那麼好之後，我想做什麼都隨我。我也很渴望動筆寫頭一封信給妮奇。可是現在有老鷹隊足球賽事要考慮，我知道老鷹隊的勝利是唯一能讓我跟老爸重修舊好的事情，於是我開始希望，甚至向上帝稍微禱告一下（我打賭我昨晚的舞步一定讓祂頗為驚艷），也許祂今天會放我一馬。望著那些沉睡中的臉龐，我才明白自己滿想念這些穿綠色球衫的兄弟，於是我開始期待這一天。

31 第二封信——二〇〇六年十一月十五日

親愛的派特，

首先，我想說的是，能接到你的消息真好。好久不見了啊，這經驗對我來說滿怪異的。我的意思是，跟某人結婚好幾年之後，後來卻不再跟那人相見，前後幾乎與結褵的時間不相上下，這滿怪的吧？我不知該怎麼解釋，特別因為我們的婚姻結束得很突然又不光彩。我倆一直沒機會像文明的成人一樣一對一好好討論事情。或許正因為如此，我覺得自己彷彿無法確定「沒有派特」的幾年光陰真的過去了；不過，搞不好我們其實只是短暫分別，感覺卻像度過數年。就像獨自駕駛的車程，明明只有整夜，感覺卻像一輩子。望著公路路面的標線以時速七十英里飛馳遠去，眼睛懶洋洋地瞇成細線，心思在整個人生的記憶上遊走，過去與未來，從童年回憶到關於自己死亡的思索，直到最後儀表板時鐘上的數字再也不具任何意義。接著朝陽升起，你抵達目的地，那趟車程變成了再也不具真實感的東西，因為那種超現實的感受早已消逝，時間再次恢復意義。

終於跟你取得聯繫，恍如接近漫長車程的尾聲時，卻明白自己走錯了地方——莫名地竟然返回了過去，現身於出發的港口原點，而不是抵達碼頭目的地。可是至少我可以把剛剛那些感受說給你聽，這點滿重要的。聽起來可能很蠢，但你或許明白我的意思。我人生曾經有某個部分由你所填滿，但自從你進了精神病院以後，那部分除了公路標線之外，空無一物。我希望我倆的書信往來能提供我們某種完結，因為我不久就要開車回蒂芬妮跟我取得聯繫之前的地方，而我們對彼此來說終將成為回憶。

我真難相信你竟然信手就寫了這麼多。蒂芬妮告訴我你要寫封信給我，我沒料到你竟然會影印兩百頁日記給她。你應該可以想像，蒂芬妮沒辦法在電話上把全文念給我聽，因為那要花上好幾個鐘頭！她的確把引言讀給我聽了，然後補充其餘的部分，還要一邊引述你的日記內容。你要知道，她得下很多工夫先把整份手稿讀過，然後從中挑出她認為我應該聽聽的部分。為了替蒂芬妮著想，請你把下封信限制在五頁的長度之內（如果還有下封信的話），高聲朗誦五頁的份量就要花很多時間，況且蒂芬妮還得把我在電話裡說的內容打出來，這對她來說已經是要求過多了。（她真是個心腸好得不得了的女人，你不覺得嗎？你的生活裡有蒂芬妮是你的好運）。也許是我身為英語老師的本能在發聲，但我覺得能把內容限制在一頁是最好的。無意冒犯，但我們試著簡潔一點。可以嗎？

關於你的舞蹈表演，真是恭喜。蒂芬妮說你表現得完美無瑕。我好以你為榮啊！真難想像你跳舞的模樣，派特。蒂芬妮形容那場表演的方式，讓人印象非常深刻。

我很高興你對新事物開始有了興趣。那很不錯。我當然希望你當初多跟我跳些舞。傑佛遜高中的爛事一籮筐。親師會在推動網路成績冊，現在家長一週七天隨時都可以查看自己孩子的成績。因為這個新發展，要是你現在還在，你會很討厭在這裡工作的。所有家長只需要跟電腦連上線、找到傑佛遜高中的網頁，輸進身分編號與密碼，就能看到孩子某天有沒有繳交作業，或是某次隨堂考的成績是否很差什麼的。當然，這就表示如果我們在處理分數上有所延遲，家長也會知道，而作風強勢的幾位就會打電話來。就是因為這件事，親師開會的頻率增加了。每次有學生錯過一次作業，我就會接到家長的詢問電話。我們的運動團隊也經常吃敗仗。里奇教練、馬龍教練都滿想念你的。我說他們無法填補你空出的位置，你要相信我說的是真心話，沒有派特·皮伯斯教練掌控大局，孩子們的表現每況愈下。教職生活依然忙亂瘋狂——我高興你在療癒期間不需要應付這類的壓力。

聽到你爸那麼冷漠疏離，真是遺憾。我知道那情況以前讓你有多難受。我也很遺憾老鷹隊的表現起伏不定——可是至少他們上週末打敗紅人隊了吧？而且跟傑克一起享受季票，你一定覺得好像死後進天堂般的幸福。

我想我最好把話講在前頭，我已經再婚了。除非你想聽，否則我就不講細節了，派特。我確定你聽了一定很震驚，尤其蒂芬妮讀了你日記的很多部分，內容似乎都顯示你仍然希望我們的婚姻能夠復合。你要知道，那種事不可能會發生的。事實上，意外發生以前、你被送進神經健康機構以前，我就計畫跟你離婚了。我們兩個不是很對盤。你從來都不在家。面對現實吧——我們的性生活爛得要命。我因為這點而背著你劈腿，你或許記得，也可能忘了。我不是刻意要傷害你的，派特——絕對不是。我對自己的出軌沒什麼好得意的。我很後悔當初對你不忠。可是我還沒開始外遇以前，我們的婚姻就已經完蛋了。目前你的心理不大正常，可是有人跟我說，你的治療師是南澤西最棒的一位。你接受過的治療正在發揮效用，你在不久之後就會恢復記憶。等你恢復記憶，就會記起當初我是怎麼傷害你的，然後就會連寫信也不想寫給我了，更別說要重新創造你自以為我們當初有過的關係。

你的信寫得洋洋灑灑又熱情澎湃，我明白我這樣率直的回應可能會讓你難受。如果你不想再寫信給我，我也會體諒的。但我就是想對你坦白。如果這個時候我們還要說謊，又有什麼意義？

祝好！

妮奇

附註：你終於讀了我美國文學課程表上的幾本書，我非常佩服。很多學生也抱怨過小說太讓人沮喪的事。試試馬克．吐溫的作品好了。《頑童歷險記》有快樂的結局。你可能會喜歡那本書。當學生抱怨美國文學的本質很讓人沮喪，我就會跟他們說一段話，我也要告訴你：人生不是一場讓人感覺良好的輔導級電影。現實生活常常有不好的結局，就像我們的婚姻，派特。文學就是在嘗試記錄這種現實，同時向我們展現，人們仍有可能以高尚的姿態持續下去。看來，你從回到紐澤西以來，就一直以非常高尚的態度生活下去。我要你知道，我很欣賞你的表現。我希望你能夠重新創造自我、以沉靜的滿足感度過下半生；自從我們分道揚鑣以來，我就是這麼做的。

32 第三封信——二〇〇六年十一月十八日

親愛的妮奇，

我一讀到你的信，就要老媽去科林斯伍德公立圖書館借《頑童歷險記》回來。我急著想讀有快樂結局的文學書，於是一口氣就把整本書啃完，不得不放棄整晚的睡眠。我日記裡關於黑人朋友丹尼那部分，不曉得蒂芬妮有沒有念給你聽，可是這本書一定會把他氣瘋，因為n開頭的那個字，馬克．吐溫前後用了不只兩百次。我知道這件事，因為讀了頭幾章以後，我就從頭讀起，一面開始標記出現的次數。每次馬克．吐溫用那個n字，我就在一張紙上做記號；我看完這本書的時候，竟然有了兩百多個標記！丹尼說，只有黑人可以用那個n字，這在今天是普遍的真理，所以我很詫異學校的董事會竟然會讓你教這樣的書。

不過我確實很喜歡這本書。雖然湯姆．索耶應該立刻告訴吉姆他已經自由了才對，但是吉姆在小說結尾獲得自由時，我替他雀躍不已。還有，哈克跟吉姆緊緊相依、共度難關，讓我想到派特與丹尼在**鬼地方**彼此扶持的狀況。這本書打動我的地方，就是哈克一直跟一個想法掙扎不休：上帝不想要他幫忙吉姆逃走，因為吉姆是奴隸。我明白以前的人有不同的價值觀，而且當時的教會與政府都贊同奴隸制度，可是哈克說，如果幫忙放走吉姆表示他自己得下地獄，那他願意下地獄去，這點讓我備感折服。

我讀到你的來信時，哭了好久好久。我知道我以前是個差勁的丈夫，你背著我劈腿、離開我，或者甚至是再婚，我都不會生你的氣。你有資格享受快樂的生活。如果你現在已經結婚，那你回頭跟我在一起就是罪過了，因為那表示我們會犯下通姦之罪，雖然我在心裡仍把你當成老婆。這些思緒讓我昏頭脹腦，彷彿失控打轉。這些思緒也讓我想用拳頭捶打右側眉毛上方的小白疤；每次我覺得困惑或激動的時候，那裡就會搔癢起來。

用你的比喻來說好了……從我有記憶以來，我一直在黑暗的公路上奔馳行駛，經過路面上無數的破折標記與線條。其他的一切如家人、老鷹隊、舞蹈、我的健身計畫，都只是維修加油站。我一直朝著你駛去，全心只渴望一件事——我倆的團聚。現在我終於知道，我努力想追求的是位已婚婦女，我知道這是種罪惡。不過我想你並不了解，我為了這個快樂結局付出了多大努力。我現在十分健美，也在練習做個好好先生而不是凡事堅持正確的人。我不是當初那個娶了你又害你度過好幾年寂寞時光的男人了。我變成比較好的男人，是個願意帶你去跳舞、完全放棄競賽型運動（擔任教練、老鷹隊）的男人，如果那樣做能逗你開心的話。我的良知告訴我，我不該繼續追求這些感受，但你要我去讀馬克・吐溫的小說，讓我覺得或許你在給我暗示。哈克以為自己不該幫吉姆逃跑，但他依隨自己的心，把吉姆放走。所以搞不好你是想間接告訴我：我該追隨自己的心？不然你為什麼會特別推薦《頑童歷險記》給我呢？

再者，我們共度的時光也不是全都很差。也許結局很灰暗，但你還記得最初的時候嗎？記得大學時代嗎？記得我們半夜開車去麻州那次？那是在期中考之後的週五，我們在看公共電視的某個旅遊節目，因為我們都以為當時會出門旅行。朋友們都到酒吧去參加派對，但是我倆整晚窩在我住的連幢屋裡，坐在沙發上邊吃比薩邊喝酒。我們看的節目正在報導瑪莎葡萄園沿岸的賞鯨活動，你問我瑪莎葡萄園製不製酒。我說新英格蘭的生長季節太短，無法產出適合製酒的葡萄類型，但你堅持，如果那座島叫瑪莎葡萄園，就一定有葡萄園。我們佯裝熱烈爭辯，不時放聲大笑、用枕頭互擊。接著，兩人突然坐在我的福特金牛星老爺車裡，直直往北開去。

我們當時沒帶換洗衣物或衛浴用品，我確定你當時一定以為我不會真的一路載你到麻州去。但是我們不久就越過塔潘澤橋，你笑容滿面，而我握著你的手。

我們最後沒到瑪莎葡萄園，卻在鱈魚角外面的平價汽車旅館度過相當狂野的週末。你記得三月在海灘上漫步的情景嗎？我們在汽車旅館的房間一次次享受對方；我們做愛時聞到的氣味，是他人前後幾十年來遺留的菸霧嗎？記得我們跳上床墊時，菸霧好像從墊子側面滲出來似的？我們在那家品味不佳、服務生還戴眼罩的「鮑伯船長」餐廳裡，奢侈地大啖龍蝦晚餐？

我們老在說哪天要回麻州、搭乘渡輪去看看瑪莎葡萄園到底有沒有葡萄園。我們以前為何不這麼做？或許因為我們週一早上都有課吧。可是我真希望我們在還有機會的時候就搭了那個渡輪。情況又能糟到哪裡去呢？頂多錯過上課時間吧。當初我們為了搭渡輪去看瑪莎葡萄園，開車一路直驅鱈魚角，最後卻在本土大陸的平價汽車旅館裡度過週末，現在看來好蠢啊。

我努力想說的是，或許我們還能去搭那個渡輪，妮奇。也許還不算太遲。

我知道現在這一切都很複雜。但我們會再聯繫，冥冥中一定有其道理。我會先失去記憶，充滿了自我改善的激烈需求，肯定是有原因的。如果蒂芬妮能夠安排這次的書信往返，肯定有什麼道理吧。我唯一的要求只是，我們繼續透過聯絡人溝通的期間，你先讓團圓的可能性保持開放。

我的治療師克里夫說，他覺得我好像快要有所突破了。他覺得他已經透過藥物讓我的暴力傾向穩定下來。我知道我在自己寫的東西裡提過，我剛回家住的時候，會把很多藥吐出來。但我現在都會認真服用所有藥物，也感覺得到心理狀況逐漸平穩。每天我都覺得自己即將找回記憶，即將憶起我倆的關係是怎麼終結的。不管我記得的內容是什麼，不管我倆之間真正發生過什麼事，都無法改變我對你的感受。你現在跟別的男人住在一起，你已婚了——會有什麼比這點更糟呢？我依然愛你。我會永遠愛你，現在正準備要證明我對你的愛。

我希望這份信箋足夠簡潔，我拚命想把篇幅維持在五頁以內，也成功做到了。我好想念你，妮奇。想念你美麗鼻子上的每點雀斑。

愛你的　派特，你的性感猛男

（記得婚禮影帶裡的那段話嗎？）

33　第四封信——二〇〇六年十一月二十九日

親愛的派特，

蒂芬妮告訴我你的態度很真誠，她也談到你的嶄新人格，看來你好像完全改頭換面了。不管是藉由那場意外、治療、藥物，或是全憑意志力的結果，你都應該得到祝賀，因為這種功績非同小可。

首先讓我說明一下，我推薦《頑童歷險記》只是為了讓你享受閱讀的樂趣，無意對你放送隱藏的訊息。從你書寫的種種內容，還有蒂芬妮告訴我的事情看來，也許你應該讀讀《麥田捕手》。是關於一位叫做荷頓的少年的故事，他在面對現實時遭受連番挫折。荷頓一輩子都想活在童年世界裡，這使得他成為一個非常美麗又有趣的角色，但也因此使他在真實世界找尋自我定位時屢遭挫敗。就目前來說，你在應對現實方面似乎備感吃力。部分的我對你的改變亢奮不已，因為你的信件確實呈現了一個更好男人的面貌。但我也擔心你發展出來的世界觀相當脆弱，也許那正是讓你滯留神經健康機構那麼多年、讓你一直躲在父母地下室那麼多個月的原因。到了某個時刻，你終究得要離開那個地下室，派特。你總得再找份工作、賺錢餬口。到時你可能就無法再當你過去幾個月以來的那種人了。

我當然記得麻州的事。我們當時青春飛揚，那份回憶真是美妙。我會永遠銘記在心。可是我們當時還是孩子啊，派特。那是十幾年前的事了。我已經不是會踏進平價汽車旅館的那種女人了。也許你又變成可以迅雷不及掩耳把女人帶去瑪莎葡萄園逛逛的男性了。或許你正在體驗某種第二次童年。我不曉得。可是我的確清楚，跟你一起體驗第二次童年的人不會是我。我不是孩子了，派特。我是個深愛自己丈夫的女人。我當初同意寫信給你，目標從來就不是再給你一次機會。我的目標不是讓你再次走進我的人生。我只是想給你一個道別的機會，以便化解任何懸而未決的問題。這點我想先說清楚。

妮奇

34 第五封信——二〇〇六年十二月三日

親愛的妮奇，

田納西泰坦隊在他們的主場毀掉老鷹隊的那場賽事，唐納文・麥克納布扯斷前十字韌帶，提前結束了自己的球季，可能連足球生涯都一併斷送了；當晚，安卓・華特斯持槍自殺。我明白你不在意這些事情，可是華特斯是我年少時期最愛的球員之一。他在綠幫防守組裡扮演吃重的角色，大家都叫他「污水」，因為他撞擊力道過猛而常常受罰。我還小的時候，華特斯對我來說就是神。傑克說，華特斯可能是看到老鷹隊跟泰坦對打的表現那麼差勁才自殺的，這種說法一點也不好笑。老爸不肯跟任何人講話，麥克納布受傷讓他心情低落，因為可能會連帶毀掉老鷹隊進入季後賽的機會。我新近喜歡的球員是漢克・巴斯克特，不再有人丟很多球給他；不過，剛過的那個週末，在印城小馬隊打贏老鷹隊的那場球賽裡，他在一次愚蠢的詭計進攻當中其實丟出了一顆攔截球。當然，還有你上一封來信的事。

我在想，我個人電影發展到這部分，似乎諸事不順。我必須提醒自己，所有的電影角色都會先經歷這類的黑暗時期，之後才會找到自己的快樂結局。

要苦等兩個禮拜才能收到你的回信，真是煎熬。你的信讓我傷心透頂，在過去的二十四小時之間，我至少寫回信寫了一百次。

我不曉得蒂芬妮有沒有把我回憶錄裡描述治療師辦公室的部分念給你聽，他有兩張皮製躺椅，一黑一棕。我的治療師讓病人自己選擇想坐的座位，這樣他就能看出我們當時心情如何。我最近都挑黑的坐。

我把你來信的幾個部分念給克里夫聽，克里夫是我治療師的名字。他不曉得蒂芬妮涉入其中，因為我向她承諾過，我不會跟任何人說她同意當我們聯絡人的事。克里夫問我怎麼有辦法跟你聯繫，我就是不肯回答。我希望你不介意我把你說過的一些話讀給我的治療師聽。滿好笑的，克里夫一直暗示我應該想辦法跟蒂芬妮交往。我知道蒂芬妮會念信給你聽，所以這部分對牽涉其中的人來說都挺尷尬的，可是蒂芬妮不得不面對，因為這就是身為聯絡人必須要做的事，我已經把舞跳得那麼好、實現了我這方的協議條件。

克里夫說，我跟蒂芬妮在這個階段有很多共同點，而我跟你沒什麼共通之處，因為我們各自所處的位置天差地別。我原本以為他的意思是你住馬里蘭、我住紐澤西，後來才發現他原來是說，我為了恢復心理健康還在努力奮戰，你卻是個心理狀態穩定的人。我問克里夫他為何要我想辦法跟心理一樣不穩定的人交往，他說因為你無法提供我需要的那種支持，那也是我們婚姻觸礁的原因。克里夫這麼說的時候，我氣他氣得火冒三丈，尤其因為我才是該被責怪的一方，可是他堅持說我之所以會成為我以前那樣的人，是你放任所促成的——你從未挫過我的銳氣、任憑我在情緒上摧殘你這麼久。他說蒂芬妮不會讓我這麼做，我們的友誼奠基在相互需要上，奠基在為了自我改善而全心投入健身與舞蹈上。

我跟蒂芬妮是交情很好的朋友，我很感謝她現在替我做的一切。可是她不是你。我還愛著你，妮奇。人是無法控制或改變真愛的。

老媽從科林斯伍德公立圖書館借了《麥田捕手》。我很喜歡荷頓・柯菲爾，對他深感同情，因為他這傢伙人真的不賴。他總是努力善待妹妹菲比，卻總是一敗塗地，像他替菲比買了張唱片，還來不及送她就打破了。我也喜歡他總是為了紐約鴨子在寒冬如何是好而憂心忡忡，擔心牠們要往哪裡去？可是我最愛的部分是結局，荷頓帶妹妹去坐旋轉木馬，她坐在木馬上，想要伸手抓取金環。荷頓說：「我有點怕她會摔下該死的馬，但我什麼也沒說沒做。小孩子就是這樣，要是他們想去抓金環，你就得放手讓他們去抓，什麼都別說。如果他們摔下來，摔下來就是了，可是如果你開口說什麼，就不好了。」我讀到這段的時候，想起你寫到我正在過自己的第二次童年、寫到我總有一天必須「離開那個地下室」。不過，後來我又想起我的自我改善、學習怎麼跟蒂芬妮共舞，就像是伸手要抓金環，而那只金環就是你。妮奇，你就是我的金環。所以，或許我會從該死的旋轉木馬摔下來，不過我還是得把手朝著你探去，對吧？

我想見見你，我想跟你面對面談談。一次就好。之後，如果你再也不想見到我，我也可以接受。只要給我一次機會，讓你看看我改變了多少就好。只要一次機會。一次的親身會面。拜託。

愛你的 派特

35 第六封信——二〇〇六年十二月十三日

親愛的派特，

很遺憾你的童年英雄竟然自殺了，也遺憾麥克納布受了傷。聽到你父親仍然任憑足球比賽的結果來支配自己跟直系親屬的關係，也很讓人難過。你母親真可憐。

你決定透露治療師對蒂芬妮的看法，使得那場電話對談變得很尷尬。蒂芬妮顯然相當關心你，所以才安排了信件往返的活動。我希望你可以別再跟治療師或其他人進一步討論這個安排，以便在法律上對她有所保護。你應當明白，把我的信拿給克里夫看，會害我在法律上陷入岌岌可危的處境。依照法律，我不准跟你接觸，記得嗎？所以這是我最後一封信了。抱歉。

關於荷頓．柯菲爾與小說末尾菲比伸手抓金環的事，請別把我當成你的金環。我是你的前妻。我對你雖然滿懷善意，不過你的治療師說得對，我們兩人的性情並不相投。

我可以清楚看出，我倆並未漸漸走向完結，我後悔自己當初主動開啟了這場對話。我唯一的希望就是，總有一天，等你的心理健康穩定下來之後，你能從這點事實得到安慰：我在當初的事件之後依然主動向你伸出友誼之手。我希望你在這世上過得平安順遂，派特。

再見。

妮奇

36 第七封信——二〇〇六年十二月十四日

親愛的妮奇，

我全心相信快樂的結局。我那麼努力地投入自我改善，現在實在難以捨棄自己的這齣個人電影。記得我當初在哪裡向你求婚的嗎？耶誕節的黃昏到那裡跟我見面吧。我對你只有這個要求。不過，我覺得我最後這個請求，是你欠我的人情。拜託。

愛你的　派特

37 我手中的方形東西

老爸拒絕跟老媽同行，所以我穿上她這個月稍早替我買的新西裝，陪她到聖喬瑟夫教堂參加燭光彌撒。當晚天氣乾爽，我們漫步越過幾個街廓之後，不久就置身於我多年前接受堅信禮的聖殿。祭壇上排著一列列紅與白的聖誕紅，古董鑄鐵立燈在長椅的末端站崗，年年的耶誕夜皆是如此。燭光讓石砌建築看來更加古意盎然，幾乎瀰漫著中世紀的氣氛。再次坐在長椅上，讓我想起我跟傑克還小的時候。那時我們會在耶誕夜來參加彌撒，心裡為了隔天而興奮難抑，摩拳擦掌準備猛攻那些禮物。但今晚只有我跟老媽，傑克跟凱特琳在紐約市陪凱特琳的父母過耶誕夜，而老爸在家喝啤酒。

等宣布完一些事項、唱過耶誕聖歌之後，神父談起星辰、天使、秣槽、驢子與奇蹟；故事講到某個地方時，我開始祈禱。

親愛的上帝，

我知道要讓妮奇明天到我們當初訂婚的地方，得要有奇蹟發生才行，但我運氣不錯，因為祢我都相信奇蹟。我坐在這裡思索這點時，心中忖度，既然祢是全能的、沒有做不到的事，祢是否真的相信奇蹟？所以技術上來說，祢讓妮奇明天出現，或是把嬰兒耶穌放進童貞馬利亞的肚子裡，對祢來說不會比，譬如說，看一場老鷹隊比賽還困難吧——既然後備四分衛傑夫．加西亞成功連贏三次，看老鷹隊比賽的氣氛也變得輕鬆了。我現在想起這件事就覺得有點好笑。要是祢當初只花一週就創造出世界，那麼把祢兒子派下來進行一項任務，對祢來說應該易如反掌吧。不過，我還是很高興祢把耶穌送來教導我們關於奇蹟的所有事情。由於奇蹟有可能發生，世上許多人因而繼續奮勇向前。不用我說祢也曉得，打從**隔離時間**開始，我就盡心盡力改善自己。我其實想感謝祢打斷我的人生，因為要是我沒被送到**鬼地方**，我永遠不會花時間自我改善，也不會遇到克里夫，甚至是蒂芬妮。我知道我走這麼一趟旅程是有道理的。我相信，有個神聖計畫正在發生作用，那就是為什麼我相信祢明天一定會讓妮奇現身。我想預先感謝祢幫我挽回老婆。我很期待未來的歲月，我會以女人該享有的對待方式來好好對待妮奇。還有，如果不會太麻煩的話，請讓老鷹隊在耶誕節當天打贏比賽，因為要是能打贏牛仔隊，老鷹隊就能奪冠，老爸的心情就會很好，也許就會跟我、老媽講講話。真怪，即使鳥仔打進了季後賽，老爸在這個節慶季節還是處處讓人掃興，讓老媽格外傷心。我有好幾次都恰好看到她在偷哭，可是既然祢無所不知，可能早就曉得這件事了。我愛祢，上帝。

神父講道結束的時候，我正好在胸前比劃十字。教會開始分發蠟燭、點燃蠟燭，會眾一面高唱〈平安夜〉。老媽輕輕倚在我身上，於是我用手臂攬住她，稍微掐擠一下。她抬頭看我，綻放笑容。沐浴在燭光中的她用唇形說：「我的乖兒子。」然後我倆加入合唱。

我們回到家的時候，老爸在床上睡著了。老媽倒了點蛋酒，將燈飾插上電，我倆就在耶誕樹的彩光中啜飲。老媽談起我跟傑克小時候製作的裝飾品。她一直指著彩繪的松果、裝有我們小學照片的小小冰棒型相框、用曬衣夾與棉毛根做出來的馴鹿。「記得你在某某課堂上做了這個嗎？」她說個不停，我每次都點頭，雖然我根本不記得自己做過任何飾品。真好玩，我跟傑克的事情，老媽全都記得一清二楚；不知為何我明白妮奇永遠不會這麼愛我，不管我在人格上長進了多少，這就是我真正深愛老媽的地方。

電鈴在我們快把最後幾口蛋酒喝完以前響起。「會是誰呢？」老媽用誇張的語調說，暗示她老早知道會是誰。

我興奮起來，因為我想可能是妮奇，這將會是老媽安排過最棒的耶誕禮物。可是我去應門的時候，只見朗尼、維若妮卡、蒂芬妮與小艾蜜莉。他們全部跳進門廳，開始放聲高歌。「我們祝你們耶誕快樂。我們祝你們耶誕快樂。我們祝你們耶誕快樂、新年快樂。」就在這時，蒂芬妮不再唱歌，但朗尼跟維若妮卡繼續扯著嗓子高唱第一段歌詞，老媽笑容滿面地聽他們送暖報佳音。小艾蜜莉渾身裹滿衣服，看來像是愛斯基摩人，但她爸媽的歌聲讓她一臉滿足。我甚至可以在她的深色眸子裡看見耶誕樹小燈飾的反光。朗尼全家唱著歌的時候，洋溢著幸福家庭的氣氛，我真羨慕我的朋友。

蒂芬妮盯著自己的腳，等他們又到了合唱的地方，便再度一起唱和。

歌曲結束的時候，朗尼把最後一個音拖得太久，可是老媽還是很捧場地鼓掌。然後我們全繞著耶誕樹坐下，暢飲更多蛋酒。

老媽說：「也許你想把禮物送給朋友了。」

過去幾週以來，老媽頻頻帶我去購物；我們挑選禮物，準備送給協助我改善病情的人，因為老媽說，在節慶對生命中的福星表達認可，是很重要的事。克里夫很愛他的老鷹隊飛鏢靶子，維若妮卡跟蒂芬妮顯然都喜歡我們買的香水——感謝老天，我幾乎聞遍了櫻桃丘購物中心的每瓶香水。朗尼很愛我替他挑的國家美式足球聯盟官方版皮製足球，這樣他就能多練拋球；小艾蜜莉摟著身穿老鷹隊球衫的老鷹絨毛娃娃，是我特地挑給她的；她一把包裝紙撕掉之後，就開始嚼起黃色鳥喙。

為了老媽著想，我一直希望老爸能下樓來加入大家的行列，可是他沒有。

「我們也有禮物要送你。」朗尼告訴我：「來吧，小艾。我們把派特叔叔的禮物給他。」他把一只盒子遞給艾蜜莉，雖然她現在走路走得滿穩的，但盒子對她來說還是重得抬不起來，於是朗尼跟她一起把禮物捧給我。

「給派噗！」艾蜜莉說，然後撕起包裝紙。

我問她：「你想幫我啊？」就在大家都盯著看的時候，她把剩下的包裝紙全數撕去。

艾蜜莉一撕完紙張，我就打開盒子，在保麗龍防撞粒之間撈找，結果找到某種感覺像是匾額的東西。我把它從防撞粒之間拿出來，看出是漢克．巴斯克特的裝框照片。他就在達陣區裡，手裡拿著足球。

朗尼說：「是在達拉斯那場比賽拍的。」

維若妮卡說：「看看寫在照片上的字吧。」

給派特，

你正走在通向勝利的大道上！

漢克．巴斯克特　84號

「這是我收過最棒的禮物！你怎麼有辦法要巴斯克特在照片上簽名？」

「維若妮卡的表親是個理髮師，」朗尼解釋：「他有個客人在老鷹隊的行銷部門工作，所以我們可以動用一點關係。小維說，這還是第一次有人向巴斯克特的聯絡人索討簽名呢。這麼特定的請求其實讓巴斯克特滿興奮的，因為跟他要簽名的人不是很多。」

我說：「謝了，朗尼。」然後我們以單臂給對方一個男人味十足的擁抱。

「耶誕快樂。」朗尼說，一面猛捶我的背。

「欸，我很不想打斷這場派對，可是我們要趕在耶誕老人從煙囪下來以前，把艾蜜莉送上床。」維若妮卡說。

他們穿上外套，老媽把他們的禮物放進有花稍提把的節慶袋子，向來訪的每個人致謝，說：「你們不曉得這對我跟派特的意義有多大。你們今年一直對我們這麼好。你們真是好人。你們全部都是。棒得不得了的人。」然後老媽又哭起來，一面說：「對不起。謝謝。耶誕快樂。別理我。上帝保佑你們。」

就在大家要離開以前，蒂芬妮抓住我的手，往我臉頰一吻說：「耶誕快樂，派特。」她放開我的手掌時，有個方形東西留在我手裡，可是蒂芬妮用眼神命令我保持沉默，於是我把那個方形物塞進口袋，向朗尼一家人道別。

我幫老媽把包裝紙清走，將裝蛋酒的馬克杯倒空。她恰好看到我站在走道的槲寄生下面。她笑盈盈往上指，於是我送她一枚晚安吻[7]，她把手舉高擁住我。老媽對我說：「我真高興現在的生活裡有你，派特。」她手臂用力將我的腦袋往下拉，結果她的肩膀往上突起，抵住我的喉頭，害我呼吸起來有點吃力。

我進到自己房裡，老媽在我窗前放了耶誕電蠟燭，藉著燭光，我把蒂芬妮傳給我的紙條攤開。

7 槲寄生常在耶誕節掛在天花板，有人剛好站在它下面時，可以請求對方的一吻。

38 第八封信——二〇〇六年十二月二十四日

親愛的派特，

我耶誕節不會過來。我是不會來的。往前走吧。重起爐灶吧。蒂芬妮跟你家人會幫你度過這個關卡的。這次真的要說再見了。我不會再寫信過來，也不會再接蒂芬妮的電話，因為她替你在電話上對我又吼又罵，這點是我很不喜歡的。不要嘗試聯絡我。禁制令還在有效期內。

妮奇

39 看來發作是必然的事

耶誕節早上，我在黎明之前就起床，開始舉重訓練。今天是跟妮奇團聚的日子，我緊張不已。為了消除焦慮，我加倍運動的速度。我明白蒂芬妮昨晚給我的紙條表示，妮奇可能沒興趣在暮靄四合之時，前往那個特別地點與我會面，但我也曉得，電影裡的主角正要放棄之際就會發生出人意料的事，最後帶來快樂的結局。我很確定，我的這齣個人電影，出人意料的部分就是這個，所以我全心相信上帝，我知道祂不會讓我失望。如果我抱持信念、如果我到那個特別地點去，夕陽西下時就會發生美麗的事情——我感覺得到。

我一聽到耶誕音樂就不再舉重，爬上樓去。老媽正在煎蛋跟培根。咖啡正在煮著。「耶誕快樂，」老媽說，往我臉頰微微一親，「別忘了吃藥。」

我從櫥櫃裡拿出橘色罐子，把蓋子扭開。我吞下最後一顆藥丸時，老爸走進廚房，把報紙的塑膠護套丟進垃圾桶。他轉身走向家庭娛樂室時，老媽說：「耶誕快樂，派崔克。」

老爸咕噥：「耶誕快樂。」

我們像一家人一般共享培根蛋土司，但沒人說什麼話。

我們在客廳裡圍繞耶誕樹而坐。老媽打開老爸送的禮物，是某家百貨公司的鑽石項鍊——細薄金項鍊上有個小碎鑽鑲成的心形。我知道老媽有條類似的項鍊，因為她幾乎每天都戴。老爸去年可能送她一樣的東西，可是老媽表現出驚喜的模樣說：「派崔克，你不該破費的。」然後親吻老爸的嘴唇，又給他一個擁抱。雖然老爸沒回抱老媽，但我看得出他滿高興的，因為他露出有點得意的淺笑。

接著，我們把禮物給老爸，是我跟老媽合送的。他把包裝紙撕掉，舉起一件正版的老鷹隊球衣，而不是燙字轉印的那種。他問：「為什麼上面沒有背號或名字？」

「麥克納布列入傷兵名單了，我們覺得你會想挑一個新的最愛球員，」老媽說：「等你挑到了，我們會請人把正確的背號跟名字繡到球衣上。」

「別浪費錢了，」老爸說，把球衣放回盒子裡，「沒有麥克納布，他們今天是打不贏的。他們沒辦法打進季後賽的，我已經看夠了那個噁爛足球隊。」

老媽衝著我微笑，因為我事先就跟她說過，雖然老鷹隊這陣子都表現得滿好的，但老爸一定會這麼講。不過，我跟老媽兩人都曉得，今天稍晚老爸會看老鷹隊跟牛仔隊對打，明年夏季末尾看完一、兩場季前熱身賽之後，就會挑出一個新的最愛球員，到時他就會說：「珍妮，我的正版老鷹隊球衣呢？我想在球季開始以前，找人把背號繡上去。」

老媽送我的禮物足足有幾打，全都是她親自採買與包裝的。我拿到新的老鷹隊運動衫、新跑步鞋、健身裝、正式的服裝、幾條領帶、全新的皮夾克，還有一只特別的跑步錶，在跑步時能幫忙計時，甚至能計算我跑步時燃燒掉多少脂肪。還有——

「老天，珍妮。你到底幫這小鬼買了多少禮物？」老爸說，可是他的語調讓我們曉得他其實沒那麼生氣。

我們用完午餐之後，我沖沖澡並抹上腋下體香劑，再噴了點老爸的古龍水，然後穿上其中一件新跑步裝。

我跟老媽說：「我要去試試新手錶。」

「凱特琳跟你弟一個小時之內就會到，」老媽說：「別去太久。」

「不會啦。」我在踏出家門以前說。

我在車庫裡，換上那週稍早藏在那裡的正式服裝——粗呢長褲、扣領黑襯衫、皮製懶人鞋，還有老爸不再穿的昂貴大衣。接著我走到科林斯伍德的地鐵站，趕上一點四十五的列車往費城去。

下起毛毛細雨了。

我在第八街與市場街站下車，穿過濛濛細雨走到市政廳站，搭著北行的橘線列車。車廂裡乘客不多，地底下一絲耶誕氣氛也沒有。可是，每站停妥、車門打開時，就會飄來帶有垃圾味的蒸汽，我對面的橘色座椅上有馬克筆的塗鴉，走道上有吃了一半、不見圓麵包的漢堡肉——我的興致沒有因此減低，因為我就要跟妮奇團聚了。**隔離時間**終於就要結束。

我在布洛德歐尼站下車，爬上階梯走進北費城，雨勢更大一些了。雖然我記得我上大學的時候，在這個地鐵站附近被搶過兩次，但我並不擔心，主要因為現在是耶誕節，而且我比大學時代強壯得多。我在布洛德街上看到幾個黑人，讓我想起丹尼，也想起他從前老是說，等他離開**鬼地方**以後，就要到北費城跟姑媽一起住——尤其每當我提到自己是拉薩爾大學畢業的時候，拉薩爾大學顯然很靠近丹尼姑媽家。我納悶著，丹尼是不是想辦法離開**鬼地方**了。想到丹尼可能在精神病院過耶誕節，我就悲從中來，因為他是我的好朋友。

我把雙手插在老爸的大衣口袋，一面沿著歐尼路走著。下雨讓天氣略微冷涼。不久我就看到林立於校園街道上的藍黃旗子。回到拉薩爾大學，讓我悲喜夾雜——幾乎像是看著告別人世或失去聯絡的人們的老照片。

我走到圖書館的時候向左一轉，路過網球場，然後在那裡右轉，漫步經過警衛室。網球場過去是個圍牆環繞的山丘，那裡樹木繁多，要是有人用布掩住你的眼睛，帶你到那裡之後把蒙眼布拿掉，問道：「你覺得自己在哪裡？」你永遠也不會相信自己置身於北費城。

山丘腳下有座日式茶坊，如詩如畫，地處北費城顯得格格不入，不過我沒進去喝過茶，因為它是座私人茶坊，但搞不好裡面很有都會感也說不定，我不曉得。我跟妮奇以前會在這座山丘碰面，就在一棵老櫟樹後面，在草地上連續坐幾個鐘頭。讓人詫異的是，沒什麼學生會來這裡閒蕩。也許其他人都不曉得有這麼個好地點。可是妮奇喜歡坐在綠草如茵的山丘上，放眼俯瞰日式茶坊，覺得自己彷彿置身世界的他方——北費城以外的所在。要不是遠處偶爾傳來汽車喇叭聲或槍響，我會相信自己坐在那座山丘上的時候，人就在日本，雖說我從沒去過日本，也不清楚置身那個特別的國家會是什麼感覺。

我在一棵巨樹下坐定等候，那裡有一方乾燥的草地。

雨雲老早之前就將太陽吞沒，我查看手錶時，數字顯示的確是黃昏了。

我的胸膛開始覺得緊繃，我注意到自己身體顫抖，呼吸沉重。我把手伸出去看看自己顫抖得有多厲害。我的手像小鳥羽翼一樣頻頻拍動，或者該說看來像是覺得天氣太熱而頻頻用手指搧風似的。我努力想制止它卻辦不到，於是將兩手塞進老爸的大衣口袋，巴望妮奇現身時不會注意到我有多麼緊張。

天色漸漸暗下，後來又更暗了。

最後我合上眼睛，過了一段時間之後我開始禱告：

親愛的上帝，要是我犯了錯，請讓我知道是什麼，這樣我就能好好補償。我往記憶裡搜尋，卻想不出自己可能做了什麼惹祢生氣的事，只除了幾個月前揍了巨人隊球迷那次，可是針對那次的失當行為，我已經向祢祈求過寬恕，我以為我們已經既往不咎了。請讓妮奇現身。等我睜開眼睛的時候，請讓她出現。也許是交通的問題，或者她忘了怎麼來拉薩爾大學？她以前老在市區裡迷路。她無法在黃昏時準時出現，這我可以接受，可是請讓她曉得我還在這裡等候，如果必要，我也願意在這裡守候一整夜。請求祢，上帝。我什麼都願意做。我睜開眼睛的時候，如果祢讓她出現——

我聞到女人的香水味。

我認得那股香氣。

我深深呼吸，做好心理準備。

我睜開雙眼。

「我他媽的對不起，可以嗎？」她說，但不是妮奇，「我從沒想到事情會走到這個地步，所以現在我要實話實說。我的治療師認為你會一直陷在否認的狀態裡，因為你從來沒有得到完結，所以我以為自己可以假扮妮奇，給你一種完結。我為了提供你完結而瞎編了整套聯絡人的故事，就是希望等你明白自己不可能跟前妻團圓，希望你能擺脫退縮，重新振作，把人生好好過下去。那些信全是我自己寫的。**可以嗎？**我根本沒跟妮奇聯絡過。她根本不曉得你坐在這裡。也許她連你已經離開神經健康機構都不知道。她不會來的，派特。對不起。」

我抬頭盯著蒂芬妮濕透的臉龐，濕答答的頭髮、流淌的彩妝，我幾乎不敢相信那不是妮奇。一開始我聽不懂她說的話，可是當我聽明白的時候，我覺得胸膛湧起熱氣，看來發作是難以避免的事。雙眼灼熱，臉龐脹紅。我頓時領悟到，原來過去兩個月我完全都在妄想，妮奇永遠不會回來了，**隔離時間**會恆久持續下去。

妮奇。

永遠不會。

回來了。

永遠不會。

我想揍蒂芬妮。

我想用指節痛擊她的臉，直到我的手骨全部碎掉、直到蒂芬妮完全毀容，直到她再也沒有臉可以吐出謊言。

「可是我在信裡面說的全是真的。妮奇的確跟你離婚，也再婚了。她甚至申請禁制令來對付你。這些資訊都是我從——」

「你這個騙子！」我說，意識到自己又哭了，「朗尼跟我講過，說我不應該信任你。說你只不過是——」

「拜託，先聽我說。我知道你很震驚，可是你需要面對現實，派特。你已經欺騙自己好幾年了！我必須下點猛藥來幫助你。可是我從沒想到——」

「為什麼？」我問，覺得好像快吐了，覺得自己可能隨時都會伸手勒住蒂芬妮的喉嚨。「你為什麼要對我做這種事？」

蒂芬妮望著我的眼睛，感覺持續好久好久，然後她的嗓音有點抖動，就像老媽說真心話的時候那樣。蒂芬妮說：「因為，我愛上你了。」

我起身拔腿就跑。

一開始蒂芬妮尾隨在後，雖然我穿皮製懶人鞋，而且雨水此時穩定落著，不過我找到她所沒有的男性速度，以前所未有的高速狂奔。等我轉過不少彎，也在車流之間穿梭夠了，一回頭已經不見蒂芬妮的蹤影，於是稍微放慢跑速，漫無目標地慢跑，前後似乎延續了好幾個鐘頭。我在雨中汗水直流，老爸的大衣變得非常笨重。我連開始去思考這一切的意義為何都無法做到。蒂芬妮背叛了我。上帝背叛了我。我自己的電影背叛了我。我還在哭泣。我還在慢跑。然後我再度祈禱，但態度並不好。

上帝，我並沒有索討一百萬美元，更沒有要求名氣與權力。我甚至沒有要求妮奇讓我回到她身邊，我只是要求見個面，一次面對面的對談。自從離開**鬼地方**以來，我一心一意都在努力改善自己——想成為祢希望每個人都做到的：當個好人。我卻在雨絲紛紛的耶誕節，狂奔穿越北費城——形單影隻。為什麼祢要給我們那麼多關於奇蹟的故事？祢為何要從天堂派遣祢兒子來到世上？如果人生沒有美好的結局，那祢何必要給我們電影？祢是什麼天殺的上帝嘛？祢要我悲慘地度過下半生嗎？祢——

有東西重擊我的小腿，接著我的手掌就在雨濕的水泥地上打滑。感覺有人亂腳猛踢我的背、腿與手臂。我把身子蜷曲成球，試著保護自己，可是對方還是踢個不停。就在我覺得腎臟即將爆掉、抬頭想看看對我下毒手的是誰時，只看到一隻運動鞋的腳底，接著它就往我的臉龐襲來。

40 瘋小子

我醒來時，雨已停歇，但身子哆嗦不止。我坐起來，渾身發痛。我的大衣不見了，皮製懶人鞋也是，口袋裡的錢全部不翼而飛，皮帶也沒了，老媽送我當耶誕禮物的新手錶也不見了。我用手指摸摸臉龐，指頭染成血紅。

我環顧四周，看到自己正躺在停滿車輛的窄街上。兩側盡是連棟屋，有些用木板封了起來，有些房屋前的門廊與階梯都有待修繕；街燈也不亮，也許是被石頭砸爛了，整個世界一片昏暗。我所在之處並不是好社區，身上沒錢也沒鞋，不知自己身在何方。部分的我想要永遠躺在人行道上，但我怕那些壞蛋會回來把我解決掉，所以我還來不及真的想到什麼以前，就已經站起來，一跛一拐沿著街區走去。

右側大腿肌肉感覺好像卡在原地，右膝不大能彎曲。

街區有棟房子外頭有耶誕裝飾。門廊上有個秣槽的情景布置，裡面有塑膠製的馬利亞與約瑟——都是黑人。我跛腳朝著嬰兒耶穌走去，心想比起沒有耶誕飾品的人，會慶祝佳節的人更可能助我一臂之力，因為在聖經裡，耶穌說我們應該幫助被搶劫也沒鞋穿的人。

我終於走到那棟有裝飾的連幢屋時，發生了滑稽的事。我沒敲門，而是跛著走到黑馬利亞跟黑約瑟那裡，因為我想看看秣槽裡的嬰兒耶穌會不會也是黑人。我走到耶穌誕生造景的時候，抽筋的腿痛到無以復加的地步，於是忽然一軟。我以雙手與單膝趴在地上，我看到嬰兒耶穌夾在父母之間，真的是黑色的，而且還插了電——黑臉散發出琥珀般的光線，一道白光從小小的嬰兒胸膛迸射而出。

我瞇眼看著嬰兒耶穌發出的光芒，馬上領悟到自己是因為咒罵上帝才遭到搶劫的，於是我禱告向上帝致歉，並說我了解上帝要傳達給我的訊息——我必須再對自己的人格多下工夫，祂才會准許我找到**隔離時間**的終結。

脈搏在耳裡怦怦猛跳，我連前門開了都沒聽見，也沒聽到有男人走出屋外、踏上前廊。

「你想對潔思敏姑媽的耶穌誕生造景動什麼手腳？」

我轉過頭去的時候，上帝讓我知道祂已經接受了我的道歉。

他們剛把丹尼帶到**鬼地方**的時候，他不肯開口說話。他像我、像每個人一樣，也有個傷疤，可是他的疤痕大得多，而且在後腦杓，在圓蓬式爆炸頭上留下亮粉紅的線條。前後一個月左右，丹尼只是坐在房間窗邊的椅子上，語言治療師來訪只能碰一鼻子灰地離開。我跟其他傢伙會走到他房間打個招呼，可是我們跟丹尼講話的時候，他只是望著窗外，我們以為他就是腦袋嚴重受創，下半輩子可能只能像植物人一樣——跟我室友傑奇有點像。可是在一個月左右之後，丹尼開始跟著我們在自助餐廳用餐，也去上音樂與團體療程，還參加幾次團體出遊，到碼頭邊的商店去，還到卡美登球場那裡看金鷹隊的球賽。他顯然聽得懂別人的話，甚至相當正常，只是不肯說話而已。

我不記得花了多久時間，可是過一陣子之後，丹尼開口說話了，而我恰巧是他第一個說話的對象。

巴爾的摩的某家高檔大學的女學生進來提供治療，院方告訴我們是「非傳統療法」。由於這女孩還不是真的治療師，如果想參加療程，我們得要自願才行。我們一開始抱持懷疑的態度，可是她來推展課程時，散發女孩子氣的身材、可愛無辜的臉龐很快就說服了我們。她人很好，也相當迷人，所以她說什麼我們都乖乖照做，巴望能讓她留下來——尤其**鬼地方**沒有女病人，而護士又奇醜無比。

頭一個星期，大學女生要我們多照鏡子，鼓勵我們好好認識自己，這種作法真是稀奇古怪。她會說出類似這樣的話：「仔細瞧瞧你的鼻子。看著它，直到你真正認識它為止。看看它在你深呼吸的時候會怎麼動。欣賞呼吸的奇蹟。現在看看你的舌頭。不只是看頂端，也要看下面喔。仔細端詳。思索味覺與語言的奇蹟。」

可是後來有一天她隨意幫我們配對，要我們面對面坐好，告訴我們要盯著同伴的眼睛。她要我們維持這種狀態良久，這種作法滿怪的，因為整個房間寂靜無聲，而男人通常不會對望很久。然後她開始要我們想像同伴是我們想念的對象、過去傷害過的人，或是睽違多年的家人。她要我們透過同伴的眼睛去看到這個對象，直到那人顯現在我們面前為止。

原來久久望著他人的眼睛，是個力量十足的行為。你要是不相信，就自己去試看看。

想當然爾，我開始看到妮奇，這點挺怪的，因為我是盯著丹尼的眼睛，而丹尼是個身高六呎三的黑人，外表跟我前妻毫無相似之處。不過，我的瞳孔繼續鎖定丹尼的眸子，彷彿直勾勾望著妮奇的雙眼。我是第一個放聲哭泣的人，後來其他人也跟著哭了。大學女生走過來，稱讚我勇氣可嘉，然後給我擁抱，她這樣真好。丹尼悶不吭聲。

那晚我被傑奇的嘟噥聲吵醒。我睜開眼睛，花了幾秒鐘讓瞳孔適應，可是一旦適應，卻看到丹尼就站在我上方。

我說：「丹尼？」

「我不叫丹尼。」

他的聲音把我嚇壞了，因為我沒料到他會開口，更何況他入院以後從沒跟人說過話。

「我叫瘋小子。」

「你想怎樣？」我問他：「你為什麼來我們房間？」

「我只是想跟你說說我在街頭上混的稱號，這樣我們就可以稱兄道弟。可是我們現在不在街頭上，所以你可以繼續叫我丹尼。」

接著丹尼走出我的房間，傑奇不再發出嘟噥聲。

隔天丹尼開始正常說話，**鬼地方**的每個人都很震驚。醫生說他正歷經重大的突破，但實情並非如此，丹尼只是決定開口講話而已。我們的確成了拜把兄弟，在**鬼地方**幾乎什麼事情都一起做，包括固定的運動行程。我一點一滴得知了丹尼的故事。

他以瘋小子的頭銜漸漸在北費城崛起，是幫派饒舌樂手，跟紐約一家叫「艱困交易」的小唱片公司簽了唱片約。他在巴爾的摩某家俱樂部表演的時候，現場爆發一場打鬥（丹尼常常更動故事的細節，我很難確定到底發生什麼事），有人莫名奇妙地用撬胎棒猛敲他的後腦杓，然後把他載到港口拋進海裡。

丹尼多數時候的說法是，有個巴爾的摩的饒舌團體（表演時段排在**瘋小子**之前）邀他到俱樂部後面的小巷裡哈根菸，等他跟那些饒舌樂手到外面去以後，他們就開始扯些自己在鄰里之間搶盡鋒頭的屁話。當他提起自己的唱片銷售狀況更勝一籌時，四周的燈光盡數熄滅。他醒來的時候已經死了，這是真的，因為他的病歷寫著，急救人員成功讓他甦醒之前，他死了幾分鐘。

瘋小子丹尼運氣頗佳，他摔進港口時，有人聽到海水噴濺的聲音。等其他饒舌樂手離開以後，這個人把他打撈出來、高聲求救。丹尼堅稱，讓他的腦袋繼續活著的，是水裡的鹽分，但我不懂怎麼會有這種事，因為他是被丟進污穢的港口而不是大海。丹尼接受手術，取出大腦裡的顱骨小碎片，前後住院很久，之後就被帶到**鬼地方**。最糟的是，他失去表演饒舌的能力，沒辦法讓嘴巴再饒舌，至少速度沒法跟以前一樣快，於是他發了靜默誓，一直到盯著我的眼睛許久之後才打破這項誓約。

有一次，我問丹尼他望進我的眼睛時，看到的是誰。他跟我說，他看到的是潔思敏姑媽。我問他為什麼會看到潔思敏姑媽，他說自己是她一手拉拔長大的。

跪在秣槽前面的我說：「丹尼嗎？」

「你誰啊？」

「派特・皮伯斯啊。」

「巴爾的摩來的白人派特？」

「對啊。」

「怎麼會？」

「我不知道。」

「你全身是血。出了啥事？」

「上帝懲罰我，可是又把我帶來這裡。」

「你幹了什麼好事惹上帝生氣？」

「我詛咒祂，可是我道歉了。」

「如果你真的是派特・皮伯斯，那我叫什麼名字？」

「瘋小子，別名丹尼。」

「你吃過耶誕晚餐了嗎？」

「沒有。」

「你喜歡火腿嗎？」

「喜歡。」

「你想跟我、潔思敏姑媽一起吃飯嗎？」

「好啊。」

丹尼扶我起身，我跛著腳走進潔思敏姑媽家，裡面瀰漫著松針、烤火腿跟鳳梨醬的香味。一棵小耶誕樹上裝飾了爆米花串成的細線，還有閃爍不停的彩色燈光，兩支紅綠搭配的襪子吊在假壁爐架上，電視正在播放老鷹隊跟牛仔隊對打的球賽。

「坐吧，」丹尼說：「不用拘束。」

「我不想把血沾到你的沙發上。」

「上面有塑膠套啊，你看？」

我瞧了瞧，沙發上真的鋪了塑膠，於是坐了下來。看到老鷹隊頻頻告捷，這讓我滿詫異的，因為大家原本看好的是達拉斯那隊。

「我很想你耶，」丹尼在我身邊坐下之後說：「你離開的時候，他媽的竟然連說聲再見都沒有。」

「老媽來接我的時候，你在上音樂紓壓課啊。你什麼時候離開**鬼地方**的？」

「就昨天啊，因為表現優良所以出來的。」

我望著朋友的臉龐，看出他是認真的。「所以你昨天才離開**鬼地方**，我就恰好跑到了你這一帶，然後在你這條街被搶，又在這邊找到你？」

丹尼說：「大概是吧。」

「感覺有點像奇蹟，不是嗎？」

「耶誕節就是會發生奇蹟啊，派特。大家都知道那套鬼話。」

可是我們還來不及多說什麼，一位小不嚨咚、面容嚴肅、戴著巨大的黑框眼鏡的婦女走進客廳，開始尖叫：「噢，我的老天！噢，天哪！」我拚命想說服潔思敏姑媽我沒事，可是她還是撥了一一九，接著我就坐上救護車，被載往德國鎮醫院。

我抵達急診室的時候，潔思敏姑媽替我禱告，還對一堆人又吼又叫，直到我被帶進單人病房為止，在那裡有人褪去我的衣物、替我清理創口。

我跟警察說起事情的始末，一面接受點滴注射。

照完X光之後，醫生說我的腿況真的很慘。老媽、凱特琳跟傑克都來了。接著我的腿上了白石膏，從腳踝開始，一路延伸到臀部下方為止。

我毀掉了丹尼跟潔思敏姑媽的耶誕晚餐，所以想向他們道歉，可是老媽告訴我，他們等她一抵達之後就離開了，不知為何這點讓我滿傷心的。

我終於可以離開醫院了，護士在我裸露的腳趾上套了一隻紫色襪子，給我一雙丁字杖，可是傑克用輪椅把我推到他的寶馬那裡。因為石膏的關係，我在車子後座必須側著坐，兩腳搭在老媽的大腿上。

我們默默無語開車穿越北費城。可是當我們開上史威齊爾高速公路，凱特琳說：「嗯，至少我們永遠都不會忘記**這個**耶誕節。」她的用意是想講個笑話，但沒人笑得出來。

我問：「為什麼沒人問我怎麼會跑到北費城去？」

停頓許久之後，老媽說：「蒂芬妮從公共電話打給我們，把事情都跟我們說了。醫院打電話給你爸的時候，我們忙著開車在北費城那裡繞來繞去。他撥傑克的手機，我們就過來了。」

「所以我毀掉大家的耶誕節了？」

「毀掉我們耶誕節的是那個瘋婊子啦。」

「傑克，」老媽說：「別這樣。」

我問傑克：「老鷹隊打贏了嗎？」因為我記得他們節節勝利，也巴望老爸在我回家的時候心情會很好。

傑克的語氣短促：「對啦！」我知道他在氣我。

耶誕節那天，老鷹隊打敗了T.O.跟達拉斯牛仔隊，地點就在達拉斯，確定打進了季後賽。從小學以來從沒錯過一場球賽的傑克，就因為跑遍整個北費城尋找精神錯亂的哥哥，而錯過了可能是本球季最精采的賽事。現在我才明白為什麼老爸沒有加入這個搜索隊——他絕不可能錯過這麼重要的老鷹隊比賽，何況還是跟達拉斯對陣。我忍不住充滿罪惡感，因為這個耶誕節本來會很不錯的，尤其老爸應該會龍心大喜，而且我確定老媽準備了食物，連凱特琳都穿著老鷹隊球衣。我老把大家的生活搞得七葷八素，要是當初那些打劫的人把我幹掉，可能還會比較好，而且……

我開始落淚但靜不作聲，免得老媽難過。

我勉強說出口：「對不起，我害你錯過球賽了，傑克。」可是那些話又讓我哭得更凶。不久，我又把臉埋進雙手，啜泣得跟嬰兒似的。

老媽拍拍我沒斷的那條腿，但沒人開口說話。

我們默然無語地駛完餘下的回家路程。

41 她還好嗎？

我的生日在某個週五。十二月二十九日。下午老媽把幾個垃圾袋用膠帶固定在石膏模外，我終於可以沖沖摔斷腿以來的第一次澡。說來有點難為情，老媽必須幫忙我讓石膏模留在淋浴間之外，所以為了保護石膏，她替我撐住浴簾，讓我跨坐在澡盆的邊緣，盡量把重心放在完好無事的那條腿上。老媽在我需要肥皂的時候就遞給我，洗髮精也是。她假裝沒看到我的裸體，但我確定她在某刻一定瞥了一眼，讓我感覺怪怪的。我好幾天沒健身了，覺得自己非常渺小又虛弱——可是老媽完全沒提到我縮小的腰圍，因為她是個好心的女人。

我淋浴過後，老媽幫我穿上一件她修改過的運動褲，一條褲管在大腿的地方裁掉了，這樣石膏模就能套過去。我也穿上蓋普服飾買來的扣領襯衫、新的皮夾克。我跳下階梯，撐著丁字拐走出大門，然後坐進老媽汽車的後座。為了配合石膏模，我側著身子橫坐。

我們抵達弗爾西斯那棟房子的時候，我架著丁字拐走進克里夫的辦公室，挑了黑色躺椅，把石膏模靠在擱腳板上，一五一十把事情全跟克里夫說了。

我講完故事的時候，克里夫說：「所以你從耶誕節以來就一直臥床？」

「對啊。」

「沒興趣讀讀書或看電視？」

「沒有。」

「你也完全沒有鍛鍊上半身？沒有舉重？」

「沒有。」

「那你整天都在幹嘛？」

「睡覺啊，或是思考。有時我也寫寫東西，不過丹尼這陣子都會來找我。」我跟克里夫說過上帝讓我跟丹尼團圓的事，連克里夫也不得不承認這有點奇蹟的成分，也許這就是我悲慘耶誕節的「一線光明」。

「丹尼來拜訪的時候，你跟他都做什麼？」

「我們玩巴棋戲。」

「巴棋戲？」

「那是印度皇家的遊戲，你怎麼會不知道？」

「我知道巴棋戲，我只是很訝異你跟丹尼竟然會一起玩桌上型遊戲。」

「為什麼？」

克里夫做出滑稽的表情，但什麼也沒說。

「丹尼老遠從北費城把巴棋戲帶過來。他搭地鐵。」

「那很好啊，對吧？能見到老朋友一定很不錯吧。」

「知道他動過兩次手術還是沒辦法饒舌，我覺得很遺憾。可是他姑媽替他在教會找了份工友的工作，那裡也是日間照護中心。每天晚上，他用白松油擦靠背長椅、用拖把抹地、倒空垃圾桶、用吸塵器吸塵——那類的事。現在他渾身都是松樹味，有點算是額外的好處。可是就我所記得的，他以前在**鬼地方**沒有現在這麼靜。」

克里夫問：「你跟丹尼說過蒂芬妮對你做的事嗎？」

「有啊，我說了。」

「他怎麼說？」

「什麼也沒說。」

「他沒給你任何建議啊？」

「我沒要他給我建議啊。」

「原來。」克里夫抓著下巴，所以我知道他打算說點老媽告訴他的事。「派特，我知道你當初怎麼失去記憶的。大家都曉得。」他在這裡頓住，衡量我的反應。「我想你也記得吧。**你記得嗎？**」

「不記得。」

「你想要我告訴你，你是怎麼失去記憶的嗎？」

「不想。」

「為什麼？」

我一語不發。

「我知道提伯斯醫師以前每天都會跟你講那個故事，當作你治療的一部分。那就是我從沒提起的原因。我之前認為等你準備好了，自然就會想談，但是都快五個月了——現在你的腿斷了，事情似乎每況愈下，我忍不住覺得我們似乎該試試其他策略。關於完結的事，蒂芬妮所言不假。我不是說她的手法很正大光明，但你真的必須接受發生過的事，派特。你需要完結。」

我說：「也許我的個人電影還沒結束啊。」因為有時候拍電影的人會虛晃一招，用壞結局來耍耍觀眾，就在你以為電影要以悽慘的結局收尾時，某件戲劇化的事情發生了，最後帶來快樂的終局。此時似乎是戲劇化事件發生的好時機，尤其今天又是我的生日。

「你的人生不是一場電影啊，派特。人生不等於電影。你是老鷹隊球迷，看了那麼多球季，老鷹隊一直打不進超級盃，你應該知道現實人生常常有不好的結局。」

「你現在怎麼可以這麼說。**即使沒有了麥克納布**，老鷹隊還是連贏四場球，都準備進入季後賽了。」克里夫只是望著我，幾乎面露恐懼，我頓時明白自己在狂吼。但我忍不住補充：「抱著那種負面態度，**注定**會有不好的結局，克里夫！你講話愈來愈像提伯斯醫師了！你最好小心點，要不然你會被悲觀主義打敗！」

一陣長長的沉默，克里夫陷入憂心重重的模樣，害我也開始擔心。

開車回家的路上，老媽說大家要過來幫我慶生。她要替我籌備一頓生日晚餐。我問：「妮奇會來嗎？」

「不會，派特。妮奇永遠都不會過來，」老媽說：「永遠都不會。」

我們一到家，老媽就要我去坐在家庭娛樂室裡，她自己則忙著料理烤肉餅、馬鈴薯泥、青豆與蘋果派。她一直努力要跟我聊天，但我其實不大想說話。

傑克與凱特琳先到。兩人興致勃勃聊著鳥仔的事，就是為了逗我開心，但是毫無作用。

朗尼跟維若妮卡抵達的時候，艾蜜莉爬上我的大腿，讓我心情好過一點。凱特琳問艾蜜莉想不想在我的石膏上畫圖，她點點頭，老媽便找來幾支彩色筆。我們全看著小艾蜜莉畫畫。她先畫出搖搖晃晃的圈圈，這點情有可原，因為石膏並非完全平坦，表面也不光滑；不過接著她就用各式各樣的顏色，四處胡亂塗鴉，我看不出她有什麼打算，最後她指著自己的創作說：「派噗！」

朗尼說：「你畫了派特叔叔啊？」艾蜜莉點頭的時候，大家都呵呵笑了，因為那東西一點都不像我。

我們在餐桌坐下的時候，老爸還沒回來。即使打贏達拉斯，他最近的態度還是很疏離，老是躲在自己的書房。沒人提到老爸的缺席，所以我也沒說起。

老媽的菜餚很可口，大家都這麼說。

等吃派的時間一到，他們對我唱起〈生日快樂〉歌，小艾蜜莉幫我一起吹掉排成三十五的蠟燭。我真不敢相信自己竟然三十五了，因為我還是覺得自己只有三十歲——或許那只是我的希望，因為當時我的生命中還有妮奇。

我們吃完派以後，艾蜜莉幫我拆禮物。老媽送我全新的木製手繪巴棋戲組，她說她邀丹尼來我的派對，可是他得上班。朗尼、艾蜜莉跟維若妮卡送我一條老鷹隊絨毯。傑克跟凱特琳送我費城某家健身房的會員資格，盒裡的說明書說，俱樂部有游泳池、蒸汽室、籃球場、壁球場、各式各樣的舉重器材，以及其他可以鍛鍊肌肉的機器。「我就是在那裡健身的，」老弟說：「我在想，等你的腿好了，我們可以一起在那裡健身。」雖然我對健身的興致沒那麼高了，不過我明白這份會員資格是個不錯的禮物，於是我向傑克道謝。

我們換到客廳去的時候，我向維若妮卡問起蒂芬妮。我說：「蒂芬妮還好嗎？」我不大確定自己為何要問。那些話語就這樣兀自溜出我的嘴巴。話一出口，大家都不再說話，沉默懸在空中。

老媽終於主動說：「你的生日派對，我有邀請她來喔。」也許是希望別讓維若妮卡為了姊姊被排除在外而難過。

「為什麼？」傑克問：「好讓她再對派特說謊嗎？害他多走幾年回頭路？」

維若妮卡說：「她當初只是好心想幫忙嘛。」

「你姊幫人的方式還真可笑。」

凱特琳對傑克說：「別再說了啦。」

然後整個房間再度陷入沉默。

「所以她還好嗎？」我又問，因為我真的想知道。

42 我要請你幫個大忙

除夕夜當天，傑克同意請我們前座的人喝無限量的啤酒之後，順利跟我前方的季票球迷交換座位。傑克一旦就坐，就把我的石膏架在他的肩膀上，這樣我就能在鳥仔和隼鷹隊的賽事坐著觀賞。

第一節進行幾分鐘後，總教練安迪．芮德撤下主力先發球員；球賽播報員報告說，達拉斯不知怎的輸給底特律了。那就表示，鳥仔肯定進得去國聯東區，這是過去六年來的第五次，眼前這場比賽也就無關勝負了。林肯球場裡的每個人都歡呼起來，到處都有人擊掌，很難好好坐在位置上。

既然先發外接球員下場了，我對漢克．巴斯克特懷抱希望，他在上半場的確接過幾次球，因為我在厚外套上套了巴斯克特球衣，而且我們都喜歡替這個不是選秀進來的新秀打氣加油，所以每次他接到球，我、史考特跟傑克就大肆慶祝。

中場休息的時候，老鷹隊十七比十，史考特真的準備離席了，他說他答應老婆，如果牛仔隊打輸，讓老鷹隊的球賽變得無關勝負時，除夕夜就要回家過。我一直拿他要離席的事來刁難他，我很訝異老弟竟然沒有一起起鬨調侃他。可是史考特才沒離開多久，傑克就說：「聽著，派特。凱特琳要我到利頓豪斯飯店參加除夕夜的正式宴會。我今天來看球賽，她就已經很氣我了。我有點考慮要提早離開，這樣就能給她一個驚喜。可是你打了石膏，我不想把你獨自丟在這裡。一起提早離開如何？」

我相當震驚，也有點火大。

「我想看看巴斯克特能不能第二次達陣，」我說：「可是你可以先走。我會在這裡跟真正的老鷹隊球迷在一起——他們都要留下來把整場球賽看完。」我這樣說嘴巴有點壞，尤其凱特琳可能早已打扮好、正在等傑克回家。不過，事實是，我需要老弟的幫忙，才可能撐著丁字杖離開林肯球場。我有預感，巴斯克特在下半場會接很多球，我也知道傑克真的很想看球賽，也許他可以用精神病老哥當擋箭牌，故意錯過凱特琳除夕派對的前半部。或許這就是傑克真正想要、真正需要的。我對路過我們這排座位的酷爾斯啤酒販子喊道：「啤酒人！」他停下腳步的時候，我說：「來一份啤酒就好，因為這邊有個傢伙要丟下跛著腳又精神錯亂的哥哥，到利頓豪斯飯店，跟著一身燕尾服、不是老鷹隊球迷的人大喝香檳。」老弟露出我揍他肚子一拳的模樣，不久就把皮夾拉出來。

傑克說：「好吧，管他去死。來兩份啤酒。」老弟一屁股往史考特的位置坐下，把我的石膏架在我前方空位的椅背上。我露出笑容。

整個下半場，巴斯克特持續接到A. J. 菲利的傳球。第四節才開始不久，我最愛的球員就跑了急轉路線[8]，接到球，然後沿著邊線前進八十九碼，成功完成他剛起步的生涯

8 out是一種進攻策略，接球員先直線往達陣區奔去，然後冷不防地向左或向右轉，朝著最近的邊線奔去。

第二次達陣。傑克扶我站起來，我們這區的每個人都跟我擊掌、拍我的背，因為我把巴斯克特球衣穿在外套上頭。這球衣是老弟在我剛離開**鬼地方**時送我的。

我後來才知道，同一球季裡，前後接到兩次超過八十碼的達陣傳球，巴斯克特是老鷹隊球員裡頭一個做到的。這是一種成就，即使八十四號在今年只是個次要球員。

我對傑克說：「你本來還想離開呢。」

「巴斯克特加油！」他說，然後用單臂側身擁抱我——肩碰肩的。

老鷹隊的後備球員贏得球季的最後一場例行賽之後，鳥仔們以十勝六敗結束自己的球季，在過程當中至少確定了一場主場季後賽。我撐杖走出林肯球場，由傑克當我的後衛，在群眾中開道，一面喊著：「跛腳的要過！跛腳的要過！請讓路！」

我們一直等到走回胖仔們的帳棚、**亞洲入侵**巴士那裡，才又碰上克里夫那群人。碰面的時候，這群伙伴就用巴斯克特的口號來迎接我們，因為八十四號今天以一百七十七碼衝上生涯顛峰，加上八十九碼的達陣。

還有季後賽的事要討論，大家都捨不得離開，於是我們邊喝啤酒邊討論八勝八敗的巨人隊，鳥仔們在第一回合就要跟他們對陣。克里夫問我，我覺得我們的球隊是否會打敗巨人隊。我跟我的治療師說：老鷹隊不只會贏，漢克·巴斯克特還會再接到一次達陣球。」

克里夫含笑點頭說：「你在球季還沒開始以前就喊過：**漢克·巴斯克特才是狠角色！**」

傑克先離開，因為他跟凱特琳要去參加除夕夜派對，所以我們全都嘲笑他、說他怕老婆；雖然他為了自己的女人而拋下我們，但我還是擁抱他、謝謝他留了下來，也謝謝他替我弄到季票，還替我出了季後賽票的票價（價格不斐）。我之前害傑克錯過鳥仔跟達拉斯的第二場對賽，我知道他已經原諒我了，因為他回抱我說：「別客氣，老兄。我愛你。永遠都是。你知道的。」

傑克離開以後，我們又多喝了半小時左右的啤酒。可是最後有好幾個傢伙都承認跟自己的老婆有除夕的慶祝計畫，於是我搭**亞洲入侵**的巴士回紐澤西的家。

老鷹隊打贏最後五場球賽、晉級國聯東區爭霸戰，所以亞胥維尼把**亞洲入侵**巴士開近我爸媽家的時候，怎樣也無法阻擋他大按喇叭。他按喇叭的時候，傳出響徹雲霄的口號——「E！A！G！L！E！S！EAGLES！」喇叭聲把老媽引到了門前。

綠色巴士駛離時，我跟老媽站在前門階梯上揮手致意。

我們像一家人一樣，吃了頓遲來的除夕年夜飯。然而即使老鷹隊又贏了一場，而且很有進軍超級盃的希望，老爸卻還是少言寡語，在老媽用完餐點以前就逕自往書房踅去，可能為了看點歷史小說吧。

時代廣場的球落在老爸的大型液晶電視上之前，老媽問我要不要到外面去敲敲鍋碗瓢盆，小時候我們總是這樣做。我跟老媽說，我不大想敲鍋盆，尤其冷天待在外面一整天已經滿累的了。於是我倆坐在沙發上，看著電視上的人群在時代廣場慶祝。

二〇〇六年變成二〇〇七年了。

「我們今年會過個好年的。」老媽說，然後勉強擠出微笑。

我對老媽報以微笑，不是因為我覺得今年會是個好年，而是因為即使老爸在一個小時以前已經就寢，妮奇永遠不會回來，也沒有任何蛛絲馬跡顯示二〇〇七對我或老媽來說會是個好年，但老媽仍然努力要找出她好久以前教導我的「一線光明」。她依然懷抱著希望。我說：「今年會過個好年的。」

老媽在沙發上睡著時，我把電視關掉，看著她呼吸。她看起來還是滿漂亮的，看到她這麼平靜地休息，讓我對老爸湧現怒意。即使我知道他改變不了自己，但我希望他至少可以試著更珍惜老媽、跟她一起過點優質的時光。他根本沒有老鷹隊的事情可以鬧脾氣了，因為不管季後賽會發生什麼事，這個球季都算圓滿成功，特別是在沒有麥克納布的情況下。但我知道老爸不可能改變，因為我已經認識他三十五年了，他一路走來始終如一。

老媽把膝蓋與手肘往身子縮近，然後打起哆嗦，於是我推自己一把，站起來並抓起丁字杖，拐著走到櫥櫃那裡。我從櫥櫃底層拉出毯子，再拐回老媽身邊替她蓋上——可是她繼續打著哆嗦。我回到櫥櫃那裡，看到頂層那裡有條厚重一點的毯子，於是往上伸手拉下來。我聽到小小的撞擊聲，之後毯子砸在我的頭頂上。我往下一看，腳邊是個裝在白塑膠盒的錄影帶，封面有兩只搖響的鈴鐺。

我拐著走到老媽那裡，用厚重一點的毯子蓋住她。

石膏讓我無法蹲低身子，要撿那支錄影帶還真吃力——事實上我必須坐在地板上才撿得起來。我坐著滑到電視那裡，把錄影帶塞進放影機。我回頭望去，想確定老媽還在熟睡，先把音量轉小才按下播放鍵。

錄影帶沒有倒轉到底，跳上螢幕的是婚禮晚宴的開頭。我們的賓客就坐在葛雷蒙鄉村俱樂部的宴會廳，就在巴爾的摩郊外一個時髦小鎮的高爾夫球場附近。攝影機把鏡頭對著大門通道，不過可以看到舞池跟樂隊。主唱歌手對著麥克風說：「我們用費城風格來介紹婚禮成員。」那時樂隊的銅管區奏起〈此刻準備飛翔〉起頭幾個音符。吉他手、貝斯手跟鼓手很快就開始投入演奏，雖然聽起來跟洛基的主題曲不大像，不過相似度還算夠，可以順利完成任務。

「新郎的父母，派崔克・皮伯斯先生與夫人！」

老媽與老爸挽著手臂越過舞池時，我們的客人客氣地鼓掌。老爸臉上的痛苦表情表示，這是他這輩子最慘的經驗之一——在我的婚禮上被介紹出場。

「新娘的父母，喬治亞・蓋茲先生與夫人。」

妮奇的爸媽跳了點舞步進入宴會廳，一副醉眼迷濛的模樣（他們當時的確醉了）。我笑著想起岳父岳母在喝醉時是多麼有趣，我真的很想念妮奇的爸媽。

「女儐相伊莉莎白・理察斯、男儐相朗尼・布朗。」

小伊跟朗尼走出來的時候一面對賓客揮手，彷彿自己是皇室成員什麼的，這樣還挺怪的，這種出場策略差點澆熄客人的掌聲。朗尼在影帶裡看來滿年輕的，我想到拍攝影片的當時，他尚未為人父母，艾蜜莉也還不存在。

「伴娘溫蒂．朗司佛、伴郎傑克．皮伯斯！」

傑克跟溫蒂走過舞池，直接朝攝影機走來，他們的臉龐以實體大小出現在老爸的螢幕上。溫蒂尖叫，有點像是她在看老鷹隊比賽的樣子，可是傑克說：「我愛你，老哥！」然後往攝影機鏡頭送上一吻，留下一抹唇形污漬。我看到攝影師的手出現，用塊布匆匆抹淨鏡頭。

「現在，有史以來頭一次，讓我來介紹派特．皮伯斯伉儷！」

我們走進宴會廳時，大家都站起來歡呼。穿著結婚禮服的妮奇看來好美。她的腦袋擺出可愛害羞的姿態，下巴貼近胸膛。現在看到她讓我不禁潸然淚下，因為我好想念她。

我們移步踏進舞池時，樂隊變換奏法，我聽到性感的合成和弦、隱約的鐃鈸輕擊聲，接著高音薩克斯風手往前一站，〈鳴鳥〉的樂聲揚起。

我心中有什麼開始融化，感覺好像經歷一場冰淇淋般的頭痛——彷彿有人用冰鑽搗弄我的腦袋。我再也看不見電視螢幕，眼前是透過霧濛濛的車輛擋風板望出去的馬路，天空暴烈地落著雨。當時還不到下午四點，但天色已如午夜一般漆黑。我心情不佳，因為一場重要賽事即將來臨，體育館屋頂卻像篩子一樣又開始漏水，逼得我不得不取消籃球練習。

我只想沖個澡，然後看看比賽的影帶。

可是我走進家裡時，卻聽到高音薩克斯風的呻吟，聽到肯尼吉的抒情爵士在這種時間從浴室傳出來，真是怪事一樁。吉先生的音符四處旋繞。我打開浴室門，感覺蒸汽舔上我的肌膚。我納悶妮奇為何要在淋浴間聽我們的婚禮配樂。肯尼吉的獨奏再次衝抵高潮。ＣＤ唱機就放在水槽上，兩疊衣服就擺在地上，一副男性眼鏡擱在水槽上的ＣＤ唱機旁邊。性感的合成和弦、模糊的鐃鈸輕擊。

「你他媽的婊子！」我尖叫，一面把桿子上的浴簾扯開，暴露出不堪入目、沾滿泡沫的肉身。

我站在澡盆裡，雙手掐著他的喉嚨。我擋在他們兩人之間，蓮蓬頭把熱騰騰的水柱噴灑在我的外套背上，讓我的運動褲愈來愈笨重。他現在在半空中，用眼神向我乞求，為了一口空氣而苦苦哀求。他用雙手拚命想撥開我的擒抓，可是他矮小又虛弱。妮奇放聲尖叫；肯尼吉的樂聲陣陣；妮奇的情人漸漸變紫。他小不嚨咚的，我單手就能把他抬起來抵在磁磚上。我將手肘往後一彎，緊緊握起可以讓人滿地找牙的拳頭，然後瞄準。他的鼻子像番茄醬包一樣爆開。他的眼睛往腦後翻白，雙手從我的手上鬆脫。我再次彎肘舉拳，音樂停止播放，接著我就倒在澡盆裡了，妮奇全身赤條條的情人跌出澡盆外，赤裸的妮奇雙手顫抖地捧著ＣＤ唱機。我想站起來，她卻用ＣＤ唱機又往我的腦袋猛砸。我的膝蓋一軟，看到銀色水龍頭像條肥壯閃亮的蛇，往上竄起、擊中我右眉上方的硬處，然後——

——我在醫院裡醒來，馬上吐得自己滿身都是，最後護士過來，要我別動頭部。我痛哭流涕，呼喊妮奇，可是她卻沒到我身邊來。我的腦袋痛得無以復加。我碰碰額頭，摸到某種繃帶，然後有人硬把我的手壓往身體兩側。護士放聲尖叫，把我往下壓，接著醫生們也來抑制我的行動。我感覺有針扎上手臂，然後……

我眨眨眼，在那個空白的電視螢幕上看到自己的映影。影帶已經播完。我的映影在老爸的液晶螢幕上看來跟實體一般大小，我看得到老媽在沙發上沉睡，就在我的右肩上方。我繼續瞪著自己，小白疤開始發癢，但我不大想用拳頭捶自己的額頭。

我站起來，撐著杖子拐進廚房。通訊錄還在爐子上面的櫥櫃裡。我撥了通電話到傑克的公寓。電話鈴鈴作響時，我望著微波爐，看到時間是凌晨兩點五十四分。我想起傑克在高檔飯店參加派對，要等明天才會回到家，所以我決定留個訊息。

哈囉，這是傑克跟凱特琳的答錄機。請在嗶聲後留言。嗶。

「傑克，是你老哥派特啦。我要請你幫個大忙……」

43 善意

派特，

好一陣子沒見，希望這樣的時間間隔已經夠長。

如果你還沒把這封信撕爛，請讀到最後。你應該已經發現，我在人生的這個階段，比較擅長寫信而不是說話。

大家都討厭我。

你弟來我家威脅說，如果我跟你聯絡，他就要幹掉我，這件事你知道嗎？他那種真心的態度讓我很害怕——怕得讓我無法早點動筆。連我爸媽都因為我假扮成妮奇而責備我。治療師說我的背叛行為可能無法獲得原諒。從她一直重複「難以原諒」字眼的方式看來，我看得出她對我萬分失望。可是，事實上，我是為了你好才出此下策的。對，我原本希望等你找到完結、不再在意妮奇的時候，就會想給我一個機會——尤其我們搭檔共舞的成果是那麼精采，而且我們都喜歡跑步，居家狀況也很類似；讓我們面對現實吧，我們兩個都得奮戰不休，才能維持自己對現實的掌握。我們的共同點很多，派特。我還是相信，你會憑空掉進我的人生是有道理的。

我愛你，所以我想跟你說說我從沒跟任何人說過的事，除了治療師以外。當初的狀況混亂不堪，我希望你能夠應付得來。我原本不打算告訴你的，可是我想情況也不可能更糟了，或許一點誠實現在可以發揮不少作用。

我不曉得你知不知道湯米是警察。他在麥多維爾警局工作，也接受指派到高中擔任輔導員那類的工作。所以他上班一半時間都在輔導有問題的青少年，另一半時間就是一般警察的職務。我要跟你說明這點，因為知道湯米是個好人，這點相當重要。他不該就這樣死去，他的死亡在在證明人生是隨機、亂七八糟、獨斷的，直到你能找到讓這一切產生意義的某個對象——即使是暫時的也好。

總之，湯米對青少年真的很有辦法，甚至在高中成立了一個社團，目的是要提升大家對酒後駕車有多危險的意識。很多父母認為，那個社團並未直接反對未成年飲酒，而僅僅是反對酒後駕車，等於是對未成年飲酒採取諒解的態度，所以湯米得要很拚命才能讓社團運轉下去。湯米告訴我，很多高中小鬼每週末都會碰酒，鎮上很多父母根本也不管未成年飲酒的事。對我來說，最好笑的是那些小鬼主動來找他、央求他成立這個社團，因為他們擔心要是朋友們老是在派對之後開車回家，到時會有人受傷或喪命。你能想像自己還是青少年的時候，竟然會這樣跟警察講話嗎？湯米就是那樣的傢伙，大家馬上就會對他心生信任感。

所以湯米組織集會，甚至籌辦教師卡拉OK之夜，學生可以付錢來聽自己最愛的老師表演時下的熱門歌曲。湯米就是有能力說服別人配合那樣的事。我都會去參加這些活動，湯米就陪那些青少年一起站在台上，也會跟其他老師一起唱歌跳舞。他說動老師們打扮得誇張狂野，讓家長、學生、學校當局都笑得合不攏嘴。你就是會忍不住，因為湯米就是一股充滿爆發力的正面能量。他總會在這些活動上演說——一一列舉關於酒駕的事實與統計資料。大家都會傾聽湯米說的話。人人都愛他。我他媽的愛他愛得要死，派特。

關於湯米倒是有件好笑的事，那就是他很喜歡做愛。他時時刻刻都想上床。我是說，他下班一回家，雙手就會在我身上到處遊走。我每天早上醒來，他就已經趴在我上方。我們一起用餐時，他的雙手幾乎每一次都會溜到桌子底下搜尋我的腿。如果湯米在家，我就不可能從頭到尾看完任何一齣電視節目，因為廣告一上場，他就會堅挺起來，然後對我露出那種表情。挺瘋狂的吧，我們結婚的頭十年，這種狀況我還滿喜歡的。可是在十年永不停歇的性愛之後，我有點厭倦了。我是說——人生中不只是性愛，對吧？所以某個明亮晴朗的早晨，我們剛剛在廚房餐桌底下做完愛，水壺發出滾沸哨聲，我站起身，倒出兩杯熱水。

我說：「我在想，也許我們應該限制一下每週做愛的次數。」

我永遠忘不了他的神情，一副我拿槍打中他腹部的模樣。

「出了什麼問題？」他說：「我做錯什麼了？」

「沒有啦，不是那回事。」

「不然是什麼？」

「我不知道。一天做愛好幾次，這樣正常嗎？」

「你不愛我了嗎？」湯米問我，露出男童受到傷害的模樣，到現在我晚上只要閉起眼睛，那個神情還是歷歷在目。

我當然跟湯米說，我比以前都還愛他，只是想在性事上稍微放慢腳步。我告訴他我想多跟他聊聊天、散個步、培養一些新嗜好，這樣性愛才會再特別起來。「這麼常做愛，」我告訴他，「有點讓性愛的魔力消失了。」不知為了什麼奇怪的原因，我當時還建議兩人一起去騎馬。

「所以你是要跟我說，魔力已經消失了？」他說，那個問題是他最後跟我說的話。**所以你是要跟我說，魔力已經消失了？**

我記得他說完以後，我還繼續說了很多話。我告訴他想要做多少愛都可以，說我只是提出一個建議，但他已經受傷了。他一直用懷疑的表情瞅著我，彷彿我背著他出軌或什麼的。可是我沒有。我只是想稍微放慢步調，才能好好享受性愛。我只想告訴他，性愛雖然美好但是過度了。可是看得出來我傷到他了，因為我都還沒解釋完，他就起身上樓沖澡。他沒道別就出門了。

我在上班的時候接到那通電話。我只記得自己聽到湯米受了傷、緊急送往西澤西醫院。我趕到醫院時，那裡有一打身穿藍制服的男人，放眼四處盡是警察。一看到他們淚光閃閃的眼眸，我就懂了。

後來我才知道湯米趁著午休時間，去了櫻桃丘購物中心一趟。他們在他的警車裡找到滿滿一袋「維多利亞的祕密」貼身內衣褲，件件都是我的尺寸。開回麥多維爾的路上，他在高速公路上停車幫忙一位車子拋錨的老太太。湯米替她叫了拖吊車，接著就站在緊張的老太太車窗前跟她聊天，在她等候的時候陪伴她。湯米老是像那樣隨意跟人閒聊。警車就在他背後，車燈還亮著，可是他站在高速公路故障檢修道的邊緣。某個午餐酒醉的駕駛掉了手機，彎腰去撿的時候，一不小心把方向盤往右一扯，闖越兩條車道，然後就……

當地報紙的提要寫著「湯馬斯・里德——麥多維爾高中反酒駕社團的創設人——命喪酒駕者的車輪之下。」真是諷刺極了，幾乎有虐待狂式的滑稽感。他的葬禮上有很多警察。高中的小鬼把我們前院草坪變成了活生生的紀念碑——他們捧著蠟燭與鮮花站在人行道上。我拒絕到屋外去，頭幾個夜晚，這些青少年以甜美的歌聲唱了整晚給我聽，哀傷又美麗的嗓音齊聲唱和。我們的朋友帶食物過來，凱瑞神父跟我談起天堂的話題，爸媽跟我抱頭痛哭，朗尼與維若妮卡在頭幾個星期暫住在我們家。可是我滿腦子只能想到湯米死去時，一心相信我再也不想跟他做愛。我覺得好有罪惡感，派特。我很想死。我一直在想，如果我們當初沒吵那場架，他午休期間就不會去「維多利亞的祕密」，也絕對不會遇到車子拋錨的老太太，那就表示他不會被撞死。我的罪惡感好深好深。到現在還是他媽的深感罪惡。

幾個星期之後，我回去上班，可是內心的一切都變了。我的罪惡感轉為需求，突然之間我對性愛渴望不已。我開始跟男人亂來——任何有意願的男人都行。我只消用某種眼神望著男人，幾秒鐘之內我就知道他們會不會上我。他們跟我打砲的時候，我會合上眼睛，假裝那是湯米。為了追求跟老公在一起的感覺，我在哪裡都能跟男人打砲。在車上、公司的外套寄物間、小巷裡、樹叢後面、公共廁所。到處都行。可是在我心裡，場景永遠都是廚房餐桌底下，湯米回到了我身邊，我告訴他我對做愛並未厭倦，只要他需要，想做幾次愛我都願意配合，因為我全心全意愛著他。

我病了。急著利用我病態行為的男人不在少數。到處都有男人興高采烈地想跟有心病的女人打砲。

當然這種行為最後害我丟了飯碗，我開始接受治療，也做了很多醫學檢驗。幸運的是，我沒染上什麼病；如果這對我倆來說是個問題的話，我很樂意再去接受檢驗。如果我當初感染了愛滋病或什麼的，對當時的我來說會很值得，因為我需要那樣的完結。我需要得到寬恕。我需要徹底活出自己的妄想。我需要藉由打砲來消解罪惡感，這樣我就能衝破困住我的迷霧，才能重新感受事物、讓人生再次起步，我現在才剛開始這麼做——自從我們變成朋友以來。

我不得不承認，在維若妮卡的晚餐派對，我只把你當成容易弄上床的對象。我把穿著愚蠢老鷹隊球衫的你好好打量一番，心想我可以要你跟我打砲，這樣我就能假裝你是湯米。我好久沒這麼做了。我已經不再想跟陌生人做愛，可是你不是陌生人。你是我老妹親手挑選的。你是個安全的男人，朗尼想把我跟你湊合在一塊。所以我想我可以開始定期跟你做愛，這樣我就能再次幻想湯米的存在。

可是當你在我爸媽家前面抱住我，當你陪著我一起哭泣，事情有了轉變，非常戲劇性的轉變。我原本不了解，可是當我們一起跑步、到餐館吃葡萄乾穀片、相偕去海灘，然後變成朋友，就只是朋友，沒有讓事情複雜化的性愛，我沒料到感覺起來會這麼好。我只是喜歡待在你身邊，即使我們一語不發也是。

我聽到妮奇的名字，心裡卻起了反感時，就明白自己對你有了感覺。很明顯的，你絕不可能再跟你老婆破鏡重圓，於是我打電話給你媽，帶她到當地酒吧買醉，她就把關於你的一切全跟我傾吐了。你當時沒看到我，不過她醉醺醺地回家、你扶她進屋時，我就在車道上。那晚是我載她回家的。湯米發生事故之後，我就滴酒不沾了。在那之後我跟你媽每星期都會碰面，派特。她需要朋友，她需要有人跟她談談你爸的狀況，所以我就當個傾聽者。一開始我只是利用她取得資訊，但現在我們有點像是姊妹淘了。她原本不曉得我假扮妮奇寫下那些信；耶誕節那個事件過後，有好一陣子她真的很氣我。可是，想也知道她曉得現在你讀的這封信，因為是她幫我送的。她是個十分堅強也很寬大為懷的女性，派特。她值得擁有比你爸更好的對象，或許你也值得擁有比我更好的人。人生就是這麼滑稽。

當初寫那些信，原本是希望能給你一種完結。我在湯米過世以後，透過逢場作戲的性愛莫名地找到完結。請你要明白，我是在確認妮奇無論如何永遠都不會同意跟你對話的時候，才開始策劃當聯絡人的事情。也許你永遠無法原諒我，可是我要你知道，我當初是滿懷善意的——我還是以我這種亂七八糟的方式愛著你。
我想念你，派特。真的。我們可以至少當個朋友嗎？

蒂芬妮

44 讚啦

讀完蒂芬妮最新的這封來信時，丹尼嘆口氣、搔搔爆炸頭，望出我臥房窗戶好久好久。因為他是唯一對蒂芬妮還沒有強烈主見的人，所以我想看看他的反應。其他人都抱著明顯的偏見——連克里夫也是。

窩在床上的我終於說：「所以？」我背靠床頭板坐著，石膏模跨在幾顆枕頭上面。「你想我應該怎麼做？」

丹尼坐下來，把巴棋戲打開，拿出老媽送我當生日禮物的手繪遊戲板與棋子。「今天我想當紅色，」他說：「你想要什麼色？」

我挑了藍色以後，就把遊戲板架在我當初斷腿回家時、老媽替我們擺進房間的小桌上。我們玩起巴棋戲，丹尼每次來訪我們總是這樣，看來他是不打算提供關於蒂芬妮的意見，大概是因為他曉得只有我可以下這個決定——不過搞不好他只是想玩遊戲而已。我沒見過這麼愛巴棋戲的男人。當他落在我的一個棋位上、把我的一顆棋子送回起點圓圈時，丹尼總是指著我的臉大喊：「讚啦！」逗得我笑呵呵，因為他用嚴肅得要命的態度來看待巴棋戲。

即使我不像丹尼那麼愛玩巴棋戲，而且他也不肯回答我關於蒂芬妮的問題，但是有他再次回到我的生活還真不錯。

我們玩巴棋戲玩了好幾個鐘頭——隨著日子一天天過去，我跟丹尼對戰的紀錄成長到三十二勝、二〇三敗。丹尼是巴棋戲的超級玩家，是我見過丟骰子技術最好的人。他說「恁爸需要同點數的兩顆骰子」的時候，幾乎就會丟出兩個六點的。不管恁爸需要什麼，丹尼都丟得出來。

45　掙脫雨層雲

石膏拆除一週之後，我獨自站在騎士公園的人行步橋，將全身重量倚在欄杆上，往下凝望我在五分鐘內就能走繞一圈的池塘。下方的池水表面結了一層薄冰，不知為何，我手邊雖然沒有石頭卻想丟石子進去。我好渴望能用石頭砸破那層冰、穿透它，證明它脆弱又無常，想看黑水從下面升起、從我獨力打造的洞裡冒出來。

我想到隱藏的魚（大多是大家放養在池塘裡的大金魚，這樣老人家到了春天就有餵食的對象，小男孩到了夏天就有東西可以抓），現在潛伏於池塘底部泥濘裡的魚兒。還是說這些魚兒正忙著往下鑽？牠們會等到池塘完全結冰以後再往下竄嗎？

我有個想法：我就像《麥田捕手》裡想著鴨子的荷頓・柯菲爾，只是我都三十五歲了，而荷頓只是個青少年。也許那個意外將我一把敲回青少年的模式？

部分的我想要爬上欄杆跳下橋，這座橋只有十碼長，離池塘僅僅三英尺；部分的我想要用雙腳踩破那層冰，想要往下、往下、往下投入泥濘裡，就可以在那裡睡上個把月，把我現在記得與知曉的事情全部拋到腦後。部分的我希望自己從來不曾重拾記憶，希望自己仍有那個錯誤期待可以緊緊攀住——希望自己至少還有妮奇可以給我繼續走下去的動力。

我最後把目光從冰上移開，抬頭望向足球場。我看到蒂芬妮接受了我碰面的邀約，克里夫也說她會接受。從遠處看來她只有兩吋高，頭戴黃色滑雪帽，身穿幾乎蓋住大腿的白外套，讓她看起來像是愈長愈大的無翼天使——我看著她走過鞦韆架、裡面擺有野餐桌的大涼亭。我望著她沿著池水邊緣走來，最後她終於變回原來的高度，那就是五呎又幾吋高。

她踏上人行步橋的時候，我立刻再次往下俯瞰那層薄冰。

蒂芬妮朝我走來，然後隔著我們手臂差點碰到的距離站定。我用眼角餘光看到她此刻也往下俯瞰那層薄冰。我納悶她是不是也希望能丟點石頭。

我們如此這般駐足了似乎有一個鐘頭，沒人開口說話。

我的臉變得非常冰冷，最後再也感覺不到鼻子或耳朵。

最後我在沒正眼看蒂芬妮的情況下說：「你為什麼沒來參加我的生日派對？」我明白在這時提出這種問題滿蠢的，但我想不出還能說什麼，尤其我已經有好幾星期沒見到蒂芬妮——從我在耶誕節那天對她尖叫以後。「老媽說她邀了你，所以你為什麼沒來？」

停頓好久以後，蒂芬妮說：「欸，就像我在信裡說的，如果我跟你聯絡，你弟威脅要幹掉我。還有，在你派對的前一天，朗尼來我家叫我不准去。他說他們當初不應該介紹我們認識的。」

我已經跟傑克談過他威脅別人的事，可是很難想像朗尼會對蒂芬妮說這種話。不過我曉得蒂芬妮說的是實話。現在的她看來真的像是受傷又脆弱，特別又因為她有點把下唇當口香糖那樣嚼著。朗尼說這些話一定是違反了維若妮卡的意願。他老婆絕不會讓他對蒂芬妮說出這麼損人自尊的話，想到朗尼阻止蒂芬妮來參加我的派對，讓我為自己的至交感到有點驕傲，尤其是他為了保護我而違逆老婆的心願。

「兄弟優先、婊子殿後。」每次我為了妮奇而悲嘆的時候，丹尼就會對我這麼說，當時我們兩人都在**鬼地方**——在他接受第二次手術以前。在藝術治療的課堂上，丹尼甚至做了一張小海報送我，上面用金色顏料以時髦風格寫出那些字。我把那張海報掛在我跟室友傑奇的床鋪之間的那面牆上（在**鬼地方**的時候），可是其中一個邪惡的護士趁我不在房間，把丹尼的藝術作品拆掉，這個實情是傑奇透過眨眼、往肩膀撞頭向我證實的。雖然我明白這句話有點性別歧視（因為男人不應該叫女人「婊子」），此時在心裡說出「兄弟優先、婊子殿後」讓我不禁微笑，特別是傑克跟丹尼住在賓州，而朗尼就是我在紐澤西交情最好的死黨。

「對不起，派特。這就是你想聽到的話嗎？唉，那我再說一次好了。我真的、真的他媽的對不起。」雖然蒂芬妮用了髒字，但她的聲音有點抖動，就像老媽說出真心話的時候，讓我不禁覺得蒂芬妮可能真的會在橋上哭出來。「我這人亂七八糟到連怎麼跟自己愛的人溝通都不知道，但是我在信裡跟你講的，全都是真心話。如果我是你的妮奇，我耶誕節的時候會去找你，可是我不是妮奇。我知道。對不起。」

我不知道該怎麼回答，於是我倆默默無語佇立原地好幾分鐘。

突然間，不知為了什麼瘋狂原因，我想跟蒂芬妮說說那部電影的結局，就是以我舊有生活為內容的那部電影。我想應該讓她知道結局，更何況她在其中扮演了角色。接著話語就從我嘴裡滔滔而出。

「我決定直接面對妮奇，只是要讓她知道，我記得我們兩人之間的事情，但我並沒有懷恨在心。老弟載我回我以前在馬里蘭的房子，結果發現妮奇還住在那裡，我想這有點怪，尤其她有了新對象——就是同樣在教英文的同事菲利普。他以前總是叫我文盲大老粗，因為我從前都不看文學書。」我說，省略我逮到渾身赤裸的菲利普跟妮奇一起淋浴，然後勒住又痛揍他的那部分。「如果我是菲利普，我可能不會想住在我老婆前夫的房子裡，因為就是滿怪的，不是嗎？」

我暫停的時候，蒂芬妮不發一語，於是我繼續說下去。

「我們沿著我以前住的那條路開去，當時正在下雪，這在馬里蘭來說滿稀奇的，所以對小孩子來說是件大事。地面上也許只有半英寸的雪——像薄薄一層粉塵——可是已經多得足以用雙手挖起來。我看到妮奇跟菲利普在屋外，跟兩個小孩玩耍。從每個人身上衣服的顏色看來，我想穿海軍藍的是個小男孩，全身大多是桃色的是個年紀更小的女生。我們開車經過以後，我要傑克繞過街區，然後把車停在半個街區以外，這樣我們就能觀察妮奇新家庭在雪地裡玩耍的模樣。我的老房子位在繁忙的街道上，所以我們不大可能會引起妮奇的注意。傑克照我說的做，把引擎熄掉，可是讓雨刷繼續運轉，這樣他才看得見。我把車窗搖下，因為石膏的關係，我坐在後座。我們望著那家人玩耍好久好久，久到傑克又發動引擎、轉開暖氣，因為他太冷了。妮奇還圍著我以前圍著去看老鷹隊比賽的綠白條紋長版圍巾，穿著棕色禦寒外套、紅色連指手套。她的草莓色金髮從綠帽子下面隨意垂著，好多好多的鬈髮。他們正忙著打雪球戰。妮奇的新家庭正在打一場美麗的雪球戰。看得出來小孩很愛他們的爸媽、爸爸愛媽媽、媽媽愛爸爸、爸媽愛小孩——他們充滿愛意地往對方拋雪球，輪流追逐對方，呵呵大笑，摔進另一個人重重裹著衣服的身體……」

我在這裡稍稍停頓，因為我很難把話擠出喉嚨。

「我拚命瞇起眼睛，想看清妮奇的臉。即使從一個街區以外，我也看得出她從頭到尾都笑容滿面、快樂無比，那就足以讓我在不與妮奇對峙的情況下，自行正式結束**隔離時間**、捲動我個人電影的片尾字幕。後來我只是請傑克載我回到紐澤西，他也照做了。他可能是全世界最棒的弟弟。所以我猜我只是希望妮奇過得幸福，即使她的幸福生活不包括我在內，因為我曾經有過機會，卻沒當個稱職的丈夫，而妮奇是個很棒的妻子，而且……」

我不得不再次暫停，吞嚥了好幾次。

「我打算記住那個情景，當作我舊有生活電影的快樂結局。妮奇跟她的新家庭一起用雪球打仗。她看起來好快樂——她的新丈夫、她的兩個孩子都……」

我不再說話，因為再也吐不出話語。彷彿冷空氣讓我的舌頭跟喉嚨都結凍了——彷彿那種寒意往下擴散至肺部，從裡到外將我的胸膛冰凍起來。

我跟蒂芬妮在橋上駐足良久。

雖然我的臉還是麻木無感，雙眼卻開始有了暖意，我頓時明白自己又哭了。我用外套袖子抹抹眼睛與鼻子，然後嗚嗚啜泣。

等我哭完以後，蒂芬妮才終於開口，雖然她談的事情跟妮奇無關。「我替你買了生日禮物喔。不過，不是什麼大禮就是了。我沒包裝也沒寫卡片什麼的，因為，唉……我是你不買卡片也不包禮物的亂七八糟的朋友。我知道已經晚了一個多月，可是不管怎樣……」

她脫下手套，解開幾顆釦子，從外套內袋抽出禮物。

我從她手裡接過來，是一組十張左右、加了厚厚護貝的紙張，每張大概四乘八英寸，左上角用銀色螺栓固定成冊。封面上寫著：

天空觀測者雲圖

使用方法簡單

耐久的辨識表

給所有戶外愛好者

「我們以前去跑步的時候，你老是抬頭看雲，」蒂芬妮說：「所以我想你可能想學怎麼分辨雲形的差異。」

我興奮難抑地把封面往上轉，這樣就能讀第一張護貝厚重的紙頁。等我看完四種基本雲形：層雲、雨雲、積雲與卷雲，看完所有記錄著四組雲形的變異版的美麗圖片之後，不知為何我跟蒂芬妮就已經仰躺在我孩時會去玩球的足球場中央。我們往上眺望天空，放眼盡是冬季的灰濛，可是蒂芬妮說，如果我們等得夠久，會有個形狀掙脫開來，那樣我們就能用我新到手的天空觀測者雲圖，來辨識那朵雲的種類。我們躺在冰凍的地面良久，一面等候，可是眼前的天際就像一條堅實的灰毯子；根據我的新雲圖，那就是雨層雲——「灰色雲團，雨或雪會從中擴散蔓延，然後持續落下。」

好一陣子之後，蒂芬妮的腦袋靠在我的胸膛，我的手臂攬著她的肩膀，我把她的身子拉向我。我們一起在球場上發抖了似乎有幾個鐘頭的時間。開始下雪的時候，飄落的雪花肥大又迅速。球場幾乎馬上就變成一片白皚，那時蒂芬妮低語說了奇怪至極的話。她說：「我需要你，派特・皮伯斯，我他媽的好需要你。」接著她哭了起來。她一面抽噎一面輕吻我的頸子，熱淚紛紛滴落我的肌膚。

她會說這種話真是怪哉，跟一般女性的「我愛你」天差地別，不過也許更加真實吧。把蒂芬妮緊緊摟在身邊，感覺真不錯。我想起當初想藉著邀請她上餐館來擺脫她的時候，老媽說過：「你需要朋友，派特。每個人都是。」

我也記得蒂芬妮騙我騙了好幾個星期。我記得朗尼跟我說過關於蒂芬妮被解職的不堪故事、她在最近一封信裡承認的事。我記得我跟蒂芬妮的友誼一直都很詭異——可是接著我想起，只有蒂芬妮稍微能夠體會我永遠失去妮奇之後的感受。我記得**隔離時間**終於結束、妮奇一去不返，但我的懷裡依然有位歷盡千辛萬苦的女性，而她迫切需要再次相信自己是美麗的。此刻我擁在懷裡的，是一位送我天空觀測者雲圖、曉得我所有祕密、知道我腦袋裡有多混亂、藥丸吃得有夠多，卻還願意讓我擁抱的女人。這一切都散發著某種坦誠的感覺，我無法想像會有其他女人願意跟我一起躺在冰凍的足球場中央，甚至是在一場暴風雪當中，無可救藥地巴望會有一朵雲從雨層雲掙脫開來。

妮奇不可能為我這麼做，即使在她的顛峰時期也不會。

於是我又把蒂芬妮再拉近一些，往她修拔完美的眉毛之間送上一吻，然後深呼吸一口之後，我說：「我想我也需要你。」

致謝

特別感謝家族成員、朋友、恩師，以及一路協助我、讓這本書得以存在的專業人士：Sarah Crichton、Kathy Daneman、Cailey Hall以及FSG出版公司的每個人；Doug Stewart、Seth Fishman以及Sterling Lord Literistic文學經紀公司的每個人；Al、Dad Dog、老媽、Meg、Micah、Kelly、Barb & Peague、Jim Smith、Bill & Mo Rhoda、「祕魯的史考特」Humfeld、「加拿大的史考特」Caldwell、Tim & Beth Rayworth、Myfanwy Collins、Richard Panek、Rachel Pollack、Bess Reed Currence（B）、Duffy、Flem、Scorso、Helena White、「The WMs」的——Jean Wertz、Wally Wilhoit、Kalela Williams、Karen Terrey、Beth Bigler以及Tom Léger——Dave Tavani、Lori Litchman、Alan Barstow、Larz & Andrea、Corey & Jen、Ben & Jess、Dave舅舅、Carlotta阿姨、Pete叔叔，還有我的祖父母Dink & H。

國家圖書館出版品預行編目資料

派特的幸福劇本／馬修・魁克（Matthew Quick）著；謝靜雯譯. -- 三版. -- 臺北市：馬可孛羅文化出版：家庭傳媒城邦分公司發行, 2020.01
面；　公分. --（Echo；MO0014Y）
譯自：The silver linings playbook
ISBN 978-986-5509-00-2（平裝）
874.57　　108019538

【Echo】MO0014Y

派特的幸福劇本

作　　者❖馬修・魁克（Matthew Quick）
譯　　者❖謝靜雯
封面設計❖蔡南昇
總 編 輯❖郭寶秀
責任編輯❖李珮華
特約編輯❖曾淑芳

發 行 人❖涂玉雲
出　　版❖馬可孛羅文化
104台北市民生東路二段141號5樓
電話：886-2-25007696
發　　行❖英屬蓋曼群島商家庭傳媒股份有限公司城邦分公司
104台北市中山區民生東路二段141號2樓
客服服務專線：(886)2-25007718；25007719
24小時傳真專線：(886)2-25001990；25001991
讀者服務信箱：service@readingclub.com.tw
劃撥帳號：19863813　戶名：書虫股份有限公司
讀者服務信箱：service@readingclub.com.tw
香港發行所❖城邦（香港）出版集團有限公司
香港灣仔駱克道193號東超商業中心1樓
電話：(852) 25086231　傳真：(852) 25789337
E-mail：hkcite@biznetvigator.com
馬新發行所❖城邦（馬新）出版集團
Cite (M) Sdn.Bhd.(458372U)
11 , Jalan 30D/146 , Desa Tasik Sungai Besi , 57000 Kuala Lumpur , Malaysia
電話：(603)90563833　傳真：(603)90562833
製版印刷❖前進彩藝有限公司
初版一刷❖2012年3月
三版一刷❖2020年1月
定　　價❖320元

The Silver Linings Playbook by Matthew Quick

ISBN：978-986-5509-00-2（平裝）

城邦讀書花園
www.cite.com.tw